TAKE
SHOBO

国王陛下は運命の乙女をはなさない
不遇な公爵令嬢は陛下と相性抜群です

佐倉 紫

Illustration
森原八鹿

MOON DROPS

国王陛下は運命の乙女を離さない
不遇な公爵令嬢は陛下と相性抜群です

Contents

第一章　運命の出会い …… 6
第二章　王城での日々 …… 86
第三章　恋心と疑心 …… 151
第四章　結ばれる思い …… 203
第五章　未来のはじまり …… 299

あとがき …… 340

イラスト／森原八鹿

国王陛下は運命の乙女をはなさない

不遇な公爵令嬢は陛下と相性抜群です

MOON DROPS

第一章　運命の出会い

がしゃーん！

シャーリーの足下で、投げつけられたティーカップが無惨に割れた。

こまかい破片とともに淹《い》れられていた熱い紅茶も飛び散って、彼女の靴やストッキングをびしゃりと濡《ぬ》らす。瞬時に感じた熱さに、シャーリーは思わず身をすくめた。

「今日のお茶もまずいったらありゃしない！　おまえはいつになっても、お茶のひとつも満足に淹れられないんだね！」

鋭い叱責に、シャーリーはますます小さくなる。

うなだれる彼女の足下では、淹れたばかりの紅茶がじわじわと絨毯に染みを広げていた。

黙って立ち尽くすシャーリーにふんっと鼻を鳴らして、紅茶のカップを投げつけた張本人――シャーリーの叔母であるアンバーは、手元の扇でぱたぱたと首元をあおぐ。

「いくらわたしのことが気に入らないからと言って、こんなまずいお茶を出してくるなんて。なんという陰湿ないやがらせかしらね。性根が腐っている証拠だわ」

「そ、そんなつもりは……」

シャーリーはあわてて首を振る。だが「おだまり」という叔母の一言で、彼女は再び縮こまってしまった。

「お茶のひとつも淹れられないんじゃ、メイドとして働かせることすらできやしないわねぇ。——ああ、ああ、いつまで突っ立っているのよ！　さっさと片づけなさいな」

「は、はい、叔母様……」

あわてて膝をついたシャーリーの前に、今度はティーポットが飛んできた。

カップ同様、床に投げつけられたティーポットも粉々になる。残っていた茶葉がシャーリーの膝にかかって、彼女はたまらず「熱っ……！」と悲鳴を上げた。

あとずさった拍子に尻もちをついたシャーリーを、アンバーは目をつり上げて怒鳴る。

「わたしを叔母と呼ぶんじゃないよ！　わたしはこの公爵家の女主人だよ。奥様とお呼び！」

シャーリーはくしゃりと顔をゆがめながら、静かにうなずいた。

「はい……奥様」

——本当は叔母を奥様と呼びたくない。

アンバーをこの家の女主人と認めていないわけではない。ただ、ほんの五年前までこの家で『奥様』と呼ばれていたのは、シャーリーの生母マリアだった。

アンバーを奥様と呼ぶと、亡き母の面影が今以上に薄れてしまうような気がする。

シャーリーにとってそれは、熱い紅茶のカップを投げつけられるよりずっとつらく、さみしいことだったのだ。

そのとき、廊下に繋《つな》がる扉がノックされて「入るよ」と声がかかる。

姿を見せたのはアンバーの夫であり、この家の当主であるトニーだ。

今日もなでつけた髪が脂ぎってねっとりとしている。せり出した腹部のせいで、上着の前ボタンが今にも飛びそうだ。

妻のアンバーが痩せぎすで背が高いのに対しトニーは背が低いので、見た目からしてでこぼこな夫婦である。

しかし、ふたりともシャーリーのことを目の敵にしているという点ではまぎれもなく一致している。

現に長椅子に優雅に腰かけた妻と、紅茶まみれになって尻もちをつく姪を見た途端、トニーは迷うことなくシャーリーに厳しい目を向けてきた。

「またおまえはアンバーに対し反抗的な態度を取ったのか！　今度はなにをしたんだ？」

突然の怒声にシャーリーはびくりと震える。

一方のアンバーは悲しげな顔つきになって、わざとらしく目元をハンカチで押さえた。

「この子ったら、またわたしのお茶をわざとしぶく淹れたのよ。まずくって飲めたものではなかったわ。おまけに、叱責したわたしをものすごい目つきでにらんできたの。心臓がすくみ上がるほど怖かったわぁ」

「そんな。わたしはにらんでなど……っ」

シャーリーはたまらず弁解する。

すると、トニーはそれまで以上に険しい顔つきになった。

「ふん。おまけに自分の非を認めないときたか。――なんたる往生際の悪さだ！　おまえの両親が五年前に事故死してから、わたしたちはこの公爵家の当主として、領地のことも残されたおまえのことも大切に世話してやったというのに。恩を仇で返すようなことをして！」

雷のような怒声に、シャーリーはなにも言えずうなだれてしまう。

――そう、彼女の両親であり、先代の公爵夫妻であったバートとマリアは、五年前に突如としてこの世を去った。

ふたりは王宮で開かれる舞踏会へ出席する予定で、いつにも増しておめかしして公爵家の馬車に乗り込んだ。

馬車の整備に問題はなく、馬たちも健康そのものだったはずだ。

だがなんの弾みか、いきなり馬が暴走しはじめたという。

制御の効かなくなった馬たちは近くの民家に衝突し、馬車も建物にぶつかって粉々になってしまった。乗っていた両親は即死だったらしい。

御者も衝撃の弾みで投げ出され、そのまま帰らぬひととなった。ぶつかった民家が空き家だったのは不幸中の幸いだったが、馬も馬車も破損がひどくて、なぜいきなり暴走したかはわからずじまいになってしまった。

そして、まだ社交界にデビューする前で、その夜は屋敷で留守番だったシャーリーは、なんの前ぶれもなく両親を失うことになったのである。

（おかげで未だ、お父様とお母様が亡くなったことを信じきれない……）

ぐっすり眠っていた真夜中に揺すり起こされ両親の訃報を聞かされたときも、いまひとつ実感が湧かなかった。

物言わぬ遺体となってふたりが屋敷に戻ってきたとき、ようやくなにが起きたか理解できたが……執事の気遣いでふたりの顔を見ることはなかったので、やはり心のどこかで信じきれていないのだろう。

いや――ふたりは死んでいない、別の場所で生きていると思いたい気持ちが強すぎるのかもしれない。

それくらいふたりの死は突然のものだったし、そのあとに起きた出来事もつらすぎた。

シャーリーが悲しみのあまり涙に暮れている間に、両親の葬儀や相続などの手続きも終わり、気づけばこの屋敷には父の弟であるトニーとその妻アンバーが住むことになっていた。

いずれはシャーリーの婿が受け継ぐとされていたファンドン公爵の称号や、公爵家が管理している屋敷も領地も、すべてトニーが継承することになっていたのだ。

そしてシャーリーはトニーとアンバー夫妻に引き取られ、引き続き屋敷で公爵令嬢として暮らす手はずになっていた。

──はず、だったのだが。

(令嬢らしく暮らせたのは最初の数日間だけ。そのあとは……)

今と同じく、公爵家のメイドのお仕着せを身にまとい、朝から晩まで屋敷の奥で働く日々──。

ときどき叔母アンバーの言いつけで、お茶を淹れたり着替えの手伝いをしたりという、侍女のような役目を仰せつかることもある。

が、たいていは覚えのないことで叱責されて、今のように打ちひしがれるだけで終わってしまうのだ。

(この五年間、ずっとその毎日のくり返し……)

それもこれもシャーリーが公爵令嬢らしく──いや、貴族であれば誰でも使えるあの力を上手く使えないことが原因なのだ。

最初はシャーリーを優しく抱きしめてくれたトニーもアンバーも、彼女が力をうまく使えないと見るやいなや、たちまち手のひらを返してきたのだから……。

「いつまでぐずぐず座り込んでいるんだい！　さっさと紅茶を片づけておくれ！」

「は、はい、おばさ、……奥様」

にがい思いに沈みかけていたシャーリーは、はっと我に返って動き出す。

だが破片を拾おうと手を伸ばしたとき、アンバーの高笑いが響き渡った。

「おやおや、なぁに平民のようにちまちまと片づけようとしているの。おまえはこの公爵家の娘なのでしょう？　それなら我々貴族が持つ【魔法の力】を使って、ポットをもと通りに直すくらい、ちゃっちゃとできるはずでしょう」

「……」

シャーリーはごくりとつばを呑《の》み込む。

――叔母の言う通りだ。この国の貴族は皆【魔法】と呼ばれる特殊な力を有している。

五百年以上の長い歴史を誇るここフィアード王国は、もとは荒れ果てた未開の地であったと伝えられている。

その地に君臨した最初の人物――フィアード王国の初代国王となる方は、古い時代から信仰される大地の神の敬虔な信者だった。

そして大地の神は彼の真摯な祈りの言葉を聞き届け、この荒れ果てた土地を豊かにする力をさずけた。

それが、のちに【魔力】と言われるようになる特別な力である。

【魔力】はそれを持つ人間が祈りや願いの気持ちを持つことで、【魔法】として扱うことができる。

初代国王はその力で荒れ果てた大地に水を引き、森を育て、作物や動物を育てられる環境を作った。

土地が豊かになれば当然、そこに集まる人間も増える。

初代国王は集まった最初の人々に自身の持つ【魔力】を分け与えた。そしてフィアードと名付けたこの土地を未来永劫、豊かで栄えある国として支えていくことを約束させた。

それこそが、このフィアード王国の創世の物語である。

そして初代国王に魔力を与えられた最初の人々こそが、今現在は『貴族』と呼ばれる者たちの祖に当たる方々なのだ。

つまり、貴族たちは今も神話の時代に立てた盟約の通り、初代国王を祖とする王家と力を合わせ、この国を繁栄に導くために働く存在とされている。

当然、そこには血とともに連綿と受け継がれてきた【魔力】の存在があった。

【魔力】があるからこそ、『貴族』としてこの国のために働く。

逆に言うと、【魔力】を持たない者は貴族として認められない。王族や貴族に守られるべき存在――つまりは平民と見なされる。

シャーリーは貴族だ。公爵家の娘として生まれたのだから。

当然、血とともに【魔力】も受け継いでいた。

そして【魔力】があるなら【魔法】をやすやすと使うことができているはずなのだ。

そう、足下に転がるポットをもと通りに直し、絨毯に浸みた紅茶を取りのぞいて再びポットに戻すことくらい、息をするほど簡単にできるはず……。

（それなのに……）

シャーリーの手が震える。額に冷や汗がにじむのが感じられたが、彼女は努めてゆっくり息を吐いた。

（集中して、集中……）

目の前のポットに全神経を傾けながら、彼女は『直れ』と念じた。

これだけでいいはずだ。魔法を発動させるのは祈りや願いといった念だから、こう念じるだけで本来ならポットは直る。

しかし――。

床に散らばった破片のひとつひとつが、かたかたかたと不穏な震え方をした。と思ったら、いきなり飛び上がって暖炉や壁に飛び散る。

ばりんっ！　とあちこちで派手な音を立てて、陶器は文字通り粉々に弾けとんだ。

「きゃあっ！」

予期せぬできごとにアンバーが悲鳴を上げる。トニーものけぞって目を見開いた。

シャーリーはひとり、絶望のうめき声を上げる。

（またたわ。また直すどころか、よけいにめちゃくちゃにしてしまった……）

くちびるを噛みしめるシャーリーに対し、顔を真っ赤にしたトニーが指を突きつけながら怒鳴ってきた。

「お、おまえ！　ポットを直すどころか、よりによってわたしの妻に怪我をさせようとするとは！　いったいどういうつもりだ⁉」

「ち、違いますっ。わたし、本当に直そうとしたんです……！」

「どこが直っているんだ！　部屋中が破片だらけで、よけいにひどいことになっただろうが！」

その通りであるだけに、シャーリーはなにも言えなくなる。

座り込んだままの彼女の前で、衝撃から冷めたアンバーがわっと泣き出した。

「なんということ……！　きっとどさくさにまぎれてわたしを傷つけようとしたんだわ！　破片がひとつわたしの髪をかすめていったもの！　なんて恐ろしいの⁉」

そんなつもりはなかったシャーリーは弱々しく首を振る。だが叔父夫婦が信じてくれるはずもなかった。

「まったく、よけいな面倒をかけおって。ろくに魔法を使えぬおまえなど、公爵家の人間どころか貴族と言えるかもあやしいものだ！　よもやおまえ、わが兄の血を引いていないのではないか？　おまえの母親がどこぞの男と作った私生児ではないだろうな⁉」

つばを飛ばして怒鳴ってくる叔父の言葉に、シャーリーはとっさに首を横に振った。

「あ、あんまりです、そんなことをおっしゃるなんて！　わたしは間違いなく、お父様とお母様の娘です……！　現に……っ、おふたりが亡くなるまで、わたしは普通に魔法が使えていました！」

――そうなのだ。

魔法が上手く使えず、それどころかさんざんな結果を引き起こすようになったのは、両親が亡くなって以降のこと。

それより前は、シャーリーも普通に魔法を使えていた。

念じるだけでランプや暖炉に火を入れられたし、浴槽に運ばれた水をお湯にしたり、しおれた花を再び生き生きと咲かせることだってできていたのだ。

「ふんっ、どうだかな。──ああ、もういいから部屋に下がれ。おまえの顔など見たくもない！　この役立たずがッ！」

のら犬を追い払うようにトニーが手を振る。

シャーリーは悲しみと屈辱に打ちひしがれながら、のろのろと立ち上がって頭を下げた。

叔母の居間を出たあとも、叔父夫婦の会話が聞こえてくる。

「引き取って世話をしてやっているだけで感謝されてもいいほどなのに、まさか叔母を害すような子に育つなんて！　性根を正すためにもメイドに落としているというのに、反省するどころか反抗ばかりでどうしようもない。おまけに魔法もろくに使えないなど……あんな様子ではどこかに嫁に出すことも不可能だ──」

「当然ですわ。魔法を使えない娘など、貴族ではなくってよ。ああ、せめてこの公爵家の役に立つようなおうちに嫁に行ってくれればいいのに。あれじゃあねぇ……」

シャーリーはたまらず、途中から駆け出した。

使用人用の扉から、屋根裏部屋へ通じる階段を駆け上がる。

いくつかある使用人専用の部屋の中でも屋根裏部屋はもっとも狭く、陰鬱としている部屋だ。

寝台と机だけでいっぱいになってしまうその部屋に入るなり、シャーリーは寝台へ身を投げた。

（どうしてわたしは魔法を使えなくなってしまったの……？）

魔力が枯渇したわけではないはずだ。結果は伴わなくても、念じればなにかしらの現象が起きるのだから。

ただ、どうやったら昔のように、なんの苦労もなく念じたとおりの現象を起こせるかがわからない。

起き上がったシャーリーは今一度息を整えて、机に置かれたランプに集中した。

火を入れて明かりをつけようとするが、ガラス部分がばりんっと割れて机が破片だらけになるだけで終わる。

ある意味でいつも通りとなった結果に、彼女はがっくりと肩を落とした。

（両親が亡くなってから、ずっとこうだわ）

なにかを直そうとすれば粉々に砕いてしまう。水差しの水を増やそうとして、泥水に変えてしまったこともあった。暖炉に火を入れようとして、危うく火事が起きそうなほど大きな炎を呼んでしまったこともある。

魔法を使うことを生業にしている者や、王城に勤める魔法具の研究者などに見てもらえば原因はわかるかもしれない。

だが叔父夫婦は「魔法が使えない娘がいると外部に知られるなど、公爵家の恥でしかない」と言って、彼女がそういう機関と繋《つな》がることを許してくれなかった。

それなのに魔法を使えない彼女をののしり、自力で治せないのかと迫ってくる始末……。

きっとお茶を淹れるように言いつけカップやポットを投げつけてきたのも、うまく修復できないシャーリーをあざ笑うためだったに違いない。

そしてそれを理由に、シャーリーの立場をさらに落としていく腹づもりなのだろう。

シャーリーが使用人として扱われるようになったのも、魔法を上手く使えないからというのが一番の理由だった。

使用人として働くことを言いつけられ泣きながら使用人棟にやってきたシャーリーに、公爵家に仕える人々は当然驚き、執事をはじめとする何人かは叔父夫婦に抗議してくれた。

だが抗議した人々は片っ端から解雇され、紹介状も持たされずに追い出されたのだ。

紹介状を持たない人々が次の職を探すのは至難の業だ。

それに公爵家の給料はほかの貴族の家と比べて悪くないため、徐々にシャーリーをかばう使用人はいなくなり、誰も彼も腫れ物にさわるように彼女を扱うようになった。

叔父夫婦たちのように罵倒してこないだけマシと言えるが、誰からも視線を合わせられず迷惑そうに避けられるのも、それはそれで悲しいものだった。

(昔のように魔法を使うことができたら、この苦境から抜け出せるかもしれないのに)

あいにく、その気配はまったく見えない。

自分はここで一生、公爵令嬢ではなく使用人のひとりとして生活しなければならないのだろうか……。

（本当なら今頃はお父様とお母様と一緒に、王宮舞踏会に出かけることもできていたでしょうに……）

両親が亡くなったとき、シャーリーは十三歳とまだ幼かった。

あれから五年経って、今のシャーリーは娘盛りの十八歳。

本来なら社交界デビューを済ませて、運命の相手を捜していたかもしれない。

（でも叔母様の言うとおり……魔法をろくに使えない娘を妻に望む貴族の殿方など、いるはずもないわ）

魔力を持ち魔法を使えることこそが、貴族としての一番の誇りなのだ。

生まれつき備わっている魔力の量や得意な魔法の種類などの違いはあるが、とにかく魔法が使えなければ貴族として話にならない。

ろくに魔法を使えないシャーリーは、きっと貴族としての暮らしを望むことはできないだろう。

（それに……）

机の上に置かれたひび割れた手鏡を見やる。

そこに映る自分は金色の髪も肌もパサパサで、おおよそ美しいとは言いがたい。日々の労働で手指は荒れ、くちびるもうっすらとひび割れている。

午前中に暖炉を掃除した名残か、お仕着せに身を包む全身がほこりっぽくみすぼらしかった。

魔法が使えたところで、誰にも見向きされないであろうみじめな姿だ。

(やはり叔父様と叔母様のもとで、こうして使用人として生きていくしかないのかしら)

恩知らずとののしられ、役立たずとあざ笑われながら……。

——そんなのはいやだ、あまりにつらく悲しい。

そう思うけど、今のシャーリーにはどうやったらこの暮らしから抜け出せるか、まったく見当がつかないのだ。

落ち込むあまりうなだれていると、紅茶がかかった足がじくじく痛むことに気づく。どうやらやけどをしてしまったらしい。

魔法が使えればこの程度の痛みも、あっという間に取りのぞくことができるのに。

そう思うとため息しか出てこなくて、シャーリーは涙がこぼれそうな目でまっ暗な天井を仰ぐのだった。

翌日。シャーリーの姿は王都の市場にあった。

家政婦長に買い物を頼まれたのだ。

メイドとして働きはじめた頃こそ、王都郊外に広がる公爵家の屋敷から市場に行くだけでも大変だったが、今ではすっかり慣れ親しんだ道である。

野菜や肉は早い時間に売り切れてしまうが、シャーリーが頼まれた花は昼近い時間でもいくらか残っていることが多い。

『奥様の居間に飾るものだから、くれぐれもいいものを買ってきておくれ』

と家政婦長には言われていた。

屋敷にいるとなにかとアンバーに呼びつけられいじめられるシャーリーを、家政婦長はさりげなく心配してくれているのだ。

トニーとアンバーの手前、表立ってかばってくれることはないが、今回のように買い物を言いつけることで、外の空気を吸って息抜きしてきなさいと言葉にせず伝えてくれる。

（家政婦長のようなひとが何人かいてくれるから、わたしもなんとかこの生活に耐えることができているのよね……）

だからこそ、その何人かが叔父夫婦の怒りを買って追い出されることになったら、いよいよ自分も身のふり方を考えなければならないだろう。

花屋に到着したシャーリーは重苦しい気持ちで花を見つめていた。

そんな気持ちが顔に出ていたのか、花屋の女将さんが「なんだい、辛気くさいねぇ」と眉をひそめてくる。

「あ、ごめんなさい。考え事をしていて」

「あんたはいつも考え事ばっかりじゃないか。そういうときこそ花を愛でるのがいいのさ。さぁさぁ、今日はどういうのが入り用だい？」

手をぱんっと叩いて、女将がおすすめの花を前に出してくる。

そうして花を選んでいると、ほかの屋敷に仕えるメイドや近くの商家の使用人もやってきて、花屋はあっという間に女たちのおしゃべり場になってしまった。

「シャーリー、また奥様にどやされたの？　遠くからでもわかるくらい落ち込んだ顔しちゃって」

「公爵家ももとは働きやすい職場だって評判だったけど、今の当主様になってから締めつけがきついらしいねぇ。あんたも苦労してるんだろ？」

「いっそ紹介状を書いてもらって、別のところに就職すれば？　あんたは顔のつくりがいいんだから、今のところでくすぶっているなんてもったいないって！」

お仕着せを着込んでいる上、いつも浮かない顔をしているせいか、顔見知りの女たちはシャーリーを公爵令嬢ではなく、公爵家の下っ端のメイドだと思い込んでいる。

それだけに、かけてくる言葉もあけすけなものばかりだ。

最初の頃こそ彼女たちの言葉に驚かされたシャーリーだが、さすがに五年も経てばこういう雰囲気にも慣れてくる。

公爵家では用があるとき以外皆シャーリーを見て見ぬフリなので、遠慮のない彼女たちとの会話は純粋に楽しいというのもあった。

「そうねぇ。でも、わたしを雇ってくれるところなんてあるかしら？」

シャーリーも気安い口調で返す。

するとと女たちはうんうんとうなずいてきた。

「あるに決まっているわよぅ！　公爵家なんて格式張ったところさえ選ばなければね」

「そうそう。――あ、就職口と言えば。王城で下働きを大量に雇うって噂、本当だったみたいね。今日あちこちで広告が配られていたわよ」

「えー！　そうなの？」

まっ先に反応したのはシャーリーと同じように、どこぞのお屋敷で働いているメイドの少女たちだった。

「半年前に国王様が代替わりして、その一環で多くの使用人が入れ替わったと聞いたけど」

「下働きも変えるってことねぇ。やだ、王城で働くチャンスかも⁉」

「わたしも応募したいわ！　今の勤め先の主人、人使いが荒すぎて本当にムカつくもの！」

少女たちが「きゃあっ」とはしゃいだ声を上げる。

シャーリーも興味をそそられ、おずおずと尋ねてみた。

「そ、その応募って、誰でもできるのかしら……？」

「ああ、そうみたいよ。身元はしっかりしてなくちゃいけないけど、出自や家柄は問わないみたい」

「あれだけ大きなお城だからねぇ。洗濯でも掃除でも、やることは山のようにあるんだろうよ。奥向きで働く人手はいくらあったって困らないんじゃないかい？」

（洗濯や掃除……）

シャーリーは思わず「これだ」と声に出しそうになった。

この五年間、彼女はほかの使用人と同じように、半地下の洗濯場で大量の衣服や敷布を洗ったり、干したりアイロンをかけたりという作業に従事してきた。

掃除もたいていのことはできる。今では暖炉に顔を突っ込んで灰を掻《か》き出すくらいお手のものだ。

場所が変わっても、使用人がやることはきっとそうは変わらないはず。

(――魔法が使えず貴族として生きる道がないなら、平民と同じように働いて自立すればいいんだわ！)

貴族と言えず、かといって完全に使用人というわけでもない今の中途半端な立場よりずっといいはずだ。なにより、外で働けば給金がもらえる。

王城で働く下働きは基本的に住み込みだという。

だとすれば、部屋をもらって給金さえもらえれば、自分ひとりが食べていくくらいなんとかなるのではないだろうか？

(このまま公爵家にいても、毎日がつらいだけだもの。それなら家を出たほうが気持ちもすっきりするかもしれない)

善は急げだ。シャーリーは思わず身を乗り出した。

「その、下働きの応募ってどうすればできるのですか？」

「おっ、シャーリーもやる気ね？　そのほうがいいわ！　確か三日後の午前八時に、王城の裏門で受付するって出ていたわよ。広場の掲示板に告知が出ていたから、帰りに確認するといいわ」

シャーリーは礼を言い、花を買って大急ぎで掲示板を確認しに行く。

確かにそこには真新しい紙が貼ってあり『王城の下働きを新たに募集』と大きく書かれていた。希望する者は多いのか、シャーリーのほかにも大勢がその紙を見つめている。

告知の紙には応募に際する条件もいくつか書かれていた。

男女は問わず。第一に健康であること。三十歳以下であること。文字の読み書き、簡単な計算ができること……。

大丈夫だ、すべて問題ない。

（三日後の、午前八時ね）

シャーリーは時間を改めて確かめ、気合いを入れるためにひとつうなずく。

これからも使用人生活を続けることになるなら、せめて働く場所くらいは自分で選びたい。

彼女の胸には揺るぎない決意が芽生えていた。

＊　　＊

そうして三日後の早朝――まだ朝日すら昇っていない時刻に、シャーリーはこっそり屋根裏部屋を出た。

王城の下働きに応募する件について、叔父夫婦やほかの使用人に言おうかどうしようかぎりぎりまで悩んだ。

しかし反対されたら気持ちがくじけそうだし、叱責を受けるかもしれないと思うと、やはり黙っていたほうが得策だと考えたのだ。

古びた鞄に替えの下着と、十二歳の誕生日に父からもらった指輪だけ入れて、屋敷の裏口からこっそり外に出る。

一応、屋根裏部屋の机の上に置き手紙を残してある。これまで世話になった礼と、これからは自分で食い扶持《ぶち》を稼ぐから心配しないでほしいという内容をしたためた。

シャーリーを貴族として扱えないと言っていた叔父夫婦のことだ。彼女が勝手に出て行ったなら、きっと清々したと言うことだろう。

（でも、王城で雇ってもらえなかったらどうしよう……）

朝もやが立ちこめる中を歩きながら、シャーリーの胸に不安が湧き上がってくる。

重くなりそうな足取りを、彼女は「きっと大丈夫よ」と自分を鼓舞することで懸命に進めた。

（街で会ったメイドさんたちは、えり好みさえしなければ働き口はあると請け負ってくれたもの）

王城で不採用となっても、彼女たちにお願いして働ける場所を紹介してもらえばいい。

みんな気のいいひとたちだから、きっと協力してくれるはずだ。

ややもすればうつむきそうになる顔をぐっと上げて、シャーリーは王城までずんずん歩いた。

王都の郊外にある公爵家の屋敷から広大な敷地を持つ王城までは、大人の足で一時間以上かかる。王都自体がとにかく広大なので、たとえば東門から西門へ一直線に歩いたとしても、二時間近く街を歩くことになるのだ。

覚悟していたとはいえ王城に到着した頃には、シャーリーははぁはぁと肩で息をする状態になってしまっていた。

「国王様が住まうお城だもの。大きくて当然よね」

目の前にそびえ立つ王城を見つめて、シャーリーは独りごちた。

フィアード王国が誇る王城は、高い尖塔がいくつも連なる真っ白な建物だ。建てられてからゆうに三百年は経過しているが、朝日に照らされた城壁は劣化とは無縁とばかりに今日もきらきら輝いている。

真っ白な壁と違い、屋根はすべて赤色で統一されている。澄んだ青空に映える赤い屋根の尖塔は、それだけで芸術と謳われるほど美しかった。

シャーリーも思わず見とれてしまうが、今はゆっくりしている場合ではない。王城は建物の大きさももちろんだが敷地もとにかく広いのだ。

シャーリーがいる場所は正面門の目の前だ。ここからさらに裏に回らないといけない。

せめて飲み物くらい持ってくれればよかったと、額ににじむ汗をぬぐいながらシャーリーは再び歩き出す。

朝日がすっかり昇ったことで、王都全体に活気が出てきた。シャーリーのように下働きに応募しようとする人々も、そろって裏門への道をたどりはじめた。

「ついた……。きっとここね」

正面門と比べればこぢんまりとした……だが一般の屋敷と比べるとやはり広々とした門には、すでに二十人ほどが並んでいた。

行列の先には受付とおぼしき場所があり、役人が三人ほど控えている。門の両脇には槍を手にした衛兵が数人立っていて、応募者たち相手に目を光らせていた。

時刻はまだ七時過ぎだが、すでに行列ができているため受付を早めたらしい。並んだ順に名前や住所を確認し、次に身体検査や健康に関する質問を受けていた。

シャーリーも列の最後尾に並び、自分の順番をハラハラしながら待つ。

そうしていよいよ彼女の順番がやってきた。

羊皮紙とペンを持った役人が「次」とシャーリーを事務的に手まねく。

「名前は？」

「あ、お、おはようございます。シャーリーと申します」

「家名は？」

……いきなり言葉に詰まる問いかけがなされた。

（どうしよう。さすがに公爵家の名前を出してはいけないわよね？）

とっさに偽名を名乗る機転でも働けばよかったのだが、あいにくシャーリーにはそのようなものは備わっていない。

「ん？　おれの言うことが聞こえないのか？」

「い、いいえ……。あの、家名はあまり、言いたくないのですが」

「じゃあ身分を証明できるものは？」

「……」

それもなにも持っていない。唯一それらしいものと言えば、鞄に入っている指輪だ。

亡き父は指輪を贈るとき「これはおまえの名前や身分を証明するものになるから、常に身につけているように」と言っていた。

両親が大切にしていた宝石などは叔父夫婦がすべて相続してしまった。だがこの指輪だけは渡したくないと思って、屋根裏部屋の床板のゆるんだところに押し込め、厳重にしまい込んでいたのだ。

（とはいえ、今ここで指輪を出すわけにはいかないし……）

まごつくシャーリーを見て、役人が眉をひそめる。

そばにいた衛兵も彼女をうさんくさく思ったのだろう。「こっちへこい」と彼女の腕を取って、すぐ近くに建てられた小屋へ引っぱっていった。

「正直に白状しろ！　下働きの募集にまぎれて、なにかよからぬことをたくらんでやってきたのであろう⁉」

扉を閉めるなり衛兵が大声で怒鳴ってきて、シャーリーはびくっと身をすくめた。

「た、たくらんでなどおりません……！　こちらで働かせていただきたいと思って、やってきただけでございますっ」

「ならば身分を証明するものを持っていないのはなぜだ⁉」

衛兵が詰め寄ってくる。

もっともな問いだけに、シャーリーは答えられない。

そのうち衛兵とともにやってきた役人が、シャーリーの手から鞄を取り上げた。

「あっ！　ま、待って、見ないでください！」

「あやしいものを持っていないか確認だ。どのみち奥の面接場に通す前に、全員が荷物を検められている」

それならそうと、広場の告知に書いてくれればよかったのに。

着古した下着をわざわざ机に広げて検分する衛兵たちを見て、シャーリーは両手で顔を覆ってしまった。

（穴があったら入りたいとはこのことだわ……っ）

下働きといえども王宮で働くためにはこういうことも必要なのか……。そんなふうに落ち込んでいたときだ。

「む。なんだ、この指輪は」

ビロード張りの小さな小箱を引っ張り出した役人は、中に収まっていた指輪を見て眉をひそめた。

彼がそれを手のひらで転がしたり窓から差す光にかざしたりしたので、シャーリーはあわてて手を伸ばす。

「お、お願いですから乱暴に扱わないでください！　その指輪は両親の唯一の形見なんです……っ」

涙声で頼むシャーリーに対し、役人と衛兵はそろって奇妙な顔つきになった。

「この指輪はファンドン公爵家のものだ。おまえ、まさか公爵家からこれを盗んできたのではないだろうな⁉」

シャーリーは目を瞬かせる。どうして彼らはそれが公爵家のものとわかったのだろう？

「この指輪は貴族章と言って、十二歳になったときに貴族に贈られる身分証明だ。家紋と持ち主の名前が入れられる。庶民には無理だが、多少なりとも魔力を持つ貴族ならそれを読み取ることができる」

シャーリーは驚いた。

台座部分に家紋が入れられていることは知っていたが、名前まで記されていたとはわからなかった。両親から読み取り方を教わっておけばよかった。

「ふんっ、よもや盗人とはな。貴族章を盗んでどうするつもりだったんだ⁉」

「ぬ……盗んだのではありません！　それはわたしが、十二歳のときに両親から贈られたものです！」

　もう身分を隠したいと言っている場合ではなかった。真実を言わなければシャーリーは泥棒と決めつけられてしまうし、指輪も盗品として持って行かれてしまうかもしれない。

　が、衛兵も役人も胡乱なまなざしをよこすだけだ。

　それもそうだろう。シャーリーの格好は着古したお仕着せのワンピースとすり切れそうなストッキング、今にも穴が空きそうな革靴だ。長い金髪は邪魔にならないようまとめてあるだけで、どう見ても公爵令嬢の装いではない。

　衛兵はふんっと鼻を鳴らして、シャーリーの手を指さした。

「だったら手をよこせ。貴族章の指輪は、その持ち主以外の指にははまらないように魔法がかけられている。おまえがこの指輪の持ち主なら指輪はすんなりはまるはずだ。そうでないなら、指にふれた瞬間に弾かれる」

　そういうものなのか。シャーリーはおずおずと左手を差し出す。

　その手をぞんざいに摑んだ衛兵は、どうせ弾かれるだけだろうと言わんばかりの表情で指輪を彼女の中指にあてがった。

　丸い台座を持つ銀の指輪は、するりと彼女の中指に収まる。

　長らく身につけていなかったが、吸いつくようにぴったりであることにシャーリーは驚いた。これも魔法の力なのだろうか？

　だが衛兵と役人の驚きはその比ではなかった。

彼らは指輪がぴたりと収まるやいなや目玉が飛び出しそうな顔をして、ひぇっとも、うぉっともつかない声を漏らして固まってしまう。

シャーリーが「あの……？」と声をかけると、ふたりはそろって直立不動になり、次いで深々と頭を下げてきた。

「こ、ここ、公爵家の姫君に対し、大変な無礼をいたしました！」

「えっ……」

いきなり下手に出たふたりに、シャーリーは驚いてしまった。

「い、いいえ、あの……」

「指輪がぴったりということは、あなた様がファンドン公爵家のシャーリー姫であるとうまぎれもない証です。知らぬこととは言え、盗人の嫌疑をかけ荷物を検めた我々をどうかお許しください……！」

役人の声はところどころ裏返っており、額には冷や汗がびっしり浮かんでいた。

シャーリーはあわてて「あ、あの、顔を上げてください……っ」と頼み込む。

「怒っておりませんから。あの、わたしが公爵家の娘らしくないのは重々承知しておりますので……」

しかしふたりは「申し訳ありません」と謝るばかりだ。

シャーリーは何度も「気にしていないから」とくり返し、ようやくふたりに頭を上げさせた。

「しかし、姫君はなぜ王城の下働きなどに応募を？　よもやと思いますが……国王陛下とお近づきになるため、わざと庶民のフリをして忍び込もうとされていたとか？」

衛兵の質問に対し、役人が「おい、失礼だぞっ」と頭にごつんとこぶしをぶつける。

「し、失礼いたしました。最近そうやって裏門から入ろうとする貴族令嬢が多いもので……いてっ！」

「たとえそうだとしても、そのような下世話な話を公爵家の姫君に吹きこむな！」

衛兵の後頭部を役人がぽかぽか叩く。

その珍妙なやりとりに、そんな場合ではないというのに、シャーリーは噴き出してしまいそうになった。

（でも裏口からの侵入を試みる令嬢がいるくらい、代替わりした国王様は素敵な方なのね）

——先代の国王が亡くなったのは、ちょうど今から一年前のことだ。

半年の服喪期間を経て戴冠した新国王アシュトン様は、王太子時代から頭脳明晰・勇猛果敢で鳴らした素晴らしいお方と聞いている。

直接お目にかかったことがないシャーリーでさえ、その華やかな経歴は噂として聞き及んでいるほどだ。

ここフィアード王国では長いこと戦は起きていないが、十年近く前、同盟国である隣国が蛮族率いる新興国に攻め入られたことがあった。

当時王太子だったアシュトン様は弱冠十六歳でありながら、みずから兵を率いて同盟国に加勢したのだ。

我が国が誇る魔法とそれを駆使した騎士たちの前に、蛮族の兵はたちまち総崩れになった。

それをきっかけに、アシュトンの名はフィアード王国はもちろん、同盟国をはじめとする近隣諸国にも迅雷のごとくとどろいたのである。

随行した騎士たちによれば、王族にふさわしい魔力を放ち敵をしりぞけたアシュトンの勇姿は、まさに国を切り拓いた初代国王のような神々しさにあふれていたという。

その力と威容を前に、フィアードの者だけでなく、彼の前に出たすべての人々が自然と膝をつき頭をたれたという話だ。

（たまに市場に出回る肖像画もとても猛々しく描かれているし。黒髪に緑の瞳の勇猛な獅子と言われている方だから、きっとたくさんのご令嬢が魅了されてしまうのでしょうね）

とはいえ、下働きをするつもりの自分が国王陛下にお目にかかる機会はまずないだろう。

そこで、ここへきた目的を彼女ははっと思い出した。

「あの、わたしは本当に、下働きに応募しにきたのです」

「にわかには信じられませんが……。よろしければお話をうかがっても？」

身分を知られたからには隠していてもしかたない。シャーリーは素直に打ち明けた。

「実は……。わたしは貴族でありながら、魔法を満足に使うことができないのです。このまま公爵家にいても貴族として暮らすことは難しいので、庶民のように働くことで身を立てようと思いまして……」

「それで下働きの応募に？　はぁ、それは……」

役人はなんとも言えない顔で首を傾げる。そして腰元に巻いていたポーチから、なにやら細長い棒のようなものを取り出した。

「これは魔法具省の開発部が作ったものでして、魔力の値を計る魔法具になります」

「魔力の値……？」

「はい。その貴族が、潜在的にどの程度の魔力を持っているかを計測できるのです。主に騎士志願者や、魔法具省への入省希望者に対し使われるものですが。――今回の下働きの募集は身分問わずでしたからね。あなたのように貴族の血を引く方がいらっしゃる場合も考えて、一応携帯しておりました」

失礼と一言断ってから、役人はシャーリーの手首の内側に魔法具の先端をあてがう。

すると、棒状の魔法具の中央にはめられた小さなガラスが、みるみる色を変えていった。

「大部分の貴族なら赤、侯爵クラスになると青、公爵クラスになると金色に光るのですが……ああ、ほら見てください、まばゆいほどの金色です。あなたは間違いなく、公爵家の名にふさわしい量の魔力を備えております」

役人の言うとおり、赤、青、黄色、と色を変えていったガラスは、最終的にきらきらと金色に輝きだした。

「これより輝かしい色となると白金ですが、そちらは現在、国王アシュトン陛下だけが持ち得る色となっております」

「貴族章だけでも確実でしたが魔力の値もこれほどのものとなると、やはりあなたが公爵令嬢であることは疑いようがありませんな」

衛兵が感心半分、あきれ半分の口調でつぶやいた。

「名誉ある公爵家の姫君であり、これほどの量の魔力をお持ちになる方を王城の下働きに落とすなど、とんでもないことでございます。姫君、詫び状をご用意いたしますので、そちらをお持ちになって公爵家へお戻りください。もちろん馬車も用意させていただきますので」

役人の丁寧な言葉に、シャーリーは大いにあせって首を横に振った。

「お、お願いです、どうか働かせてください！　家には戻りたくないのです……！　掃除でも洗濯でも、ジャガイモの皮むきでも、なんでもできますから！」

「とんでもない！　姫君にそんなことをさせたと知られたら、我々の首が飛びます！」

衛兵も役人もそこは一致しているらしく、勘弁してくれと言わんばかりにあとずさった。

「とにかく、姫君をこのようなところへ押し込めていることはできません。客間の用意を頼みますので、どうかこちらへおいでください」

「お願い、家には帰りたくないの。なんとか置いていただく方法は……！」

必死に食い下がるシャーリーだったが、役人は渋い顔で首を横に振るばかりだ。

そのうち衛兵が呼んできた女官が小屋にやってきた。

「姫君、案内させますのでどうぞ城内でお待ちください」

　有無を言わせぬ口調で役人に言われ、深々と頭を下げられる。

　シャーリーはもどかしい気持ちを抱きながらも、あきらめて女官の背に続いた。ここで食い下がったところで、役人たちの立場では追い返す以外のことはできないのだろう。

（でも、公爵家には帰りたくない……！）

　もうシャーリーが公爵令嬢であることは知られてしまった。詫び状が届けば、すみやかに家に帰されてしまうだろう。

　シャーリーがここにいるという連絡もすでに公爵家に行っているかも……ああ、そうなったら、叔父夫婦がかんかんになって乗り込んでくる可能性も……。

（どうしよう。どうしよう。せめてここにきたことが知られずに去ることができればいいのだけど……）

　悶々と考えていたせいか、いつの間にか城内でも華やかな一角を歩いていることにシャーリーは唐突に気がついた。

　広々とした廊下には織り模様の美しい絨が隙間なく敷かれ、右手側の大きな窓から入る光が、そこここに置かれた美術品を照らし出している。

　左手側に並ぶ扉はどれも大きく、開け閉めが大変なほど重たそうだ。

　おそらくここは客間が連なる棟なのだろう。こんな心境でなければ夢見心地で歩いていたかもしれないけれど……。

（いえ、のんきに歩いている場合じゃないわ。家に連絡が行っているなら、叔父夫婦が乗り込んでくる前にここを離れなければ！）

「あ、あの、お手洗いに行きたいのですけど」

頭を働かせたシャーリーは、女官の背にそう声をかける。

「お手洗いでしたら、今曲がった道を戻って、右手側になりますが」

「ありがとう。ちょっと行ってきますから、ここで待っていてください」

「あっ、お嬢様」

言うなりすばやく駆け出したシャーリーを、女官があわてて追いかけてくる。

近くの角を曲がり物陰に隠れたシャーリーは、女官が走り去っていくのを見送ってから反対の方向へ飛び出した。

「出口はどこかしら。ああっ、ぼうっと考え事なんかせずに、ちゃんと道順を覚えておけばよかった……！」

幸い廊下は窓に面している。窓の下には瀟洒《しょうしゃ》な庭が広がっていた。

ここが一階なら窓枠を飛び越えることもできたが、この高さはおそらく三階ほどだ。飛び降りるなどとんでもない。

「せめて方角がわかればいいのだけど……」

どうしようと思いつつ、とにかく女官を振り切るために歩きはじめるシャーリーだったが。

「うおっ？」

「きゃっ……！」

角を曲がったところで向こうから歩いてきた誰かとぶつかり、危うくひっくり返りそうになった。

そうならなかったのは、相手がシャーリーの細腰に腕を回し、彼女をひしと抱き留めてくれたからだ。

「大丈夫か？」

「あ、あっ……」

シャーリーはこぼれんばかりに目を見開いて、思わず口をパクパクさせてしまう。

彼女を抱き留めていたのは、彼女より頭ひとつぶんも長身のすらりとした男性だった。

ほんのり汗を含んだ艶やかな黒髪と上気した白い肌、開かれた襟からのぞく喉仏が眼前にあるだけで、恥ずかしさと驚きでかたまってしまったが——。

（なんて……なんて、素敵な方かしら）

特出しているのはその顔立ちだ。顎のラインや鼻筋は男らしく凛々《りり》しいのに、大きく見開かれた緑の瞳は、長い睫毛に美しく縁取られている。薄く開かれたくちびるが妙になまめかしく見えて、シャーリーはみるみる真っ赤になってしまった。

（こんな素敵な男の方、はじめて見た……）

美麗という言葉がぴったりの端整な顔立ちをしていながら、シャーリーを抱きしめる腕

は太く、胸板も厚くて硬い。

着ているものはシャツとジレ、脚衣だけなのに、まるで王冠を被っているように見えた。

「すまないな、急いでいて前をよく見ていなかった。怪我はないようだが……大丈夫か？」

「あ、は、はいっ！　失礼いたしました……！」

シャーリーがなかなか動かないせいで、相手の男性は彼女に怪我をさせてしまったかと心配になったらしい。

頭のてっぺんからつま先まで見つめられて、シャーリーはあわてて彼の腕から飛びのいた。

そのとき、廊下の向こうから「見つけた！」という女官の声が響き渡る。

「もうっ、いきなり走り出されては困ります！　王城は広いので簡単に迷ってしまっ……、あ、こ――国王陛下⁉」

厳しい顔つきでシャーリーに近づいてきた女官は、ふと彼女の隣にいる人物を見やり、喉を絞められた雄鶏のような声を上げた。

シャーリーもまた「えっ」と絶句してしまう。

おそるおそる見上げると、国王と呼ばれた男性は「まいったな」と言わんばかりに、うしろ髪を掻いていた。

「鍛錬で遅くなってしまったから、客室棟を通って近道しようとしていたんだ。クリスには黙っておいてくれないか？　バレるとうるさいから……」

「──あいにく、もうバレておりますよ、陛下。なかなかお戻りにならないので、どうせここを通ってくるだろうと待ち伏せておりました」

また別のほうから声が飛んでくる。

女官とは反対方向から歩いてきたのは、こちらも整った顔立ちの男性だった。栗色の髪をなでつけていて、文官のような格好に身を包んでいる。

彼はおどおどしていするシャーリーを一瞥《いちべつ》してから、かたわらの女官に目をやった。

「こちらのご令嬢が、例の下働き希望でやってきた方で間違いないですか？」

「は、はい。裏門から案内を仰せつかりました……！」

「よろしい。あとはわたしが引き受けます。あなたは奥向きの仕事に戻りなさい」

栗色の髪の男性に言われて、女官はさらに深く頭を下げ急いで立ち去っていった。

「下働き希望の、令嬢？　どういうことだ、クリス？」

女官を見送ってから、黒髪の男性が今一度シャーリーを頭からつま先まで眺めてくる。

クリスと呼ばれた栗色の髪の男性は「これから説明しますよ」とうなずいた。

「ですがそれより先に、どうぞ執務室にお戻りください、アシュトン陛下。内務大臣が昨日の議題の件で、陛下の確認を取りたいとお待ちになっています。陛下がそちらに対応しているあいだに、わたしが彼女の世話をいたしますので」

（なんだか妙なことになったわ……）

クリスに案内されある一室に入ったシャーリーは、そこで待っていたふたりの女官によりなぜか浴室に案内された。

着古したお仕着せや下着をあっという間にはぎ取られ、花の香りがする泡いっぱいの湯船に入れられる。

泡の下はちょうどいい温かさの湯で満たされていて、心地よさのあまりため息が出てしまった。

「御髪を洗わせていただきます。熱かったり痛かったりしたら言ってくださいませ」

「手をこちらにお願いいたします。お身体も洗わせていただきますので。指輪は一度外してこちらに置いていただけますか？」

女官のひとりが可愛らしい陶器を差し出してくる。シャーリーはおずおずと外した指輪をそこに置いた。

「あの、わたし、自分で洗えますから」

「申し訳ありませんが、クリス様よりお嬢様の支度を完璧にととのえるよう仰せつかっております。洗い残しなどがありますとわたしどもが怒られてしまいます。どうかご容赦くださいませ」

そう言われてしまうと、シャーリーもそれ以上なにも言えない。

なにより主人に叱責される恐ろしさは、この五年で身に沁みていた。柔らかな笑顔を浮かべる彼女たちが怒られるのは本意ではない。

とはいえ、他人に身体を洗われるなど久しぶりだ。

公爵令嬢らしく暮らしていた頃はなにも考えずに身を任せていたものだが、今は（もう少し頭を起こしたほうが洗いやすいかも……？）とか（きちんと腕を上げていないと洗いにくいかしら？）とつらつら考えてしまう。

そのため女官たちに「お嬢様、楽にしていて大丈夫ですので」と言われてしまった。

（うぅ、恥ずかしい……）

すみずみまで洗われたシャーリーは、今度は湯から上がるようにうながされる。

きれいなお湯で泡を流したあとは、花の香りがするオイルを全身にすり込まれた。

髪は女官が魔法を使って乾かしてくれた。横の髪を少し残してっせと編み込まれる。

編み込んだ髪は後頭部の下のほうでくるりとまとめられ、花の髪飾りをつけられた。

残った横の髪は胸元へふわりとたらされる。

どこからか新しい下着が出てきて、女官は手早くそれらをシャーリーに着つけていった。

使用人暮らしがはじまってからというもの、コルセットはひとりで身につけられる簡易なものを使っていたが、女官たちが用意したのは背中側で紐を縛るしっかりしたタイプのものだ。

「お嬢様はほっそりしておいでですから、無理に締めつけずとも充分お美しいです」

そんなことを言いながら、女官たちは手際よく紐を締めていく。

そしてまたどこからか、淡い黄緑色のドレスが出てきた。袖口や襟元を飾るレースが可愛らしくて、シャーリーは思わず「なんて素敵なの」とつぶやいてしまう。

「お気に召していただき嬉しく思いますわ。さっそく袖を通してみてくださいませ」

言われるまま着てみるが、腕や胴回りが少しあまってしまう。女官たちは再び魔法を使い、その部分を手早く詰めてくれた。

そうしてすっかり支度が調った頃、まるで見ていたようなタイミングで扉が軽くノックされる。

「そろそろ陛下がこちらにおいでになります。準備はできましたか？」

「はい、クリス様。ちょうどお支度が済んだところでございます」

女官のひとりが扉を開けて、うやうやしく頭を下げながら答える。

入室してきたクリスは、シャーリーに目を留めるとかすかに目を瞠った。

「ほう、これはこれは。……そういう格好をしていると公爵家の姫君というのも納得がいきます」

「あっ……！　その指輪は」

クリスの手には先ほどの陶器があった。その中央でシャーリーの指輪が輝いている。

「あなたが身支度を調えているあいだに、こちらでも再度検分させていただきました。この指輪は間違いなくファンドン公爵家のシャーリー姫のものです。そして――」

シャーリーの左手を取り、その中指に指輪をはめたクリスは、ひとつうなずいた。

「こうして指輪をはめられるということは、あなたは間違いなく公爵家の姫君ということですね。それなのに下働きに応募してきたというのは信じがたいことですが」

「あの、それには事情が……」

「同じことを何度も説明するのは手間でしょう。そろそろ陛下がこちらにおいでになるので、そのときに――」

クリスの言葉にかぶせるように、一度閉じた扉が再度がちゃりと開いた。

「失礼する。先ほどの令嬢はこちらか――」

「あ――」

入ってきたのは、国王アシュトンと呼ばれていたあの黒髪の男性だ。

その姿を見て、シャーリーは思わず息を止めてしまう。

先ほどぶつかったときと違って、彼はきちんと髪を整え刺繍《ししゅう》入りの丈長の上着を羽織っていた。襟元にもきちんとタイを巻き、宝石のピンで留めている。

先ほどの少し崩した格好も、野生美にあふれ素敵だったが――。

（ほ、本当に、国王様だわ。なんて凛々しく立派なのでしょう……！）

絵姿でしか拝見したことのない国王アシュトンの姿を前に、シャーリーは心臓を射貫かれたような衝撃を受け、立ち尽くしてしまった。

だがそれは相手も同じだったらしい。シャーリーを見るなり息を呑んだ様子で固まっていた国王アシュトンは、少ししてから感嘆のため息とともにつぶやいていた。

「なんと美しい……。先ほども可愛らしい娘だと思ったが、そうして着飾ると別格だな。なるほど、令嬢という言葉が実にしっくりくる」

納得したというようなうなずきとともに、にっこりほほ笑みかけられて、シャーリーは全身がかぁっと熱くなるほど心臓を高鳴らせてしまった。

（あ、あ、わたしったら、どきどきしている場合ではないのに……っ）

シャーリーはあわててドレスの裾をつまみ、片足を引いて深々と頭を下げた。

「こ、国王陛下におかれましては、ご機嫌うるわしく……っ。ファ、ファンドン公爵家のシャーリーと申します……！」

「わたしはアシュトン。この国の王だ。先ほどクリスから少し話を聞いたが、公爵家の姫君でありながら下働きに応募してきたのだそうだな？」

「は、はい……っ」

アシュトンは決して威圧的な言い方はしていない。

むしろ快活で人好きする話し方をしているというのに、国王陛下という称号とにじみ出る高貴なる雰囲気のせいか、シャーリーはどうしても緊張してしまった。

緊張するだけならよかったのだが……そのせいで胃のあたりが妙な感じに痛み、あげく
『ぐぅぅ〜……きゅるるる……』という、間の抜けた音が響いてしまう。

アシュトンもクリスも、女官たちも目を丸くしていた。シャーリーはぼんっと真っ赤になって、お腹を押さえて弁解する。

「も、も、申し訳ございませんっ！　あの、実は朝食を食べずに屋敷を出てきたもので、その、お、お腹が、すいておりまして……っ！」

淑女としてあまりに情けない言葉だ。思わず涙目になってしまうが、目の前の国王はそんな彼女の羞恥を吹き飛ばすごとく、声を上げて豪快に笑った。

「ははははは！　いや、腹が減るのはいいことだ。身体が活力を求めている証拠だからな。わたしも朝の鍛錬のあとは軽食を口にするのだが、今日は内務大臣のせいでそれにありつけなくて、腹が減っている。――誰か！　ここに食事の用意を。軽いものでかまわない」

「承知いたしました」

ふたりの女官がすぐに頭を下げ、それぞれ準備に動き出す。

そのあいだ、アシュトンは真っ赤になってうつむくシャーリーに歩み寄りその手を取った。

「あっ……」

「そう泣くことはない、姫君。さぁ、食事ができるまで向こうで少し話そう。クリス、おまえが給仕についてくれ。先に茶を入れてほしい」

「はっ」

クリスはすぐに頭を下げて、陽光の差し込む明るい居間にふたりを先導する。

彼がお茶の支度をする傍ら、シャーリーはアシュトンにうながされ彼と隣同士で長椅子に腰かけた。

（こ、国王陛下と並んで座るなんて……っ）

あまりに不敬ではないだろうか。だがアシュトンは気にした様子なく、シャーリーを興味深そうに見つめていた。

「さっそくだが、あなたが下働きに応募してきた目的を聞かせてもらおう。まさか本当に下働きになるためだったということはないだろうな？」

「い、いいえ……。下働きになるためで間違いありません。わたしは、あの……」

国王陛下に言っていいものかと逡巡したが、隠したところでどうせすぐにバレてしまうだろう。彼女は正直に自分の恥を明かした。

「わたしは、魔法をうまく使えないのです。魔力はあるはずなのですが……子供でも使えるような簡単な魔法ですら、ろくに使うことができなくなったのです……！」

そのせいで叔父夫婦によく思われていないこと、ろくな嫁ぎ先もないと思われていること、それならば庶民と同じように働いて自立しようと思ったことをシャーリーは一息に話した。

話す前はためらいがあったのに、いざ口火を切ったあとは自分でも驚くほどすらすらと言葉が出てくる。

一気に話して少し息切れを起こす彼女を、アシュトンはじっと見つめていた。

「それで下働きに応募しようと思ったわけか……また思いきったことを考える。あなたは魔法が使えないだけで、魔力はあるのだろう？　役人が魔法具でそれを証明したとクリスからも聞いているが」

「でも、本当に簡単な魔法すら使えなくて……っ。ランプに火を灯そうとすればガラスを割ってしまうし、水差しの水を増やすどころか泥水に変えてしまったりして……ごめんなさい……」

言えば言うほど情けなく、恥ずかしくなってくる。

だがそれ以上に申し訳ないという気持ちが強くなってきて、シャーリーの胸は悲しみで押しつぶされそうになった。

「どうして謝るのだ？　……なぜ、泣く？」

気づけばシャーリーはぽろぽろと涙を流していた。はっとして止めようとするが、涙は次から次へとこぼれてくる。

叔父夫婦はシャーリーの涙をきらっていた。おまえが泣くと反吐《へど》が出ると言われたことすらある。

目の前の国王がそんなひどい言葉を言うとは思わないが、不快な思いをされていたらどうしようと思うと怖くなって、ますます涙が出てきてしまった。

だが涙を理由に質問に答えないことは許されない。シャーリーは何度もしゃくり上げながら、必死に言葉をつむいだ。

「な、情けないのです……っ。この国の貴族は陛下とともに、国を魔法で豊かにするために、魔力を血とともに繋いでいるものでしょう？　わ、わたしは、公爵家の娘として生まれて、魔力もあるはずなのに……っ、う、うまく魔法が使えなくて……貴族として、陛下のお役に立つことができませんっ」

アシュトンがわずかに息を呑む。

シャーリーは袖口で涙をふこうとするが、このドレスも借り物であることに気づいた。せめて涙でシミができないよう、手の甲で目元をしっかり押さえる。

「こんなに素敵なドレスを着せていただいて、お忙しい中、お話まで聞いていただいているのに……情けないです。とても、申し訳ないです……」

「そんなに自分を責めるな。ほら、茶が入った。まずはそれを飲んで落ち着くといい」

ふたりの前にカップが置かれる。給仕に当たっていたクリスは、ナプキンをシャーリーの前にそっと置いてくれた。彼女は感謝をつぶやき、それでようやく涙をぬぐう。

言われたとおり温かい紅茶を飲むと、少しほっとできた。

女官も戻ってきて、テーブルに軽食を並べていく。

サンドウィッチとスコーン、小さなケーキと果物の盛り合わせだ。傍らにはジャムとクリームも山ほど用意される。

「さぁ、食べなさい。話の続きはそれからだ。わたしも食べる」

シャーリーが気を遣わないようにするためか、アシュトンはすぐにサンドウィッチを手に取り、大きな口を開けてかぶりついた。

お腹が空いていたのは本当らしく、彼はあっという間にサンドウィッチをふたつも食べてしまう。

豪快な食べっぷりにシャーリーも食欲を刺激されて、おずおずとスコーンに手を伸ばした。

ここ五年間、甘い菓子とは無縁の生活だった。

たまに失敗した菓子が下働きに回ってくることがあったが、なにかと用事を言いつけられることが多かったシャーリーは食べられないことが多かった。

そのためジャムをつけたスコーンを口に入れた瞬間、鼻の奥にふわりと抜けた甘い香りだけで思わず大きく目を輝かせてしまう。

「っ……美味しいです！　とても、とっても、美味しいです……！」

感動のあまり、思わず叫ぶように口にしていた。すぐにはしたない行為だと気づきはっとしたが、アシュトンは「そうか」と嬉しそうに笑っていた。

「それならばもっと食べるといい。なんなら追加を言いつけてもいいぞ？」

「い、いえっ、そこまでは……。い、いただきます」

美味しい食事の誘惑にあらがえず、アシュトンが笑顔でうながすことも手伝って、シャーリーはそろそろとジャムの器に手を伸ばした。

ほどなく皿はからになる。紅茶も二杯いただいたところで、シャーリーはすっかり満たされて温かな気持ちになっていた。

（久しぶりにお腹いっぱい食べたわ……）

食事を抜かれることはさほどなかったが、硬いパンとスープが主だっただけに、バターがたっぷり練り込まれたスコーンにも、卵やキュウリが挟まれたサンドウィッチにも感動してばかりだった。

食事が終わると女官は片づけのために下がり、クリスもアシュトンを呼びにきた文官に対応するため部屋を出て行った。

思いがけず国王とふたりきりになり、シャーリーはにわかに緊張する。

そんな彼女の気持ちに気づいたのだろう。アシュトンはわざわざ「あなたの不名誉になるような無体なことはしない。誓おう」と宣言してくれた。

「そ、そのような心配はしておりませんわ」

「そうか。だが今後は男とふたりきりになったら、相手が誰でも心配しなさい。あなたはとても美しい。たいていの男は見た瞬間に骨抜きになるほどにな」

片目をつむって言われるが、シャーリーは曖昧《あいまい》にほほ笑むに留める。自分が美しくなったとしたら、それはドレスと髪型のおかげだろうと思ったからだ。

「さて、先ほどの話の続きだ。まずはあなたが魔法を使えない件について。役人が調べた限り、あなたには魔力はしっかりあるとのことだが」

「はい、そのようで……。魔力の値を測る魔法具を当てたら、金色になっていました」

「ふむ……。あの魔法具は我が国が誇る魔法具省の研究所が開発したものだ。十年前の隣国との戦で騎士を連れて行くことになって、その選別のために開発されたのだ」

――この国の軍隊には一般の兵と、魔力を持つ貴族出身の兵がいる。

そして一兵卒以上の力を持つ『騎士』になるには、魔法を使えることが絶対条件とされていた。そのためこの国で騎士号を持つ者は、もれなく貴族の出身だ。

彼らは周辺諸国の騎士と同じく剣も槍も馬術も達者だが、同時に魔法をもうひとつの武器として使う権利を有している。

もともと【魔力】は、この国を発展させるために神が与えた奇跡の力だ。

その経緯から、魔力を用いて誰かを害したり傷つけたり、おとしめたりする行為は御法度となっている。

しかし騎士はみずからの身を魔法で守ることはもちろん、国防のためなら攻め入ってくる敵を魔法で攻撃することも許されていた。

「軍に入隊する貴族は、ほとんどが騎士を目指している。だが戦いや防御のための魔法を使うには、生まれつき持つ魔力の量がある程度ないと厳しいのだ。昔はそうと知らずに騎士を目指す者が、自らの魔法に呑まれて傷つくことも多くあった。――あの魔法具を通し、自分の魔力がどの程度の大きさか最初の段階で理解することで、騎士を目指せるか否かを早い段階で見極めることができるのだ」

「便利な道具なのですね」

「その通り。あなたが男性なら、騎士団で鍛えてみないかと今すぐ勧誘するところだ。金色になるほどの魔力を持つ者はそうそういないからね」

「まあ」

　茶目っ気たっぷりに言われて、シャーリーは思わず笑顔になった。

「とにかく、魔力が大きい者は当然ながら使える魔法の種類も多い。おまけにそのひとつひとつが強大で、精度のいいものであることがほとんどだ。そのため軍に入隊するなら騎士の育成所に、研究所に入るなら役職を目指す部門に入所をすすめる。あの魔法具は貴族に適正な地位をあてがうために開発されたようなものだ」

「そうなのですね」

「そしてその理論で言うと、あなたほどの魔力を持つ者が王城の下働きなどになるのは、とんでもないという話だ」

　アシュトンはきっぱり言い放つ。

　つまりはシャーリーを下働きとしては雇えないということだ。

　魔法具の説明に興味深く聞き入っていたシャーリーは、一転してがっくりと肩を落としてしまった。

「そもそもの話、この国の貴族は最初の祖となった人物の魔力の大きさ、強さによって階級分けがされている。一番強いのが王家、その次が公爵家、その次が侯爵家というようにだ。生まれた家によって個々の貴族が持つ魔力の大きさもかなり違う。――そしてあなたは公爵家生まれにふさわしい、大きく上質な魔力を備えているのだ。それが使えなくなるというのは本来ならばあり得ない話だ」

「でも……現にわたしはうまく魔法を使うことができません」

「まぁ聞きなさい。先ほどわたしは、魔力が大きいと使える魔法の種類も多いと口にした。覚えてるな？」

「はい」

「それはつまり、魔力を魔法として変換する回路がたくさんあるということなのだ。そしてその回路はたくさんあればあるほど、ちょっとしたことで複雑にからまったり変に途切れたりと不具合が出やすくなる。今のあなたは、おそらくそういう状態ではないかと思うのだ」

シャーリーはぱちぱちと目をまたたかせる。

いまひとつ理解しきれていない様子の彼女に、アシュトンは「そうだな。下水道にゴミが詰まって、水がうまく川まで流れて行かない状態とでも思ってくれ」と説明した。

「つまりそのゴミを取り除いてやれば、あなたの魔力はきっとうまく流れはじめると思うのだ。……ちなみに、あなたが魔法を使えないのは生まれつきか？　それともなにかきっかけがあってのことか？」

「あっ……小さい頃は普通に使えていました。でも……両親が事故死してから、うまく使えなくなってしまったのです」

「ふむ、そういえば先代のファンドン公爵は、馬車の事故で亡くなってしまったのだったな。そうか、あなたはあのふたりの忘れ形見なのか……」

シャーリーの姿をまじまじ見て、アシュトンはしみじみとした様子でうなずいた。

「両親をご存じなのですか？」

「奥方には一度か二度しか会わなかったから正直よく覚えていないが、あなたの父であるバートのことはよく知っている。明朗快活で、貴族としても政治家としても素晴らしいひとだった。ロンソン川に堤防を築く際、彼の案が採用されたことは知っているか？」

「いえ……」

「ああ、長い話になるからそれはあとで教えてあげよう。今はあなたの魔力のことだ」

アシュトンは軽く手を払って話をもとに戻した。

「先ほど、下水にゴミが詰まって水が流れないと話したな。それと同じ言い方をすれば、あなたの魔力回路は両親の事故死による悲しみによって詰まってしまったのだ。魔力と感情には密接な繋がりがある。悲しみのあまり食事が喉を通らなくなることがあるだろう？あれと同じで、魔力も回路を通らなくなってしまうことがあるのだ」

シャーリーは「そういうことだったのか」と思わずうなずいた。

確かに両親が事故死したあと、シャーリーは目が腫れるほど泣き続けて、食べることも眠ることもできないほど悲しみにひたっていた。

まさかその悲しみが魔力をせき止めていたなんて……。

「だが時間薬という言葉があるように、どんな悲しみでも時間が経てばある程度落ち着き、魔法は使えるようになる。……それが五年間も使えていないということは、あなたの中で悲しみが続いているか、そこにさらなる悲しみやくるしみが加わってしまっているということだ」

……アシュトンの言うとおりだ。この五年間、シャーリーは公爵令嬢からメイドに落とされ、叔父夫婦に邪険に扱われる毎日だった。

悲しみを癒やすどころか、さらなる悲しみがのしかかる日々だったのだ。

（悲しみが積み重なることで、魔力の回路がさらに詰まっていってしまったのね）

「もともと持つ魔力が少なければ、おそらく『うまく使えない』ではなく『完全に使えない』状態になっていたはずだ。生まれつきの魔力が多かったからこそ、魔法が暴発する事態に陥ってしまったのだろう。難儀なことだったな」

シャーリーのことをそうねぎらってから、アシュトンは「どれ」と大きな手を差し出してきた。

「ちょっと手を貸してみなさい。応急処置みたいなものだが、あなたの魔力の回路を開いてみよう」

「そ……そんなことができるのですか？」

「なに、簡単なことだ。あなたの回路にわたしの魔力をちょっと流す。そうすることで詰まっているものを押し流す。そのためにはふれあうことが必要なのだ」

だから手をと再度言われ、シャーリーはそろそろと手を差し出した。

回路を開くうんぬんより、自分などが国王陛下の手にふれてもいいのだろうかという恐れ多さが勝っていた。

それでも自分の小さな手を彼の手に載せる。アシュトンはすぐに彼女の手をぎゅっと握ってきた。

途端に、彼とふれあう手のひらから温かななにかが身体の中に入ってくる。

「あっ……！」

シャーリーは驚きのあまり声を上げる。

――まるで凍えそうな寒い朝、お湯に手を入れたときのような感覚だった。

痺《しび》れるような熱さが指先から腕を伝って全身を巡り、身体全部がぽかぽかしてくるあの感じ……再び入浴しているような心地よさがやってきて、シャーリーは我知らずため息をこぼしていた。

（気持ちいい……）

なんだか身体全部が軽くなったみたいだ。不思議なことだが、魔力の流れのようなものがぼんやりと感じ取れるようになる。

「今なら、魔法を使えそうな気がします……」

アシュトンが手をゆるめたので、シャーリーはその手を胸元に持っていき、暖炉に目を向けた。

最近は暖かくなってきたので、昼間は暖炉に火を入れていない。シャーリーは燃え残っている薪を見つめ炎が灯るように念じた。

その途端、柔らかな炎がぽっと薪について、暖炉は赤々と燃えはじめる。

「陛下、できました！　暖炉に火を入れられましたわ！　以前やってみたときは危うく火事を起こすところだったのに……！　少し念じただけであっという間に……ああ、すごいわ、ありがとうございます！」

感謝と興奮のあまり、シャーリーはアシュトンの手を取り指先にちゅっと口づけていた。

その瞬間、アシュトンがぶるっと大きく震える。

はッっとしたシャーリーはあわてて手を離し、長椅子から床に転がるようにひれ伏した。

「も、申し訳ございません！　陛下にみだりにふれてしまうなど……っ、大変失礼いたしました！」

すると今度はアシュトンが息を呑み、「顔を上げてくれ」と、わざわざシャーリーの腕を取って長椅子に座らせてくれた。

「すまない、いやだったわけではない。少々驚いただけなのだ」

「で、ですが、陛下をご不快な気持ちに……っ」

「なっていない。この程度で気分を害するほど狭量じゃないぞ、わたしは。それより――」

腰に手を当てふんっと胸を張ったアシュトンは再びシャーリーの手を取り、先ほどと同じように魔力を流してくる。

お湯に浸かったときのような温かさが身体をめぐり、シャーリーはうっとりと目を細めた。

「温かくて気持ちいいです……。魔力を流すとこんなふうになるのですね」

「いや……一口に魔力を流すと言っても、相性が悪いとこうはならない。むしろ血管を虫が這《は》い回っているような不快感を覚えることすらあるのだ」

「えっ？　そうなのですか？」

「ああ。だが……あなたとわたしの魔力は、どうやらその相性がよさそうだ。……ためしに、あなたもわたしに魔力を流してくれないか？」

「えっ、ど、どうやれば……？」

「先ほど暖炉に火を入れたのと同じようにすればいいのだよ。わたしを温めたいとでも念じればいい」

それなら……とシャーリーは目を伏せて、自分の魔力を彼に向けて流していく。

そうすると自分の手のひらから彼の手のひらに、温かさが流れていくのをはっきり感じられた。

（ああ、魔力って、誰かにこうして与えるのも気持ちいいものなのね……）

お湯に浸かっているどころか……なんだか……それ以上に熱く、身体の内側からかっかっとほてってくるようだ。暖炉の火があるせいだろうか？

だが熱さはどんどん高まってきて、なんだか肌の内側がくすぐったいような、むずがゆい感じが大きくなってくる。

「んっ……へいか？　これは……？」

シャーリーはかすれた声でつぶやく。

頭がぼうっとしてきて、考えがうまくまとまらない。一方で下腹の奥が妙に疼いて、足が勝手にもぞりと動いた。

うっすら目を開けて見てみると、アシュトンもどこか夢を見ているような瞳でこちらを見つめてくる。

意外と近くにあったその瞳にどきりとした瞬間、それまで感じていた熱がいっそう大きくなった。

「あっ……？」

下腹部の奥がずくりと疼いて、なぜか切ない感じが喉の奥からせり上がってくる。

思わずつばを呑み込むと、アシュトンの喉仏がごくりと上下するのがわかった。

「ああ、シャーリー……なんという……」

「？　へい……、あっ」

突如抱き寄せられて、シャーリーの華奢な身体はアシュトンの腕にすっぽり収まる。

ふれるところが大きくなったせいか、あるいは彼の熱い体温を感じたせいか、身体の奥がいっそううずうずと沸きたってきた。

「あ、ああっ……」

「ああ……なんといいものか。つがいとの交歓がこれほどいいものとは……！」

（つがい……？）

シャーリーは首を傾げる。だが指先で背中をなぞられ「ああっ……！」と切ない声が漏れた。

身体の疼きが大きくなり、浮かんできた疑問はあっという間に霧散していく。

「へ、へいか……っ」

（わたしの身体になにが起こっているの？　ああ、でも……なんて気持ちいいの……）

シャーリーは戸惑いながらも快感にひたりはじめる。そんな彼女の耳元をアシュトンのくちびるがかすめていった。

「シャーリー……」

甘くもくるしげなささやきに、心臓がとくんと跳ね上がる。

アシュトンの声はわずかにかすれていた。それがよけいに身体の奥底を揺さぶってくる。

思わずふるりと震えた彼女は、顔を上向かせられた直後――くちびるを奪われていた。

「んんっ……!?」

さすがにびっくりして身体がびくっとこわばる。

驚きのあまり口が大きく開いてしまったが、そこへアシュトンがすかさずなにかを差し入れてきた。

「……！」

くちびる同士が重なっているのだ。入ってくるものはアシュトンの舌に違いない。

（陛下は、どうしてこんなことを……？）

だが深くことはできなかった。背をなでられたときと同じように、舌で口蓋を舐《な》められた途端に「ンンぅっ……!?」とシャーリーは震えてしまう。

アシュトンはやめるどころか、より大胆に舌でシャーリーの口内を探ってきた。

「ふぁっ……、あ、んっ、んむ……っ」

舌先で歯列の裏をなぞられ、頬の内側を刺激される。

大きく口を開いたシャーリーはうまく息ができず、何度もうめきのような声を漏らしてしまった。

だが彼の大きな手がなだめるように背や髪をなでてくれるのが心地よく、たちまち夢中になって身を預けてしまう。

おずおずと舌をさし出せば、アシュトンは待っていたとばかりに彼女の舌を自らの舌でからめ取った。

「ふぁあ……っ！」

びりっと痺れるほどの甘い疼きが、背筋を這い上がってくる。

シャーリーはすがるように彼の上着を握ったが、指先はこまかく震えて今にも力が抜けてしまいそうだった。

「はっ、んぁ……っ、あむ……」

くちゅくちゅという水音が、合わさったくちびるの隙間から漏れ聞こえてくる。なんとも淫らで、聞くだけで恥ずかしくなる音だ。

だがシャーリーの後頭部をしっかり支え覆いかぶさってくるアシュトンは、舌をからめることに夢中になっていて、まるで止まる気配がない。

シャーリー自身も、身体中が熱く高ぶっていく感覚に小さくはない恐怖を覚えながらも、もっともっと気持ちよくなりたい欲求にあらがえず、その身をゆだねていた。

（ああ、わたし……どうして素直に舌を出してしまうの？）

こんなはしたないこと、すぐにでもやめなければいけないのに。

（でも……すごく気持ちよくて……やめられない……）

彼の舌がシャーリーの舌の根をくすぐってくる。頭の奥が瞬間的に熱くなって、全身が頼りなく震えた。

「ああ、シャーリー……」

アシュトンも熱に浮かされた声を漏らす。

ずっとシャーリーの頭を支えていた彼の手がゆっくり首筋を降りていき、左の乳房を包んできた。

「んんっ……！」

ドレス越しに熱い手のひらを感じる。

そんなところを異性にふれさせてはいけないと、理性ではわかっているのだ。

だが、ふれられたときに胸の頂からあやしい疼きが湧き起こり、気づけば腰が揺らいでいた。足のあいだがひどく疼いて、もの足りない気分におちいる。

アシュトンもそうだったのだろうか。うっすら頬を上気させた国王は、そのままシャーリーの襟元《えりもと》に手をかけ、ドレスを引き下ろそうとしたが――。

――ごとんっ。

暖炉の薪が割れて、床に転がる鈍い音が響いた。

ふたりは夢から醒めたように、はっと大きく息を呑む。

至近距離で目が合い、どちらからともなく飛びのくようにして距離を取った。

「……っ」

大きく目を瞠るアシュトンの顔を見て、シャーリーはかあああっと全身を真っ赤に染め上げる。なんということをしてしまったのだろうという気持ちに急に支配された。

「も、も、申し訳ございませんっ！」

とにかく謝らなければと、シャーリーは声を張り上げる。

勢いよく頭を下げるが、身体を渦巻く熱は恐ろしいことにちっとも収まる気配がなかった。

（やだ、わたしったら。いったいどうしてしまったというの……⁉）

彼にふれられた全身がほてってって、身体の芯が未だぐずぐずと疼いている。掻痒感《そうようかん》に似た感覚が全身を支配していて、特に足のあいだはむずむずと落ち着かない。

慣れない感覚に戸惑って、シャーリーはつい腰をもぞりと動かした。

「……っ」

そして彼女は大きく息を呑む。

下着に覆われている足のあいだが、ぬるぬると濡れた感じで満たされていたのだ。

（わたし、いつの間に粗相を……⁉）

いくら脱力するほど気持ちよかったとはいえ……下着を濡らしてしまうなど、小さな子供のようではないか！

「へ、陛下、申し訳ありません……、わたし……っ」

涙目になってもぞもぞと足を揺するシャーリーを見て、アシュトンは端的に尋ねてきた。

「濡れているのか？」

「……っ！」

シャーリーは恥ずかしさに耐えきれず、ほろりと涙をこぼしてしまう。

「も……申し訳ありませんっ！　下着もドレスも、こちらでご用意していただいたものですのに、汚してしまって……！」

もしかしたら長椅子まで汚れているかも。その思いで飛びのこうとするシャーリーを、アシュトンが引きとめた。

「ああ、泣かなくていいのだ。そんなことは気にしていない」

ふわりと抱きしめられ、シャーリーの心臓が大きく跳ねる。

アシュトンは先ほどまでと同じように、シャーリーの手を握り魔力を送ってくれた。

お湯に浸かるような心地よさとともに、ばくばく跳ねる心臓がゆっくりなだめられるのがわかって安心感に包まれる。

「へいか……」

とろりと目を伏せながら、シャーリーは無意識に自分も魔力を彼に流し込もうとしていた。

それを敏感に察して、アシュトンが彼女をぱっと離す。

「おっと、それをしては駄目だ。またお互い理性をなくして、キスやそれ以上のことに没頭してしまうぞ」

シャーリーははっとして、あわてて身体を引く。

だがいざ離れると先ほどまで身体を包んでいた熱さがひどく恋しくなって、おおいに戸惑ってしまった。

（いやだわ、わたしったら。陛下に抱きしめてほしいなんて……不敬もいいところよ）

だがそう思っても、身体の深いところに刻まれた快感はなかなか消えてくれない。

悶々としているシャーリーに、アシュトンは「ごほん」と咳払いをしてから向き直った。

「あなただけではなく、わたしも同じような状態になった。恥ずかしい思いをさせてしまってすまない。だがあなたとの魔力の交歓があまりに心地よすぎてつい、な……」

「魔力の、こうかん……？」

なじみのない単語にシャーリーは首を捻る。アシュトンはひとつうなずいて説明してくれた。

「今のようにお互いにふれあって魔力をめぐらせることをそう呼ぶのだ。魔力を持つ者同士なら誰とでもできる」

「そうなのですか？」

「とはいえ日常生活でそう使うことはないが。今のように詰まった魔力の回路を開いたり、傷を負った者がいたならその傷の治りを早くするために魔力を送ったり、重篤な病に冒されている者なら魔力を与えたりめぐらせることで、痛みをまぎらわすこともできる」

ほかにもお互いの魔力を増幅させたり、そぎ落とすことも可能だそうだ。

「まぁ……魔力には魔法として使う以外にも、そのような使い方があるのですね」

シャーリーはすっかり感心して何度もうなずいた。

「現に……わたしも今あなたと魔力の交歓をしたことで、疲れや頭痛がすっかりよくなった」

「えっ。頭痛があったのですかっ？」

シャーリーはびっくりして聞き返してしまう。

今は濃厚なふれあいのせいでお互い頬が上気していて、むしろ熱があるのではないかと思えるくらいだ。

だが言われてみれば、アシュトンの顔色は先ほどまで少し青白かったような気がする。

「恥ずかしい話だが、人事刷新や改革続きで忙しくて寝不足でな。なかなか思うように進まずにいらだっていたこともあって、魔力も不安定な状態だったのだ。おかげで頭痛や吐き気も出るし、さんざんでね」

「少しも気がつきませんでした……」

「気づかれないよう耐えていたからな。誰しも、国を預かる王がふらふらと青白い顔をしていたら不安になってしまうだろう？」

そうかもしれないが……それを周囲に悟らせないよう澄ました顔でこらえる精神力は見上げたものである。

（それが『国王陛下』というものなのかしら。それにしてもすさまじいわ……）

周囲への影響を考え、不調を口にしないというのは高潔な考えだ。

だがそうやって溜め込んでばかりいては、回復のための時間を持つのも難しいのではないだろうか……。

心配になる一方で、自身も不安定な状態ながらシャーリーのため魔力を与えてくれたアシュトンに対して、感謝と尊敬の念がふくれ上がる思いだった。

（わたしもなにか、陛下のためにお役に立てればいいのに）

シャーリーがそう考えたときだ。アシュトンが「そこであなたに頼みたいことがある」と切り出してきた。

「はい……！　わたしにできることなら、なんでもいたします」

勢い込んでうなずくシャーリーに、アシュトンは「ありがたい」とにっこりほほ笑む。

「シャーリー嬢、あなたは叔父夫婦がしきる公爵家には帰りたくないのだったな？」

「は、はい……。こちらで下働きになれなくても、家に戻るつもりはございません」

「わたし自身、虐げる者がいる家にあなたを帰すのは本意ではない。かといって下働きにするなど論外だ。あなたにはぜひ、わたしの世話係……そうだな、侍女のひとりとしてこちらに滞在してほしい」

「国王陛下の侍女、ですか？」

シャーリーは大きな瞳をぱちくりさせた。

「名目上のな。実際は侍女のように働く必要はない。そもそもあなたは公爵家の姫君なのだ。客人として滞在してもおかしくない立場なのだよ」

「そ、そんな。そのように扱っていただく必要は……」

「うむ。だから、あなたにはひとつ仕事を頼みたい。なに、簡単なことだ。先ほどやったように、時折あなたと魔力の交歓をさせてほしい」

「魔力の交歓を、ですか？」

シャーリーはわずかに息を呑んだ。

「そうだ。あなたにとってもそのほうがいい。先ほどわたしの魔力を流すことであなたの魔法の回路は開かれたが、それは一時的なものなのだ。両親が亡くなって以来、あなたは長い時間にわたり苦痛や悲しみにさらされてきた。その傷は一朝一夕で癒やせるものではない。しばらくは叔父夫婦と離れた環境で療養し、心身を整える必要がある。そうしなければ、またなにかの弾みで回路が閉ざされる可能性があるからな」

一度回路が開かれたらもう閉ざされる心配はないと思っていたが、そういうわけではないらしい。なかなか複雑なものだとシャーリーはため息をついた。

「そしてあなたも、わたしに魔力を流してほしい。そうすることで、わたしの苦痛や疲労を取りのぞいてほしいのだ」

――国王の務めは多忙である上、なにかと注目を集めやすい。そのせいで身体的なものだけでなく、精神面でも不調をきたしやすいそうだ。

だが弱音を吐いたり長く休んだりすることは周囲に不安を与えることになるし、惰弱《だじゃく》とあなどられてしまう危険もはらんでいる。

これまではひたすら我慢することでやり過ごしてきた。だが、シャーリーの魔力がそういった苦痛を取り去ってくれるとわかったからには、今後もそばにいて魔力を与えてほしい――というのがアシュトンの希望だった。

「魔力は精神と強く結びついている。あなたが悲しみのあまり回路を塞いでしまったように、わたしは多忙と疲れのあまり、不安定な魔力を抱えるようになってしまったのだ。なんとなく腹の中に重たい石を抱えている感じかな。扱う魔法もどうにも荒々しくなりがちで、少々困っていた。だがあなたのおかげで、わたしの暴走しそうだった魔力もずいぶん落ち着いた。ありがたいことだ」

「で、でも、魔力を与え合うだけなら、わたしでなくてもほかの方でもよろしいのでは？」

先ほどのクリスも貴族章の指輪を確認できたのだから、魔力を持っているはずだ。

国王のそばで働く人間なら、アシュトンの疲労にも敏感だと思うが……。

「どうもクリスとは魔力の相性が悪いのだ。交歓しようとすると、お互いに全身を針で刺されたような苦痛を感じることになってしまう」

アシュトンは肩をすくめて答えた。

（……そういえば、先ほど陛下はわたしとの魔力の相性がいいとおっしゃっていたわ）

性格に合う合わないがあるように、魔力にも相性というものがあるということか。

「むしろ相性がいい相手を見つけるほうが困難だ。血が繋がった家族であっても、いざ交歓しようとするとうまくいかないことが多いほどだからな」

「そうなのですか？」

「そうだ。わたし自身、交歓でこれほどの安らぎを覚えたのははじめてのことだ。……もはや安らぎを通り越したところまで行っていたがな」

キスをきっかけに全身が沸き立つ感覚におちいったことを思い出し、シャーリーはぼっと真っ赤になった。

「とにかく、魔力の相性がいいおかげであなたは魔法を使えるようになったし、わたしは疲れを取ることができた。——忙しい時期はあと半年は続く予定だ。そのあいだ、あなたはわたしのそばにいて、わたしが望むときに魔力の交歓を行ってほしい。あなたも叔父夫婦から離れてゆっくり療養できるし、悪くない提案だと思うがどうだろう？」

どうもこうも……とてもありがたい提案だ。下働きとして朝から晩まで働くことを考えてやってきただけに、ゆっくり療養しろと言われると逆に戸惑ってしまうが。

だが魔法をなんなく使えるようになるためにはゆっくり過ごすことが肝要らしいし、時折アシュトンとふれあうことで彼の役に立てるなら――断る理由はひとつもない。

ただ唯一、気になることと言えば。

（ま、魔力の交歓をするたびに、さっきみたいに身体が熱くなってしまったらどうしよう……）

身体のほてりは引いてきたが、濡れた下着はそのまま秘所に貼りついている。魔力の交歓のたびに下着を駄目にすることは避けたいが……。

「現状、あなたにしか頼めないことなのだ。わたしのことを助けると思って、どうか協力してほしい」

アシュトンは真面目な面持ちで頭を下げてくる。

国王陛下が頭を下げるなどあってはならないことだ。シャーリーは大あわてで「顔を上げてください」とお願いした。

どのみちアシュトンの役に立ちたいと思ったのは間違いない。身体が熱くなるのは恥ずかしいけれど……それでも彼の役に立ちたいという気持ちが勝った。

「か、かしこまりました。わたしでよければ、いつでもお呼びください」

「ああ、とても助かる。ありがとう！　さっそくあなたの部屋を用意させなければ」

顔を上げたアシュトンはたちまち笑顔になり、シャーリーの手を取って指先に口づけてくる。

ただの感謝の挨拶なのに、彼のくちびるがふれた瞬間、全身に甘い震えが走る。顔がさらに真っ赤になって、心臓の鼓動が駆け足になった。

(挨拶だけでこうなのに、ちゃんと魔力の交歓という役目を果たせるかしら……?)

なんとも自信がないが、やると決めたからにはがんばらなければ。

シャーリーはみずからを励ますために、ゆっくりうなずくのであった。


片づけを終え戻ってきた女官に、シャーリーを百合の間に通すように言いつける。

女官たちはわずかに目を瞠ったが、それ以上の驚きを表に出すことなく丁重にシャーリーを案内していった。

——この王城の各部屋にはそれぞれ名前がついており、政務を行う部屋には太陽や月などの天体の名前、客間は鳥の名前、王族の居室には花の名前がついている。

中でも百合の間は、国王の私室であるバラの間と隣り合っている部屋だ。

つまりは、王妃のための私室ということになる。

客間を出て国王の執務室に入ったアシュトンは、書類の整理にいそしんでいたクリスに「待たせたな」と声をかけた。

「お帰りなさいませ。ずいぶん長く話し込んでおられましたね。公爵家の姫君ともなれば邪険に扱うことはできませんが」

「うむ。そしてこれからも邪険に扱うつもりはない。クリス、わたしはようやく唯一の伴侶を見つけたぞ。あの公爵家の姫君こそ、わたしのつがい――運命の乙女だ」

クリスの手から、整理中の書類がばらばらと落ちた。

「――なんと。どうやって確かめられたのです？　まさか魔力の交歓を――？」

「そのまさかだ」

アシュトンはシャーリーの話から、彼女の魔力の回路がうまく機能していないことを予想し、魔力を流したことを説明した。

その際とてもスムーズに魔力が流れたことで、これは相性もいいかもしれないと思い立ち、魔力の交歓をしたことも明かす。

「実際は相性がいいなどというものではなかった。体中の血が沸騰するかと思うほど興奮して、危うく彼女を押し倒してしまうところだったぞ」

両腕を広げ語るアシュトンに、クリスはぽかんと口を開けた。

「……魔力の交歓に際して劣情が高まり快感を得られるのは、相手が魂で結ばれた運命の伴侶であるから――というのは、貴族なら誰でも知っていることですが」

「うむ。だが実際にそれで結ばれる夫婦は少ない。運命の相手だと魔力が訴えても、立場や身分、性格の不一致や価値観の違いで成婚にいたらないことがほとんどだからな」

逆に『このひとこそ』という相手でも魔力の相性がよくなくて、魔力の交歓などもってのほかという場合もあるのだ。

そのため結婚相手とはあえて魔力の交歓を行わない、という夫婦もとても多い。むしろそれが普通だろう。

「だがわたしとシャーリー嬢の相性はすこぶるよかった。魔力の交歓であんな心地になったのははじめてのことだ」

どれだけよかったかと問われれば、『彼女とのキスを思い出すだけで、うっかり下半身がたぎってしまいそうになる』と断言できるほどだ。

今も彼女から流れ込んできた温かな魔力と、こちらを見つめる潤んだ瞳を思い出すだけで、下肢のものがぐぐっとかさを増してくる。

なんとも素直な反応に、思わず苦笑が漏れるほどだ。

交歓中はもっとひどくて、勃《た》ち上がった男根が脚衣の布地を押し上げるほどにたかぶっていた。

ゆったりした脚衣だったから気取られずに済んだが、見るからに無垢なシャーリーがそこを目にしていたら、きっと悲鳴を上げて飛びのいていたことだろう。

それを想像するだけでも口元がむずむずしてきた。

にやけないよう息を吐き出すものの、アシュトンの乳兄弟であり物心ついたときから一緒にいる側近のクリスの目はだませない。

あっさりと「やに下がった顔をしていますよ」と見やぶられてしまった。

「許せ。おまえ以外がこの部屋にいるなら抑えるが、幸いなことにそうではないのだから。それに性格的にいいなと思った女性が、魔力においても相性抜群だったのだぞ？　浮かれるなというほうが無理な話だ」

それにはうなずくしかなかったのだろう。クリスはやれやれと首を振りながらも、反論はしなかった。

「……確かに、可愛らしい女性でしたね。陛下が好みそうなふんわりした雰囲気に、まだあどけなさが残る顔立ち。それでいてこのあたりはわりと豊かで」

胸の前で手を動かし乳房のふくらみを表現する側近を、アシュトンは真顔でにらんだ。

「次に彼女のそこに目を向けてみろ。永久になにも見えなくしてやるぞ」

「えっ、そんなおどし文句を口にするほど、すでにご執心ですか」

「当たり前だ。運命の乙女だぞ。つがいを見つけられる者など、何百年にひとりいるかいないかだ」

ましてシャーリーは魔力の相性のよしあしを抜きにしても、アシュトンにとって好ましい令嬢だった。

まぶたを伏せれば、彼女が口にした言葉の数々がよみがえる。

中でもアシュトンの胸に一番響いたのは、自分は貴族の務めを果たせないと言って泣いていたときのシャーリーの言葉だ。

『この国の貴族は、陛下とともに、この国を魔法で豊かにするために、魔力を血とともに繋いでいるものでしょう？　わ、わたしは、公爵家の娘として生まれて、魔力もあるはずなのに……っ、う、うまく魔法が使えなくて……貴族として、陛下のお役に立つことができませんっ』

――そんな古い時代の盟約を律儀に守っている貴族など、少なくともこの王宮にはいないな、とアシュトンは苦笑交じりに思う。

今の貴族たちは他国の貴族と同じように己の利権と地位を守ることに固執して、王国の未来などほとんど考えてはいない。

もちろん中には、未来志向で政務を行う心あるものもいるにはいる。だが完全に私利私欲を捨てているかと聞かれれば、無論そうではない。

より有力な家と縁を繋ぎより大きな権力を持ち、より豊かな財を築くことに誰も彼もが取りつかれていた。

そしてアシュトン自身、貴族とはそんなものだと思っていた。

――だが、シャーリーは違う。

彼女は貴族であることの意味を正しく理解し、自分がそれにふさわしくない人間であることに失望していた。

それは逆に言うと、魔法さえうまく使えればこの国のために無心で働く意思があるということだ。

王宮に出入りする彼女と同じ年頃の令嬢など、着飾ることや良縁を見つけることしか考えていない者がほとんどだ。

だからこそ、さめざめと泣くシャーリーにアシュトンは強く惹きつけられたのだ。

それに、シャーリーはとても素直で感情も豊かな娘だった。

廊下で会ったときはおどおどした気弱な娘だと思ったが、いざドレスに着替えると、無意識のうちに公爵令嬢としての誇りを取り戻したのか、背筋がぴんと伸びてまさに姫君の風格があった。

それでいて、甘い菓子を口に入れたときは幼子のように喜んだ。

変にとり澄ましたりせず出されたものを美味しそうに食べる姿には、アシュトンも庇護《ひご》欲《よく》をくすぐられた。

一方で魔力の交歓で性欲が刺激され身を震わせる彼女は、ぞくっとするほどあでやかで美しかった。

湧き起こる欲求に戸惑いながらも、アシュトンに身を任せ舌を伸ばす彼女は間違いなく女の目をしていて、こちらも劣情をおおいにあおられた。

薪が音を立てなければ、本当にあの華奢な身体を長椅子に押し倒していたかもしれない。

はじめての快感に動揺しただろうに、アシュトンの健康のためならと魔力の交歓を続けるのを了承してくれたことも、なんとも言えずいじらしかった。

他者のために役に立ちたいと願う姿勢は、アシュトンの好むところだ。

（シャーリーの持つ心構え、素直な性格、可愛らしくも美しい容姿、魔力——どれも素晴

らしい、好きだと思えるものばかりだ）

そしてアシュトンは自分の懐に飛び込んできた可愛い娘を、わざわざ離してやるほど親切な男ではない。

「――と、いうことで。クリス、わたしはシャーリー姫を王妃に迎えたいと思う」

「……そうですね。どこの馬の骨ともしれない娘なら難色を示すところですが、ファンドン公爵家の姫君なら問題ない。むしろ歓迎されるでしょう。……ただ今すぐ王妃とするには、シャーリー様は少々覇気に欠けるかと思います」

「そのことだが、どうやらそれは彼女の両親が事故死してからの生活に原因があるようだ。彼女の叔父夫婦……今のファンドン公爵夫妻か。あまりいい話は聞かないが」

眉をひそめるアシュトンに対し、クリスもうなずいた。

「先代の公爵は大臣職も務めた賢人でしたが、その弟である現公爵は遊び人という印象ですね。遊び方も小者と言った風情で、たまに王都に出てきて博打を打ったり女を買ったり……豪遊はしないが儲けもしない、一言で言えば気弱で小さい男です」

ばっさり言い切るクリスに「そんなところだろうな」とアシュトンも肩をすくめた。

「とりあえず公爵家にひとをやって、シャーリーがどういう生活をしていたか探らせろ。シャーリーは客人として滞在させる。だが本人には侍女にすると言っておいた。あの様子だと客人としてゆっくりしろと言っても、素直に受け入れなさそうだからな」

「確かに」

「周囲にも、どの家の令嬢を招いているかは内密にするように。誰かと聞かれたら、女官か侍女の見習いできている令嬢だと適当にはぐらかせ。姪が王城に滞在していることを聞きつけ、彼女の叔父夫婦が乗り込んできては面倒だからな」

「御意」

頭を下げるクリスに、アシュトンは「頼むぞ」と念押しした。

「とにもかくにも、シャーリーには休養と栄養が必要だ。ドレスで着飾れば多少マシに見えるが、痩せすぎているし顔色もよくない」

抱き寄せたときの彼女の身体の細さを思い出して、アシュトンはつい眉を寄せる。

いくらコルセットで絞っているとはいえ、あの細さは異常だ。腕も首も折れそうなほどだったし、手指もずいぶん荒れて気の毒だった。

夢中で菓子を食べていた様子や家に帰りたくないと必死に訴える姿を見れば、公爵家でどのような扱いを受けていたかはおのずと知ることができる。

（とにかく彼女を健康体にするのが第一だ。そして魔力の交歓を通して、わたしという人間に徐々に慣れていってもらおう）

シャーリーは魔力に対する知識も薄くなんとも世間知らずだが、ひとの話を真摯に聞き入れる素直さがあった。そして一度聞いたことはしっかり覚えて、自分なりに噛《か》みくだく応用力も持っている。

王城での暮らしにも魔力の交歓にも、アシュトンのアプローチにも、最初は戸惑ってばかりになるだろう。だがそのうち、彼女なりの答えを見つけて順応してくれるはずだ。

「下働きになる代わりにやっかいな男に捕まってしまったかもしれないな、シャーリー嬢は」

小さく肩を揺らしながら笑うアシュトンに、クリスがため息をつく。

「殊勝なことを口にしたところで、逃がすつもりがないなら白々しいだけですよ」

「言うな。だが、その通りだな」

アシュトンはにっこり笑って、クリスが仕分けた書類の山を引き寄せる。

魔力の交歓のおかげで、ここ数日ずっと悩まされていた締めつけるような頭痛から解放された。視界も良好で、サインをする手つきが自分でもわかるほどに軽やかだ。

(明日からもこのような状態で執務ができるのはありがたい)

それ以上に、愛らしい彼女と毎日顔を合わせることができると思うと、少年のようにわくわくした気持ちを止められなくなるアシュトンであった。

第二章　王城での日々

王城に上がって三日が経った。

そのあいだ、シャーリーは国王の侍女とは名ばかりの客人待遇を受けている。アシュトンが望んだときにすぐ魔力の交歓が行えるようにと、わざわざ彼の隣の部屋をあてがわれ侍女までつけられたほどだ。

ローラとユリアという名の侍女は、王城へやってきた日に世話してくれたふたりだった。年が近いこともあり三人はすぐに打ち解けた。

「――では、あなたたちふたりとも貴族の生まれなのね？」

ある昼下がり。お茶を手にしたシャーリーは侍女たちに尋ねる。

ふたりの侍女はそろってうなずいた。

「王城の表に出ている人間はほとんどが貴族出身者です。王族やそれに準じるお客様につく人間は、三代前までさかのぼって身元調査をされます。わたくしローラは子爵家、こちらのユリアは男爵家の生まれです」

「侍女に取り立てていただいて嬉しいです。わたしたちのような下級貴族の娘は貴人にお仕えることで経歴に箔をつけられるので、結婚にも有利になるんですよ」

結婚の二文字に目をきらきらさせるローラとユリアは、それぞれ十九歳と十七歳。どちらも適齢期だけに夢はふくらむ一方のようだ。

その後もたわいない話をして午後のひとときを楽しむ。彼女たちがいなかったらきっと暇を持てあましていたわね、とシャーリーはひそかに思った。

なにせここではやることがないのだ。

一番にするべきは休養だと言われているが、この五年間は朝から晩まで働いていたから、のんびり過ごすというのがどういうことなのか皆目見当がつかない。

だがローラもユリアもずっとシャーリーについているわけではない。彼女たちはその後、気を利かせて刺繍道具や読書用の本を持ってきてくれた。

せっかく持ってきてもらったのだからとシャーリーはそれらに手を伸ばす。

翌日もその流れで流行りの恋愛小説を読んでいたが、昼前になってアシュトンが部屋を訪れてきた。

「陛下。呼んでいただければこちらからうかがいましたのに」

あわてて本を閉じ立ち上がるシャーリーに、今日は軍服を着込んだアシュトンは晴れやかに笑った。

「ちょうど議会が終わって、いったん私室に戻るところだったのだ。わたしの部屋とあなたの部屋は隣同士だから、呼びつけるよりわたしが足を運んだほうが早い。そうだろう？」

た。

「ええ、でも……」

シャーリーの言葉が途切れる。大股で歩み寄ってきたアシュトンが彼女をぎゅっと胸に抱え込んだからだ。

「さぁ、今日もあなたの魔力でわたしの疲労を取ってくれ」

シャーリーは真っ赤になりつつも、アシュトンと手を繋いで魔力を彼に流していく。

アシュトンが「ああ、今日もいい感じだ」とつぶやき、彼のほうからも魔力を流してきた。

ふたりの魔力が身体の中で交ざりあって、あっという間に熱くたぎってくる。

（ああ、またたわ）

気づけば下腹の奥が切なく疼いて、身体の芯が熱くなる例の感覚がせり上がってきていた。喉の奥が引き攣れて、なんとも言えない欲求が頭の中まで支配していく。

アシュトンの精悍な顔を見ているだけで、キスしてほしいという恥ずかしい気持ちまで芽生えてしまって、彼女はあわてて一歩下がった。

身体が離れると流れ込んでいたお互いの魔力も離れ、荒れ狂うようだった欲求は徐々に鎮まっていく。

「――ふぅ。議会の途中で頭痛がはじまっていたものだから、とても助かったよ。これで午後の執務にも全力で取り組める。ありがとう、シャーリー」

アシュトンが軽く肩を回しながら晴れやかに礼を述べる。

ほてった身体のせいでどきどきしていたシャーリーは、はっと我に返って頭を下げた。

「い、いいえ。お役に立てたのなら幸いです」

「なにか暮らしに不自由はないか？　侍女たちはよく働いているだろうか？」

「はい。わたしにはもったいないほど、よくしてもらっています」

「それはよかった。本当ならわたしも時間を取ってあなたと晩餐をともにしたいものだが、なかなか時間が取れなくてな」

「いいえ、そんな。陛下がお忙しいのは承知しておりますので……」

――実際に、アシュトンの一日は多忙を極めていた。

朝は日が昇る前に起きて、みずから着替えて鍛錬場におもむき騎士たちと剣技と魔法の訓練。七時には切り上げ、私室で軽く湯を使い着替えて朝食。

彼は食事の時間ですら無駄にしたくないらしく、傍らに側近のクリスを置いて一日の予定や急ぎの案件などを読み上げさせるという。

その後は議会があり、昼まで大臣をはじめとする貴族議員たちと議論を交わす。議会がない日は書類仕事か、城下に視察に出たりするそうだ。

昼食を取ってからは執務室に籠もり、議会で決定した案件を担当者と詰めていったり、国王を訪ねてきた者から挨拶を受けたり。

そして手が空き次第、夕食までの時間で書類仕事だ。これらは昼の予定が押してくると当然夜にずれ込んでくる。

おかげでアシュトンは国王になってから半年間、日付をまたぐ前に寝台に入ったことがないそうだ。

それほど忙しいなら、晩餐など優雅に取っている場合ではないだろう。むしろ合間を縫ってシャーリーに会いにくるのも大変なのではないだろうか?

(魔力の交歓のあとはそうでもないけれど、やはりその前の表情は、ほほ笑んでいらしても顔色はあまり冴えないでいらっしゃるし……)

心配が高じて、シャーリーはつい口を開いた。

「あの、魔力の交歓もよろしいのですが、一日……いえ、半日くらいお休みすることはできないのでしょうか?」

アシュトンが驚いた様子で見つめ返してくる。不敬だと怒られるかもしれないとおびえながらも、シャーリーは勇気を振り絞った。

「わたしの魔法を使う回路を開けてくださったことを、陛下は応急処置だとおっしゃっていました。原因となった悲しみや苦痛を取りのぞくために本当に必要なのは、時間薬や休養だとも……。同じ理屈で言うなら、陛下に本当に必要なのはわたしの魔力ではなく、ゆっくりとお休みになる時間だと思うのです」

アシュトンはすぐに答えなかったが、やがて穏やかな笑みを浮かべてうなずいた。

「その通りだ。実際、頭痛や疲労は充分な睡眠と食事を取ることで改善されていくだろう。心配してくれてありがとう、シャーリー」

「では……！」

「だが、あいにく代替わりにともなう諸々が片づかない限り、思うような休養は取れない。これは歴代の国王全員が通ってきた道だ。わたしだけ逃れることはできない」

「……っ」

はっきりと言い切るアシュトンの瞳には、国王としての義務感以上に、忙しく働けることへの誇りややる気がみなぎっていた。

シャーリーはたちまち恥ずかしくなる。

「出すぎたことを口にして……。申し訳ありません、陛下」

「いや。わたしの身を案じてくれてのことだとわかっているから、そう恐縮することはない。――なぁに、この忙しさもせいぜいあと半年だ。わたしは見かけ通りタフだからな。そう心配することはない」

アシュトンはそう言うが、疲労のあまり頭痛を頻発する状態はやはり好ましくない。

せめて休憩くらいはしっかり取ってほしいと思うのだが、シャーリーの立場で口にしても説得力はないに等しいだろう。

「そう気を落としてくれるな。あなたが魔力を送ってくれることで、本当にだいぶ楽になったのだ。忙しさが過ぎたらきちんと休養を取るつもりだから、そのときはあなたもわたしにつきあってくれ」

そう言ってアシュトンは国王の執務へ戻っていった。

（陛下のお役に立ちたいと思って魔力の交歓を引き受けたけれど……魔力だけでなく、わたし自身が陛下のためになにかできることがあればいいのに）

そう思ったことが伝わったのか否か。

翌日、朝食を食べ終えほっと一息ついていたとき、アシュトンの側近であるクリスがシャーリーのもとを訪れた。

「昨日、陛下に休息を取るようにと進言したそうですね」

開口一番クリスはそう尋ねてくる。シャーリーは怒られるものだと思って身を小さくした。

「は、はい……。出すぎたまねをいたしました」

「なにをおっしゃる。その逆です。あの方に『休息を取れ』と面と向かって言える人間は大変貴重です。わたし個人としては『よく言った』と讃えたいくらいでして」

予想とまったく違う言葉をかけられ、シャーリーは素直に驚いた。

「つきましては、シャーリー様。あなたにお願いしたいことがございます」

「は、はい。なんでしょうか？」

「午後の休憩時間に、陛下の執務室にお茶を持っていっていただけませんか？」

これまた予想外のお願いだ。目を丸くするシャーリーに、クリスはまじめな表情を崩さず説明した。

「陛下は即位してからというもの忙しさにかまけて、休憩を取らずに仕事を続けるきらいがあるのです。ご本人曰く『剣の鍛錬と違って身体を動かしているわけではないのだから、休憩が必要なほど疲れることがあるか』ということですが、これは大変な勘違いです」

頭を使うことは、ともすれば身体を動かすことより心労が溜まりやすい。

目が疲れると肩がこわばり頭痛を引き起こすのだから、適度な休憩は大切だと何度も何度も訴えているのだが――。

「『痛みくらいこらえればなんでもない』というのが陛下の持論でして。ですが実際には合間の休憩や仮眠を取らなければ頭は働かなくなる一方です。睡眠時間が少ないならなおさら。あなたの魔力で多少は楽になったようですが、やはりなにかあるとすぐに頭痛を起こしてしまうのは、身体が休息を欲している証拠ですから」

ため息交じりに言いきったクリスに、シャーリーは首がもげるほどどうんうんとうなずいてしまった。

「わたしも同じことを考えていました……！　でも陛下は歴代の王が通ってきた道だから、諸々が片づくまでは休まないとおっしゃっていて……」

「そのこころざしは立派なのですけどねぇ……。歴代の王と一口に言っても、中には愛人と離宮にしけ込んで執務を放棄した王や、病弱でほとんど寝たきりに終わった王もいるわけですから、多少息抜きをしたところで誰も怒りはしないでしょうけれども」

「……」

シャーリーはなんとも言えず苦笑してしまう。

「お母上である王妃様が早くに亡くなられたためアシュトン様にはご兄弟もなく、親戚もほとんどがご高齢で、普段から助けとなってくださる方が少ないのです。そのせいもあって、よりがんばらなければと気負っておいでなのかもしれません」

「それは……ご立派なことですが、やはりとても大変そうです」

「その通りです。だからこそ陛下には、執務の合間の休憩くらいはしっかり取っていただかなくては。その点はあなたも異論はないでしょう？」

シャーリーはしっかりうなずく。

本当はゆっくり眠るなり一日くらい執務から離れて過ごしてほしいが、それができないなら、せめて休憩時間くらいは確保してもらうべきだろう。

「ということで、あなたにお茶を持っていっていただきたいのです。侍女はもちろん、わたしが休めと言っても『そんなことより仕事のことだが』とおっしゃる陛下ですけどね。魔力の交歓で世話になっているあなたの言葉なら、聞き入れるかもしれませんので」

なるほど。そういう事情からクリスはわざわざ足を運んできたのか。

（わたしがお茶を持っていったところで、休憩を取ってくださるかは疑問だけど……）

クリスがここまで言うのだから、とにかく試してみるべきだろう。

「わかりました。陛下に休憩を取っていただき、お茶を口にしていただけるようにがんばります！」

「おお、さすがは陛下が見込んだ乙女です。お茶の支度は、係の者が執務室の前に運んでくる手はずになっています。時間になったらわたしがまたここにまいりますので、そのとき一緒に執務室へ向かいましょう」

　それまではゆっくりお過ごしくださいと言ってクリスは頭を下げる。

　そのまま立ち去ろうとする彼の背を、シャーリーはとっさに呼び止めていた。

「あの！　クリス様、ひとつ……ご相談があるのですが」


　昼食を挟み、少し小腹がすいてきた頃。

「ではまいりましょうか」

　シャーリーを迎えにきたクリスがうながす。

　シャーリーはうなずき、紅茶と菓子を乗せたワゴンを押していった。

　執務室は、国王の私室であるバラの間からさほど離れていないところにあるという。

　見上げるほど大きな扉には彫刻が施されていて、それなりの重さがある。わざわざ扉を開けるためだけの係が存在するほどだ。

　両脇には槍を手にした衛兵も控えている。なんとも物々しい雰囲気にひとりだったらとても入っていけないわね……と、シャーリーは少し緊張した。

「衛兵も従僕も、普段は空気だと思ってください。そのほうが快適に過ごせます」

「は、はぁ……」

「ではまいりましょう。執務室まで扉は三重になっています」

クリスが説明するとおり、廊下に面した扉のすぐ前にまた扉がそびえていた。そちらにも両脇に衛兵が控えている。

また扉を開けて入っていくと、今度はちょっとした小部屋に出た。長椅子や小さなテーブルのほか、花が生けられた花瓶なども飾ってある。ここまでくると衛兵もいないらしい。

小部屋には扉が三つあり、それぞれ待合室、応接間、執務室に続いているそうだ。

「執務室は正面の扉です。この扉は小さいので自分で開けられますが、中にいる陛下の許可を必ず取ってくださいね」

間違っても陛下のお返事が聞こえる前に扉を開けないようにと念押しされる。

その理由をクリスはげんなりしながら説明してくれた。

「最近は減りましたが、陛下が即位してすぐの頃には、王妃の座を射止めるために押しかけてくる令嬢たちが多くて……。さすがに私室には近寄れませんが執務室は誰でも入室可能なので、家柄を笠にきて突撃してくる例が山ほどあったのですよ」

にわかには信じられないが、クリスの表情からして実際にあったことなのだろう。

裏門で衛兵や役人も似たようなことをぼやいていたし、令嬢とはかくも積極的なものなのねと少々感心してしまった。

「陛下、クリスです。お茶をお持ちいたしました」

「入れ」

「失礼します」

クリスはみずから扉を開けて、シャーリーに先に入るよううながす。シャーリーはどきどきしながらワゴンを押していった。

国王の執務室はとても広かったが、天井まで伸びる本棚が壁際にずらりと並び多くの資料が山積みになっているせいか、どこかせまくるしい印象を受けた。

そして奥の文机にかじりつくアシュトンは、目を上げることなく「そこに置いておいてくれ」と素っ気なく口にする。

いつもこうなのですよと言わんばかりにシャーリーに目配せしてきたクリスは、わざとらしく咳払いをした。

「本日はわたしではなくシャーリー様が、陛下のためにお茶を淹れてくださいます」

「なに？　シャーリーだと？」

アシュトンがびっくりした様子で顔を上げる。ばっちり目が合ってしまい、シャーリーは急いで頭を下げた。

「お、お仕事中に失礼いたします、陛下……」

「いや、かまわないが」

アシュトンが手を止めたのを確認して、クリスがさっさと一礼する。

「ではわたしは続き間に控えております。三十分経ちましたらお知らせに上がりますので」

クリスはアシュトンたちが声をかける間もなく、先ほどの小部屋にひとり戻っていってしまった。

アシュトンとふたりきりになり、シャーリーはにわかに緊張を高める。とにかく彼に休憩を取ってもらわなければと、無理やり口角を引き上げポットを取り上げた。

「お茶を淹れますので、少しお待ちください」

「あ、ああ。ありがとう」

クリスが出て行った扉を呆然と見つめていたアシュトンは、はっとした様子でうなずいた。

シャーリーは手際よくお茶を淹れはじめるが、不意に叔母アンバーの叱責がよみがえってくる。

(叔母様は結局一度も、わたしの淹れたお茶を美味しいと言ってくださらなかった……)

一口だけ口にして、あとはカップを放り投げているのがしょっちゅうだった。

アシュトンもそうだったらどうしよう。そう思うとポットを傾ける手が震えてくる。

弱気になりそうな心に、シャーリーは「いけない、いけない」と言い聞かせた。

(叔母様とアシュトン様は違うわ。きっと気に入ってくださる。かつてお母様が教えてくださった手順で淹れているのだもの。きっと大丈夫！)

そうして淹れた紅茶を、シャーリーは応接セットのテーブルに運んだ。お茶請けに用意したビスケットとフルーツサンドも並べる。

シャーリーがお茶を淹れる様子を見つめていたアシュトンは、文机からテーブルに移動して長椅子に腰を落ち着けた。

「お砂糖やレモンはいかがなさいますか？」

「砂糖をひとつだけ頼む。……腹が減ったときに軽食を用意させることは多いが、こういう菓子を食べるのは久々だ」

めずらしそうにクッキーを見つめるアシュトンを見て、シャーリーは少しあわてた。

「あの、陛下は甘いお菓子は苦手でしょうか……？」

するとアシュトンはいたずらが見つかった子供のような顔をしてみせる。

「実はわたしは甘いものに目がないのだ。先日あなたがスコーンを食べていたときも、少しうらやましいと思って見ていた」

「まぁ！　おっしゃってくだされば全部食べませんでしたのに」

「いや、だが大の男が甘いもの好きなど子供っぽいではないか。国王としての威厳にも欠ける。あのときはクリスも女官もいたからよけいに、な」

「まぁ……」

どうやらアシュトンは自分が国王であるということを、考え方だけでなく体面上でも重視しているらしい。

「でも、おきらいではないとわかってよかったです。このビスケットはバターと砂糖をたくさん使っておりますから、苦手と言われたら困ってしまうところでした」

「……その口ぶりだと、まるであなたがこの菓子を焼いたように聞こえるな？」

「はい。クリス様にお願いして、厨房《ちゅうぼう》に入る許可をいただきました」

　アシュトンは大きく目を瞠った。

「なんと、あなたは料理をするのか！　……まさかそれも叔父夫婦に言いつけられてしかたなく……？」

「あ、いいえ！　お料理と言っても、作れるのはお菓子だけですし。作り方は母に教わりました。母はお菓子作りが趣味だったのです」

「ほぅ、ご母堂が」

「はい。それに……わたしの父も、陛下と同じで甘いものに目がないひとでした」

　アシュトンは「初耳だな」とつぶやいた。

「あなたの父であるバートのことはよく覚えている。涼しげな顔立ちの美丈夫で、酒が強い印象があった。会合あとの食事などよく飲み比べが行われていたが、バートは何杯飲んでも顔色ひとつ変えず、賭けでもしようものなら勝ちをさらっていったものだ」

「ふふっ、ええ。父がお酒に強かったことはわたしも知っていますが、家ではほとんど飲みませんでしたわ。母やわたしに酒臭いと思われるのはいやだからと。代わりに執務のあいだに、母が作ったお菓子をつまんでおりました」

「外では酒飲みと思わせることで、バートもまた甘いもの好きというのを隠していたというわけか」

「ええ。おそらく陛下と同じように、男性の威厳のようなものを考えていたのではないでしょうか」

だがシャーリーが覚えている父は、様々なお菓子を母にリクエストしては、紅茶とともに出されたそれを美味しそうにほおばっていた。

「母マリアは伯爵家の出身でしたが、祖父がこしらえた借金のために暮らしはあまり豊かではなかったそうです。そのためお客様にお出しするお菓子作りやお茶の支度は、母の役目だったそうで……」

たまたま伯爵家を訪れた父バートは、出された菓子のあまりの美味しさに感動して、母マリアに結婚を申し込んだそうだ。

「『これからは僕のためだけに美味しいお菓子を作ってほしい』というのが、父のプロポーズの言葉だったそうです。あまりに予想外で噴き出してしまったけれど、とても嬉しかったと母は何度も話してくれました」

懐かしさに目を細めるシャーリーを、アシュトンも優しい面持ちで見つめていた。

「あなたはそんな両親が大好きだったのだな……。これまで見た中で一番、あなたの瞳がきらきらしている」

シャーリーははっと両手で頬を押さえた。

「す、すみません。陛下の休憩時間ですのに、わたしったら自分のことばかり話してしまって」

「謝ることはなにもない。あなたの明るい表情を見るのはわたしにとっても安らぐことだ。――どれ、バートが骨抜きになったという奥方直伝のお菓子を、わたしも味わってみよう」

さっそくビスケットに手を伸ばしたアシュトンは、口に放り込んですぐに「うまいな」と驚いていた。

「うん……なるほど。これは確かに美味しい。お茶も……うん、とてもいい味だ」

「本当ですか？　よかった……！」

菓子はもちろんだが、紅茶を美味しいと言われたことに心底ほっとする。

いざ紅茶を口にしたら喉の渇《かわ》きに気づいたらしく、アシュトンはすぐにおかわりを所望してきた。

「フルーツサンドも美味しいな。クリームがあっさりしていて口当たりがいい。バートの気持ちがわかるな。これほど美味しい菓子を出されたなら、確かに一生作り続けてほしいと思ってしまうだろう」

「あの……わたしでよろしければ、毎日お菓子を作ります。料理長の許可はいただきましたし、材料も用意していただけるので。ですから……」

差し出がましいかもしれないと思いながらも、シャーリーは思いきって言葉を続けた。

「陛下もほんの三十分でいいので、どうか毎日、こうして休憩するお時間を取ってくださいませんか？」

フルーツサンド片手に、アシュトンが驚いた様子で視線を向けてくる。

とがめられている気持ちになるが、ここで負けてはだめだとシャーリーはまっすぐアシュトンの瞳を見つめた。

「クリス様も心配していらっしゃいました。……確かにわたしとの魔力の交歓で、陛下のお疲れは一時的に解消することができます。でも、それが休憩を取らなくていい理由にはならないと思いますっ」

——言えた！　言ってしまった。

シャーリーは達成感と恐れ多さに赤くなったり青くなったりしてしまうが、アシュトンは「ふむ……」と顎に手をやって、なにやら考え込んだ様子だ。

「……なるほど。クリスはそれをあなたに言わせるために、あなたにお茶の相手を頼んだわけか。——確かにクリスはわたしが即位してから……いや、その前からか。耳にたこができるほど『休め』と口にしていた。あまりに言われるのでわたしも意地になって、途中からすっかり聞き流すようになっていたが……」

思うところがあったのだろう。アシュトンは自省するように目を伏せ、淡々と語りはじめた。

「クリスはわたしの乳兄弟で、幼い頃からそばにいてくれた一番の側近なのだ。守り役でもあり、目付役でもあり、兄代わりでもある。おかげで少々口うるさく過保護なところもあるが……今回ばかりは、クリスの言葉を素直に聞き入れないといかんな」

あなたを駆り出してまでわたしに休憩を取らせようとしたのだからなおさらだ、とアシュトンはみずからに言い聞かせるようにうなずいた。

「今後のお茶の時間は、こうして執務から離れてゆっくりすることにする」

「ええ……！　ぜひそうなさってくださいませ。クリス様も安心されると思います」

もちろん、わたしも。とシャーリーは心の中でこっそりつぶやく。

だがアシュトンにも気持ちは伝わったのだろう。「あなたもありがとうな」とほほ笑みかけてくれた。

「いいえ、わたしはなにも。では、明日からもお菓子を焼いてきますね」

「そうしてくれ。それと――」

「？　はい、なんでしょう――きゃっ⁉」

ちょいちょいとアシュトンに手招きされて、シャーリーは首を傾げながら彼の隣に腰かける。

その途端にアシュトンに腰を抱えられ、なんと彼の膝の上に座る体勢になってしまった。

「へ、陛下⁉」

「ああ、やはりあなたを抱きしめるのはこれ以上ない心地よさだ」

シャーリーの肩口に頬を埋めて、アシュトンがうっとりとつぶやく。

特に流そうと思っていないのに、ただふれあうだけでお互いの魔力が磁力に引かれるように相手に流れていくのを感じて、シャーリーはあわてて距離を取ろうとした。

「へ、陛下。この体勢ではわたしが邪魔で、お菓子を手に取れないのではありませんか？」

「うむ。確かに。あなたが手に取ってわたしの口に運んでくれ」

やんわりと離してくれと伝えたつもりが違う解釈をされて、シャーリーは真っ赤になった。

だがアシュトンはにこにことクッキーを待っている。

そんなふうに期待されると無下にもできない。シャーリーは皿に手を伸ばし、クッキーを取り上げた。

「さぁ、食べさせてくれ」

至近距離で「あーん」とされて、シャーリーは恥ずかしくてたまらない気持ちになりながらも彼の舌にクッキーを載せる。

「うむ、うまい。……せっかくだ。あなたもなにか食べるといい。ちょうどフルーツサンドがひとつ残っている」

「は、はい……では、いただきます」

とても喉を通りそうにないが、相手に食べさせるばかりというのも恥ずかしくて、シャーリーはサンドウィッチを手に取った。

もそもそ食べ終えると「うまいか？」と声がかけられる。

「はい、美味しかったです」

「やっぱりわたしも、もう一度クリームを味わいたいな。味見させておくれ」

「えっ……？　んむっ」

食べてしまったサンドウィッチを味見？　とびっくりするシャーリーの顎を、アシュトンは片手で上向ける。

そして覆いかぶさるようにくちびるを重ねてきた。

「ん――……っ」

最初に魔力の交歓をしたとき以来のキスだ。抗議のために口を開けた瞬間、アシュトンの舌が入り込んでくる。

お互いの舌がふれあった途端に、それまでに感じたことがないほど身体の芯がかっと熱くなった。

「んぅっ……！」

思わず鼻にかかったような声が漏れる。

魔力の交歓のたびに『キスしてほしい』というはしたない気持ちを抱いていたが、いざそれが叶うと、今度は『もっと深くまでふれあいたい』というとんでもない欲求が湧いてきて、シャーリーはひどく戸惑ってしまった。

「ああ、すごいな、なんと熱い……」

アシュトンも少しうわずった声を漏らしてくる。明らかな欲求をふくむささやきには、シャーリーもぞくぞくと震えずにはいられなかった。

――彼もこのわけのわからない熱い欲求に支配されているのだろうか。

「んんっ……！」

お互いの舌をぬるぬるとすり合わせているだけなのに……下腹の奥が切なくなって、足のあいだが熱く疼いてくる。

「シャーリー……っ」

アシュトンがくるしげにささやき、自身の髪を乱暴に掻き上げた。

そして再度シャーリーのくちびるに食らいつきながら、彼女の細い首筋に手を這《は》わせてくる。

近頃は暑くなってきたこともあり、今日は襟ぐりが広めのドレスを身につけていた。

むき出しになっている鎖骨を指先でなぞられるとぞくぞくして、シャーリーは「あんんっ……！」と高い声を漏らしてしまう。

「あ、あ、へいか……っ」

アシュトンの手がドレスの中へすべり込もうとしてくる。

シャーリーはうろたえるが、彼の手が胸のふくらみをやんわりなでると心地よさともの足りなさを同時に感じて、つい腰を揺すってしまった。

その瞬間アシュトンが小さくうなって、シャーリーの背を長椅子の座面に押し倒してしまう。

「ああっ……！」

そのままドレス越しに胸のふくらみをつかまれて、シャーリーは甘いため息をついた。

本来なら悲鳴を上げて逃げ出してもおかしくないことをされているのに……彼の大きな

手が布越しにふくらみを揉《も》み、そのくちびるが首筋をたどってくるのが気持ちよくてたまらない。

（わたし、このままどうなってしまうの――？）

熱に浮かされながらも、そう不安を抱いたときだ。

「――はい！　三十分が経過しました。休憩は終わりにして、すみやかに執務にお戻りください」

ばんっ！　と大きな音とともに扉が開いて、クリスのむち打つような声が響いてくる。

アシュトンもシャーリーもはっと我に返って、あたふたと距離を取った。

「あ、あっ、わたし……っ」

仰向けになったせいで後頭部にまとめた髪が少しほつれ、襟元もずれてしまっている。

あまりにはしたない姿を、アシュトンだけではなくクリスにまで目撃されたことに気づき、シャーリーは一気に顔が熱くなった。

一方、身体を起こしたアシュトンは恨めしげな視線を側近に投げつける。

「クリス……わたしを休憩させたいのではなかったのか？」

「休憩はしていただきたいですが、執務室でいちゃつくのはお控えください。ここを訪れるほかの者にも示しがつきませんので」

クリスは淡々と答える。

その声にも内容にもいたたまれなくなって、襟を引き上げたシャーリーは転げるように長椅子を下りた。

「ご、ごめんなさい、クリス様っ！　あの、陛下、わたし……し、失礼しますっ！」

シャーリーは逃げるように国王の執務室を走り出る。とてもではないが恥ずかしすぎて、アシュトンやクリスの顔を直視できそうになかった。


――そうして残されたのは、冷めてしまった紅茶と食べかけの菓子のみだ。

それらをワゴンに片づけながら、クリスがやれやれと言いたげに肩をすくめた。

「あまり強引なのはきらわれますよ？　それ以前に、まずは自分を知ってもらうのが一番だとか言っていませんでしたっけ？」

「言うな。わたしとてそう考えていたのだ。しかし……」

クリスが皿を片付けようとするのを引き留め、アシュトンはクッキーをふたつほど口に放り込む。

ほどよく砂糖が効いたクッキーは、口の中でほろほろと甘く溶けていった。

「彼女がわたしのために菓子を焼いてくれたのだと思うと、こう、むらむらというか……いじらしさにまいってしまって」

「……お気持ちはわかります。ただ、彼女は男女のことには見るからに疎そうです。がっついて怖がられないようにお気をつけください」

「善処する」

アシュトンは重々しくうなずいた。

が、もっとキスしてくれと言わんばかりに潤んだ瞳で自分を見上げていたシャーリーを思い出すと、あっという間に下肢のものがたぎってしまって、言葉通りにできるかは正直大変にあやしいところである。

むぅ、とうなるアシュトンのそばで、クリスがやれやれと言わんばかりに肩をすくめるのが見える。

それをとがめる言葉は、今の状態ではとても言えたものではなかった。

＊　　＊

それからというもの、シャーリーの日課には菓子作りが加わった。

もともと菓子を作るのは好きだった。多めに作って厨房の人々におすそ分けすると喜んでもらえるので、シャーリーは毎日はりきって厨房へ通うことになる。

そんなシャーリーを見て、クリスが声をかけてきた。

「臣下としての義務感から奮闘しているのなら、無理はしないで大丈夫ですよ。そもそも陛下は、ゆっくりしていただきたいとお考えになったからこそ、あなたをここに滞在させているわけですから」

「ご心配をおかけしてすみません。でも大丈夫です。お菓子作りは大好きで、両親が生きていた頃は厨房に入りびたるほどでした。それに……実はお部屋でゆっくりしているだけでは退屈なのです。侍女たちが刺繍道具や本を差し入れてくれましたが、それも飽きてしまって……。ごめんなさい、お気遣いいただきましたのに」

「刺繍や読書はおきらいでしたか？」

「いいえ。でも、お菓子作りほどではなくて」

「なるほど。あなたが負担を感じず楽しくやれているようなら、それはそれでかまいません。今日も陛下はあなたとのお茶の時間を楽しみにしておいでですので、いつもの時間にお願いします」

「はい！」

シャーリーはにっこりうなずき、再びお菓子作りに没頭しはじめた。

今日のメニューはショートブレットだ。ミルクをたっぷり淹れたお茶に軽くつけて食べても美味しいので、その準備も一緒に行う。

たくさん焼けたので、残りはシャーリーの侍女たちと厨房の人々におすそ分けだ。

厨房の料理人たちに持っていくと、彼らは歓声を上げて喜んでくれた。

「いつもありがとうございます、お嬢様！　近頃はみんなお嬢様のお菓子を楽しみに待っておりまして」

「そうなのですか？　嬉しいですけど……料理長が作るものに比べると子供っぽいものが

多いから、お恥ずかしいです」

「いえいえ、それがまたいいのです。それにお嬢様のお菓子を口にすると、不思議と元気が出るのですよ。疲れが癒やされるというか……もしかして、お菓子に魔法をかけているのですか？」

「えっ？」

思いがけない指摘にシャーリーは驚くが、そういえば……と口元に手を当てた。

「これはお菓子作りを教えてくれた母から教わったことですが、お菓子を作るときは『美味しくなぁれ、元気になぁれ』と頭で唱えながら作ると、本当に疲れが吹き飛ぶお菓子ができるということでした。深く考えずに作っていましたけど……そうやって唱えることで、いつの間にか魔法をかけていたのかもしれませんね」

料理長をはじめ、厨房の人々は「おおっ、なるほど……！」とたちまち色めき立った。

「魔法を扱える貴族の皆様は、そのようなこともできるのですね……！　魔法具に頼った生活しかできない我々庶民には思いもよらないことだ」

「とはいえ魔法具が解禁されただけでも、作業は大幅に楽になりましたが」

料理人たちが振り返る先には、さまざまな魔法具が置かれたスペースがある。

火を点すためのもの、水をお湯に変えたり氷に変えたりするためのもの、料理を温かく保つためのもの、食材を長持ちさせるためのもの……料理に関わる『こうできたらいいな』を実現するための魔法具がずらりと並んでいた。

「先代の陛下の時代では、貴族以外が王城で魔法を使うことは禁じられていましたから、火起こしひとつとっても重労働だったのです」

「ですがアシュトン陛下は即位してすぐ、料理人や下働きの者が魔法具を使うことを許してくださって――」

「厨房ももちろんですが、奥向きの者たちもだいぶ助かっているんですよ。洗濯のための水をぬるま湯に変えたり、雨が続いたときには屋内で干してもすぐ乾くように風を当てたり、掃除で汚くなった水をすぐにきれいにしたりと――仕事が格段に楽になったと聞いています」

「我々も食事室まで料理を運ぶとき、冷めないうちに急げー！　って走り回ることもなくなりましたからね」

「もし冷めても魔法具を使えば、すぐに熱々できたての状態に戻すこともできますし」

便利だよね～、と料理人たちは口々につぶやき深くうなずいてみせた。

「魔法具を使わないでお料理やお洗濯をされていたなんて……！　それはすごく大変でしたね」

シャーリーは驚きとともに、公爵家で下働きをしていたことを思い出して胸が詰まった。

公爵家でも、魔法具を使える人間は家政婦長や執事に限られていた。おまけにシャーリーは『魔法を使えるはずの人間が魔法具に頼るなどとんでもない！』という叔父夫婦の意向で、火起こしも洗濯も掃除もすべて魔法なしですることになっていたのだ。

（そのせいで一年中手が荒れて、冬はあかぎれだらけだったわ）

ちらりと自分の手を見る。

ここへきたときは荒れていた手だが、冷たい水にふれることがなくなり、毎日クリームをぬっているためか、今はずいぶんきれいになっていた。

（お城で働く人々のお仕事が楽になったのも、わたしの手が治ったのも、すべてアシュトン様の優しさのおかげなのだわ）

そう思うと胸の奥が温かくなり、アシュトンへの尊敬の念がいっそうふくらむのを感じる。

ひとりほほ笑むシャーリーの前で、壁にかかる時計を見た料理長が「おっと」と声を上げた。

「おしゃべりが過ぎましたね、お嬢様。そろそろ陛下の休憩時間です」

「まぁ、本当だわ。急いで用意をしなくっちゃ」

いつも通り紅茶と菓子をワゴンに乗せて、シャーリーは心持ち早足で国王の執務室を目指した。

はじめてここへきたときは衛兵に及び腰になったものだが、毎日通っていればその威圧感にも徐々に慣れてくる。最近では「お疲れ様です」と声をかける余裕も出てきた。

衛兵たちは口を開くことこそなかったが目礼を返してくれる。それもシャーリーにとっては嬉しいことだ。

「シャーリーです。お茶をお持ちしました」

「入れ」

みっつ目の扉の向こうからアシュトンの声が聞こえ、クリスが扉を開けてくれた。

シャーリーは礼を述べてワゴンを押していく。

「休憩時間か。この頃はあなたのお菓子を食べるのも一日の楽しみだ」

うーんと伸びをしながらアシュトンがにっこりほほ笑んでくる。さっそく紅茶の支度にかかるシャーリーだが、クリスが「陛下、例のお話を」と割って入ってきた。

「む、そうだったな。――ああ、シャーリー、支度を続けて。一緒に休憩しながら話すよ」

話とはなんだろうと首をかしげつつ、シャーリーは慣れた手つきで紅茶を淹れて、アシュトンの前に差し出した。クリスも同席するようなので彼にも紅茶と菓子を用意する。

「ありがとうございます。……ふむ……確かに、このお茶とお菓子は美味しいですね。味以上に疲れが取れるような……」

「おそらく作っている最中に、無意識に魔法をかけているのだと思います。先ほど厨房で指摘されて、わたしもはじめて気づいたのですけど」

クリスもアシュトンも納得したようにうなずいた。

「話というのは、その魔法に関わることなのだ。シャーリー、あなたは同世代の貴族に比べ魔力や魔法の知識がずいぶん少ない。……ああ、あなたを責めているわけではないから勘違いしないでくれ。あなたの叔父夫婦が必要な教育をあなたにほどこさなかっただけだと、我々はきちんと理解している」

「ですがきちんと学んでおかないと、無意識のうちに魔力を振るってしまい思わぬことが起きたりします。お菓子に関してはいい方向に働きましたが、すべてがすべてうまくいくとは限りません」

「それは、たとえば……？」

鋭いクリスの指摘にシャーリーはごくりとつばを呑む。

そうだな、と口を開いたのはアシュトンだ。

「わたしがよくやってしまうのは、仕事がうまく進まずイライラしているときにサインを殴り書きすると、サインから負の魔力がにじみ出て、書類を受け取った人間がもれなく体調を崩してしまう――という感じかな。これも完全に無意識にやっていることで、気づくまでにしばらく時間がかかった」

驚くシャーリーに対し、アシュトンは「この頃はあなたが疲れを取ってくれるし休憩を取るようになったから、そのような被害は激減したが」と苦笑まじりにつけ足した。

「陛下のように豊富な魔力と魔法の腕をお持ちの方でさえ、うっかりするとそういうことがあるのです。むしろ大きな魔力を持つ者にこそ、こういう事例は多いのです」

「だから今からでも魔力や魔法のことをしっかり学び、自分の力を使いこなす学習と訓練をするべきだと思う」

シャーリーは大きくうなずく。

アシュトンの言うとおり、無意識で使った魔法で誰かを傷つけてしまうことは彼女にとっても本意ではない。

「ということで、明日にでも魔法具省から教師役をあなたのもとに派遣しようと思う。かまわないか？」

「は、はい、よろしくお願いします」

ふむ、と満足げにうなずいたアシュトンは、すぐにシャーリーを隣の席に手招いた。

「では、いつも通りわたしのそばにおいで、シャーリー」

「は、はい、陛下……」

顔を赤らめながらシャーリーはうなずく。

だがそれを止めるように、クリスが彼女の前に腕を突き出した。

「はい、ストップ。手を伸ばしたらふれあう距離で休憩するのは、今日から禁止にします」

きっぱりした側近の言葉に、アシュトンがあからさまに渋い顔をした。

「なぜだ、クリス。せっかくの休憩時間なのだから、魔力の交歓もしておきたいのに――」

「そう言ってこの五日間、毎日毎日いちゃいちゃいちゃいちゃとくっついて、休憩するどころかもっと激しい運動をはじめそうな雰囲気になること間違いなしではありませんか」

クリスはにべもなく言いきった。

クリスの言う『激しい運動』がどういうものかシャーリーにはわからなかったが、魔力の交歓を行うと身体中が熱くなり、走ったときのように心臓がどきどきするのは確かだ。

それを運動と言い換えることは一応できるかもしれない。

「シャーリー様の用意するお茶やお菓子にも疲労回復の魔法がかかっているなら、わざわざ魔力の交歓をせずとも充分休憩になり得ます。シャーリー様もそう思いますよね？」

「えっ？　ええ、まぁ……」

「それに、わたしが休憩終了を告げに行くたび、シャーリー様が我に返って恥ずかしい思いをされるのは端から見ていても気の毒です。――というかわたし自身、執務室でなにが起こっているかわかりつつも扉を開けるのはかなり気まずいのですからね。その辺はもう少し慮《おもんぱか》っていただいてもよろしいですかね？」

「……」

言葉こそ丁寧だが、低い声で言い募るクリスからは怒りの圧力がにじみ出ていた。

「……わかった。クリスがそこまで言うなら、執務中の休憩は行儀よく過ごそう。だがシャーリー」

「は、はいっ」

「やはりあなたとの魔力の交歓が、疲れを癒やすのに一番効果的であることに変わりはない。執務中は無理でもそれ以外の時間はこれまで通り、必要なときにあなたにふれに行くから、そのつもりで」

「……はっ、はいっ……！」

シャーリーはうわずった声で答える。

（な、なにをうろたえているのよ、シャーリー！　ふれに行くというのは魔力の交歓をしに行くというだけで、ほかの意味はないはずよ！）

――と思うのだが、紅茶を持っていくようになってから、アシュトンのふれ方はより大胆というか……きわどいものになっている気がする。

手を繋ぐだけでも魔力の交歓はできるのに、アシュトンは必ずシャーリーの細い身体を抱きしめ、髪をなでたり頬ずりしたりしてくるのだ。

おまけに「今日は特に疲れたから、たっぷり癒やしてほしい」などと言って、くちびるを重ねてくることも多い。

皮膚よりも粘膜をふれあわせたほうがより魔力の交歓をしやすくなるから、ということだったが……。

（おかげで、わたしもいつも身体中が熱くなって、妙な気分になってしまうのよね……）

下腹部が妙にうずうずして、足のあいだがうるんできてしまうのだ。アシュトンが胸やお尻のラインをたどってくるのにも、背筋がぞくぞくするほどの激しい快感を得てしまう。

正気に戻るたびに、なんてはしたない反応をしてしまったのだろう……！　と青くなったり赤くなったりするのだが――いざアシュトンとふれあうと理性などあっという間に押し流されて、頭の芯まで熱くなる快感にはまってしまうのである。

（お疲れの陛下のためにも、お役に立てることはなんでもしたいとは思うけど……）

この状態が続いてしまったら、自分はどうなるのだろう……？

そんな不安と言い表せないどきどきに包まれて、シャーリーはひとり頬を赤らめるのであった。

＊　　＊

その翌日。シャーリーのもとにさっそく教師がやってきた。

「魔法具省の魔法研究部に属しております、ギアナと申します。このたび国王陛下からシャーリー様の教師を仰せつかりました。よろしくお願いいたします」

そう言って頭を下げるのは、たっぷりした焦げ茶色の髪が印象的な大人の女性だ。

シャーリーは緊張しながら、片足を引いて貴婦人の挨拶をした。

「はじめまして、ギアナさま。シャーリー・ファンドンと申します。こちらこそよろしくお願いいたします」

「そんなに硬くならずとも大丈夫ですわ。今日は初対面ですし、お茶を飲みながらゆっくりお話ししましょうか」

ギアナは優しくほほ笑み、シャーリーを長椅子に座るよううながした。

「わたしは十五歳のときに魔法具省に入省して以来、魔法具の研究、開発にたずさわっております。最近は開発されたものをチェックするのが主な仕事です。国外に出荷するものに関しては、少しでも不備があれば国同士の争いに発展しかねませんので、細心の注意が必要なのです」

――魔法具はこの王国の主要産業だ。魔法と縁のない他国にとっては、魔法具を持つことが一種のステータスになっているのだという。

この国では庶民でも、火起こしの魔法具と暑さや寒さをしのぐ魔法具は持っているのが普通なので、外国ではそうでないと知ってひどく驚いた。

「わたし、魔力や魔法についてもそうですが、普通の貴族令嬢が持っているような教養もほとんどなくて……。家庭教師がついていたのは十三歳までなので、すべて中途半端に終わってしまっているのです」

公爵家に生まれた令嬢らしく、シャーリーにも七歳から家庭教師がつけられていた。礼儀作法や文字の読み書き、計算などは一通り教わっていたが、それ以上に難しい勉強や淑女のたしなみ――楽器の演奏や歌、ダンス、詩作や刺繡など――は、両親が事故死したことで強制的に終わりにさせられてしまった。

その後は下働きの日々だったので、勉強するどころかろくに休めない日々だったが……こうして時間ができたからには、そういうのも学び直せたらいいのにという気持ちが少し芽生えてきていた。

「それならば陛下にお願いして、わたしのほかにも教師を探していただければいいと思いますわ」

「よろしいのでしょうか？　ただでさえお世話になっているのに……」

「そうですね。あんまり根を詰めてお勉強されたら、陛下も心配されると思いますが……陛下はもともと向上心にあふれた方です。学びたいと言う者を無下にすることはなさいますまい」

シャーリーはほっとして「では、あとで陛下にお話ししてみます」とうなずいた。

「確かシャーリー様は、早めにお昼を済ませたあと厨房に向かうのでしたね。今日はそろそろ切り上げたほうがいいでしょう。明日から本格的に講義をはじめさせていただきます」

「はい。よろしくお願いいたします」

シャーリーは扉までギアナを見送りに出る。彼女はにこやかに手を振って退室していった。気さくで優しそうな先生だったわ、とシャーリーはほっと胸をなで下ろす。

そして百合の間に備えつけられた食事室へ移動しようとするが、間違った扉を開けてしまって、あわや迷うところだった。

なにしろ百合の間はかなり広い。日常を過ごすための居間をはじめ、勉強に使うことになった書斎、本や楽器、刺繍道具が集められた遊戯室、客人をもてなすための応接間と、まるで家がそのまま入っているかのような造りになっているのだ。

居間の奥には専用の食事室、衣装室、浴室、寝室と続いていて、これをすべてひとりで使っていいものかと未だためらいがある。

（これだけ大きな王城だから、客室もそれだけ広いということなのでしょうけど）

あまり広すぎるのも落ち着けないものだ、とシャーリーは苦笑した。

「シャーリー様、ちょうど昼食の支度が調ったところです」

「ありがとう。今日の昼食も美味しそうだわ」

無事にたどり着いた食事室のテーブルに並べられていたのは、こんがりと焼き目をつけたグラタンと炒り卵の載ったサラダ、とろりとしたポタージュだ。

しっかり食べ終えたあとは厨房に向かう旨を告げて、侍女たちと別れる。

お腹が満たされた上、アシュトンに頼めば勉強もできるかもしれないという喜びもあって、食後に厨房へ向かうシャーリーの足取りは軽やかだった。

だがそのせいで、いつもより注意力が散漫になっていたらしい。角を曲がったところで反対側から歩いてきた人々と正面からぶつかってしまった。

「きゃっ！」

「うおっ……！　おい、気をつけろよっ」

不機嫌な声をぶつけられて、シャーリーは瞬時にびくっと身をすくめる。

王城に上がってからというもの、悪意に満ちた誰かの声を聞く機会はまったくなかった。

そのせいか、久々に聞いた叱責に身体中が冷たくなってしまう。

「も、申し訳ありません。前をよく見ていなくて……大変失礼いたしました」

公爵家で働いていたときのくせで、シャーリーはすぐに一歩下がって深々と頭を下げる。

使用人もかくやという態度に、青年は「へぇ？」とものめずらしげな声を上げた。

「見たところ女官じゃないようだけど。いきなりぶつかってきてどういうつもり？　僕がラフィオル公爵家の嫡男ジョージだって知っての狼藉かな？」

公爵家の嫡男……！　シャーリーは青くなってチラリと顔を上げる。

そこにいたのはアシュトンよりは若い赤毛の青年だ。背後で同じ年くらいの青年がふたりにやにやしているのは、取り巻きかなにかだろうか？

なんにせよ、公爵家の方を相手にとんでもないことをしてしまった……！

シャーリー自身も公爵令嬢のはずだが、令嬢として過ごした時間が短いせいもあり、そのことを伝えるのはひどく気が引けた。

それに叔父夫婦と似た雰囲気を持つ相手の前だとどうしても身体が萎縮してしまって、シャーリーはひたすら小さくなることしかできない。

「申し訳ありません。先を急いでいたもので……どうかお許しください」

「どうしようかなぁ。今ちょっと機嫌が悪いんだよね。朝から呼び出されたあげく説教されたからさぁ。そんな時間があるなら、女の子とちょっと遊びたいって思うのは当然だよね？」

ラフィオル公爵家のジョージはシャーリーの顎に手をかける。無理矢理上向かせられて、シャーリーはぞっとして全身を震わせた。

「は、離してください……！」

「へぇ、案外可愛いじゃん？　ドレスを着ているから女官じゃないだろうが、どこの家の娘だ？」

シャーリーははっとして、指輪をはめたままの左手を背中に回す。なんとなく、今の状態でファンドン公爵家の娘と知られるのはいやだった。

「お、お許しください。名乗るようなものではございません。行くところがあるので、どうか……」

「生まれたての子鹿みたいに震えて可愛いなぁ。いいだろう、ちょっとぐらいつきあってくれても。中庭でお茶くらいさぁ」

ジョージの手が顎から離れ腰にふれてくる。ぐっと抱き寄せられて、シャーリーは悲鳴を上げそうになった。

「ほら、その気になっただろう？　公爵家の僕に相手をしてもらえるなんて光栄だと思わないといけないよ？　さ、行こうか」

（いやっ！　離してっ、さわらないで――！）

シャーリーはそれだけを考えながら、必死にジョージの身体を押しやろうとした。

――そのときだ。

シャーリーの手のひらから、ぼっ！　といきなり炎が噴き上がる。突然のことにジョージも取り巻きたちも、シャーリーでさえひどく驚いた。

「うわっ！　な、なにをするんだ、無礼者！　すぐに火を消せッ！」

シャーリーも大あわてで「と、止まって！」と自分の手に命じる。

だが炎はなくなるどころか、より大きくなってあちこちにボボボッと放たれた。

ジョージはもちろんその取り巻きや壁、絨毯にまで炎が飛び散り、あっという間に燃え広がりはじめる――。

「あ、あぁ……っ、どうして……！」

シャーリーは涙目で炎があふれる右手を左手でつかむ。

魔法を使っている本人だからか、炎の熱さはまったく感じない。

それでも周囲が燃えているのは確かだ。なんとか押さえ込もうとするが、ちっとも制御が効かない。

炎に巻かれた青年たちは「さっさと火を消せ！」「熱い！　痛い！」とぎゃあぎゃあわめいている。

それがよけいにシャーリーを追い込み、炎を大きくさせていた。

「ああ、だめ、どうしよう……！　助けて、助けてください、陛下ッ――……‼」

絶望感と焦燥感から、シャーリーは思わずアシュトンに助けを求めてしまう。

その瞬間だ。向かいの廊下からごうっと音を立てて、大量の水の塊が押し寄せてきた。

「ぐえっ⁉」

鉄砲水のようなそれにジョージたちが巻き込まれる。水は周辺の炎をあっという間に消し去ると、青年たちに巻きつくようにして丸い形を作った。

周辺の火は消えたが、シャーリーの右手からはまだ炎が上がっている。

「いやあっ、どうして消えないの⁉　消えてぇ……！」

「シャーリー、落ち着けっ！」

混乱し腕を振り回すシャーリーを、駆けてきた誰かがぎゅっと力強く抱きしめてきた。

その腕の熱さと鼻腔をくすぐる匂い、なによりふれたところから感じる魔力で、シャーリーははっと顔を上げる。

「陛下……！」

「ゆっくり息をするんだ。吸うよりも吐いて……そうだ、吐けば身体は勝手に空気を吸い込む。とにかく息を吐いて。……そう、いい子だ。そのまま続けて」

シャーリーは言われたとおり、必死に息を吐き続ける。

そのあいだ、アシュトンはシャーリーの右手をつかんで、ゆっくり魔力を送ってくれた。

馴染みあるアシュトンの温かな魔力を感じて、安堵《あんど》のあまり身体中の力が抜けていく。

噴き上がっていた炎も徐々に収まって、やがて消え去った。

「もう大丈夫だ。怖かったな、シャーリー」

「へい、か……、うっ……」

緊張の糸が切れて、彼女はアシュトンの胸にすがりついて泣き出してしまった。

そんな彼女の背をよしよしとなでながら、アシュトンはぱちりと指を鳴らす。

その途端に、ジョージたちを取り巻いていた水が瞬時に霧《きり》となり、あっという間に消え失せた。

「げほっ！　げほ、ごほっ」

床に倒れ激しく咳き込むジョージたちを、アシュトンは厳しいまなざしで睨めつける。

「へ、へいか……」

「用が済んだのならさっさと帰ればいいものを。城内で油を売るのみならず、通りかかった女性に乱暴するとは。見下げ果てた行いだな」

「ち、ちがっ……！　違います、陛下。我々は、彼女が迷っていた様子なので、案内をしようと思って……」

なんとか顔を上げたジョージが言い募る。だがアシュトンはふんっと鼻を鳴らした。

「それならば、彼女が攻撃魔法を放ったのはなぜだ？　さしずめ女癖の悪いおまえが、彼女を無理やり引きずって行こうとしたせいだろうが」

「そ、そのようなことは……！」

「まったく……繁華街で酔って暴れて、憲兵が出てくる騒ぎを起こしたことを注意したあとだというのに、よくまた問題を起こせたものだ。おまえはしばらく顔を見せるな。自宅で謹慎しろ。このことはおまえの父にも知らせておく」

「そんな、陛下、どうぞお慈悲を……！」

シャーリーを横向きに抱えたアシュトンの背にジョージはすがりつく。が、アシュトンは意に介さなかった。

「よりによって、わたしの大切な女性を毒牙にかけようとしたのだ。天地がひっくり返っても、おまえに慈悲を与えることはないな」

これにはジョージのみならず、残りのふたりも唖然《あぜん》として固まってしまう。

やがてクリスが駆けつけ「陛下、これは……？」と焼け焦げた周囲を見て眉をひそめた。

「クリス、緊急事態だ。わたしはシャーリーを連れて行くから、おまえは後始末を頼む。そいつらはさっさと城から叩き出しておけ！」

側近にそれだけ言いつけると、アシュトンはシャーリーを抱えたまま堂々たる足取りで歩き出すのだった。


「へ、陛下……わたし、もう落ち着きました。歩けますから、どうか……」

下ろしてくださいと口にする前に百合の間に到着した。アシュトンは魔法を使って扉を開けて部屋の奥へ進んでいく。

昼食の片づけを終え居間の掃除を行っていたふたりの侍女は、突如やってきた国王と抱えられた主人を見て、目を瞠っていた。

「呼ぶまで入ってくるな。そして誰も入れるな。クリスにも取り込み中だと言っておけ」

「は、はい。かしこまりました」

侍女たちはあわてて控えの間に下がっていった。

そしてアシュトンは部屋の中でも一番奥の、寝室へと彼女を運び込む。

ようやく寝台に下ろされたシャーリーはほっとするが、すぐにアシュトンに抱きしめられどきっとした。

「陛下……んぅっ……」

深く口づけられて、魔力が流れ込んでくる。シャーリーは恥ずかしさよりも安心感を覚えて、自分も舌を伸ばすと同時に魔力をアシュトンへ注いでいった。

魔力の交歓がはじまると、あっという間に身体中が熱くなって頭がぼうっとしてくる。

アシュトンも同じだったのだろうか。何度も角度を変えて口づけてきては、体重をかけてそっとシャーリーを仰向けに倒した。

そして覆いかぶさるように自分の身体を重ねてくる。

「んっ……へいか……」

「アシュトンと呼んでくれ。あなたが……傷つけられなくてよかった」

くちびるだけでなく、頬にも顎にもちゅっちゅっと口づけたアシュトンは、シャーリーの身体をぎゅっと抱きしめてきた。

「でも、あの、ごめんなさい。騒ぎを起こして……廊下も燃やしてしまって……」

「あんなものは魔法ですぐにもとに戻せる。だが傷ついた心を戻すのは魔法ではどうにもならない。あの野郎に乱暴をされただろう？」

少し身体を起こしたアシュトンは、心配と怒りが入り交じる瞳でじっとシャーリーを見下ろしてくる。

射貫くようなまなざしに、シャーリーはとくんと心臓を高鳴らせた。

「乱暴と言うほどでは……一緒にお茶をしようと引っ張っていかれそうになって。それで気がついたら、炎が……」

まったく意識せずに噴き上がった炎を思い出し、シャーリーは身体をこわばらせる。

そんな彼女の髪をアシュトンは優しくなでた。

「無理やり引っ張って行かれそうになったなら立派な正当防衛だから、さほど気に病むな。あなたの防衛本能が嫌悪感のあまりに暴発した形だろう。貴族なら誰しも一回や二回は同じようなことを引き起こしている。誰もが通る道だから、安心しなさい」

「本当に……？　わたし、強引に連れていかれるのはいやでした。でも……あの公爵家の方を傷つけようと思ったわけではなくて……っ」

彼らが熱い、痛いと騒いでいた声が思い出され、なんということをしてしまったのだろうという自己嫌悪に胸が押しつぶされそうになる。

しかしアシュトンははっと鼻で笑った。

「あいつらも貴族なら、魔法でできた炎くらい自分で水を出すなり追い払うなりして充分対処できたはずだ。それができずにぎゃあぎゃあ騒いでいた時点で自分が腰抜けである上、無能だと暴露しているようなものだよ。気にすることはない」

そもそも貴族ならちょっとのやけどくらい自分で治せるんだからと言われ、確かにその通りであるだけに、シャーリーは少しだけほっと安心できた。

「でも、公爵家の方に怪我をさせてしまったことは事実ですし、しゃ……んっ……」

謝罪をしなければ、と言おうとしたシャーリーのくちびるを、アシュトンがくちびるでふさいだ。

「必要ない。そもそもあいつは素行の悪さでここに呼び出されたんだぞ。なんならもっと燃やしてしまってもよかったくらいだ」

「そんな！　それに、普段の行いと今回のことは話が別で……んんっ」

再びキスで言葉を封じられる。しかも今度のキスは先ほどよりやや乱暴だった。

「シャーリー、わたしは国王として常に寛大でいなければいけないと思っているし、事実そうしているつもりだ。が、これ以上、わたし以外の男のことをその可愛いくちびるで話題にしてごらん？　寛大さなどあっという間にどこかへ行って、狭量なことをする男に成り下がってしまうぞ？」

蠱惑《こわく》的な声音で甘くささやかれて、シャーリーはどきっとする以上にぞくぞくした。

「きょ、狭量なことって……？」

吐息がふれあうほど至近距離で見つめられて、シャーリーはどうしようもなくどきどきしてくる。

「あなたをこの部屋に閉じ込めて、わたし以外の誰にも会わせないようにするとか」

本気とも冗談ともつかない口調でそう言って、アシュトンはまたシャーリーにちゅっと口づけた。

「それは……ちょっと、ひどい、です……」

「そうだろう？　だから普段は理解ある男のフリをしている。心の回復のためにも、あなたには多くの人間とふれあい、自信を取り戻すことが必要だからね。だがあなたがその愛らしい笑顔や鈴が鳴るような声を、会う人間すべてに振りまいていると思うと、どうしようもなく嫉妬せずにはいられないのだ」

嫉妬……？　思いがけない言葉に、シャーリーは大きく目を見開いた。

「どうして、陛下が嫉妬など……んむっ……」

食らいつくように口づけられて、舌をからめ取られる。

口内を舐め回され、最後に舌をじゅっと吸い上げられ、頭の中が真っ白になるような快感に包まれた。

「ふあっ……」

「わからないか？　あなたはとても無垢で、それがよいところでもあるのだが……時々、少し残酷だな」

残酷……なんとも不穏な言葉を投げつけられて、シャーリーは少し困惑する。

アシュトンは「悪口で言ったわけではないよ」と苦笑した。

「男が嫉妬を感じるのは、たいていはその女性に気があるときだ。それをあなたはよくよく肝に銘じなければいけない」

（つまり……それって……？）

アシュトンの言葉の意味を考えたいのに、彼はしゃべりながら何度もシャーリーに口づけてくる。

額や耳元、首筋、胸元にまで口づけは及んだ。そうなるともうまともにものを考えることなどできない。

「あの男にどこをさわられた？」

「んぅっ……！　へ、いか……」

肩口に口づけられ、シャーリーは甘い震えに見舞われる。どんどん熱くなる身体に戸惑いつつ、聞かれるまま「顎を……」と答えた。

「手でつかまれたのか？　ふむ、やはりあいつはそのうち消そう……。さぁ、消毒しておかなければ」

シャーリーの顎あたりに口づけたアシュトンは「ほかには？」とささやいてくる。

低く耳に心地よいささやき声は聞いているだけでどきどきしてきて、シャーリーは問われるまま答えていた。

「か、肩や、腰を……」

ぐっと抱き寄せられたときのことを思い出し、恥ずかしさとみじめさからシャーリーはみるみる涙ぐむ。

それを見たアシュトンの瞳がすぅっと細くなった。

「わたしの大切な女性にふれるなど万死に値する行為だが……あなたを泣かせるほどとは。やはり、しっかり後悔させてやらねば気が済まないな」

（大切な女性……）

そういえば、這いつくばるジョージに対してもアシュトンはそう宣言していた。

「へ、陛下……陛下はわたしのことを、大切なものだと思って、くださる、のですか……？」

シャーリーにとっては心臓が飛び出しそうなほどどきどきする問いかけだった。

しかしアシュトンは「そうに決まっているだろう」とあっさり答えてくる。

だが続けられた言葉には情感がこもっていて、シャーリーの胸はいっそう高鳴った。

「大切どころか……もっと尊い存在だがな」

尊い……そんなふうに言われたのははじめてだ。シャーリーは頬を赤らめながら、アシュトンの真意を探りたくて、ついじっと彼の薄緑の瞳を見つめてしまう。

「それって……？」

「わたしに言わせようとするのか？　清純なわりに、なかなかしたたかだな」

肩を小さく揺らして笑ったアシュトンは、軽く片目をつむってきた。

「だが、言えばあなたは多少なりとも混乱するし、動揺するだろう。今はあなたが受けた苦痛の記憶を上書きするほうが先決だ。さぁ、少し背を浮かせてくれ」

混乱するし、動揺する……どういうことだろうと思いながら、シャーリーは言われたとおり背を浮かせる。

その途端にボタンがすべて外されたドレスは、アシュトンの手によりすとんと腰まで引き下ろされてしまった。

「あっ……！」

コルセットとシュミーズだけの上半身が露《あら》わになって、シャーリーはとっさに手を交差させて胸元を隠す。

だがアシュトンはその手をやんわりどけて、コルセットの紐まで緩めはじめた。

「へ、陛下……っ」

「わたしがあなたをどう思っているか、まずは身体で感じてみるといい」

コルセットが取り払われれば、あとは肌が透けるほど薄いシュミーズのみだ。肌の色だけでなく、薄赤い胸の頂が透《す》けて見えるのが恥ずかしすぎる。

「可愛い胸だ。直に見たいのだが？」

「い、いけません、そんなこと……！」

「なら、この上からさわらせてもらおうか」

言うなり、アシュトンは大きな手で胸のふくらみを覆う。両方の乳房を包むように優しく揉まれて、シャーリーはたちまち真っ赤になった。

「や、あ……、ああ、だめっ……！」

むずむずとした感覚が立ち上って、くすぐったさと紙一重の心地よさが込み上げてくる。

アシュトンが手のひら越しに緩やかに魔力を流してくるからか、魔力の交歓のときに感じるむずがゆい感覚が身体の奥から生まれてきていた。

「胸は特にここが感じるというが――」

「ひあっ、あ！」

「あなたも例外ではないようだ」

親指の腹で乳首をくりっとこすられて、シャーリーはびくんと全身を跳ね上げる。アシュトンが満足げに口角を引き上げ、そこを重点的にこすり上げてきた。

「あ、あぁ……っ、あああ……！」

慎ましく平らだったはずのそこはこすられるたびに芯を持って勃《た》ち上がり、いつの間にか色濃く存在を主張しはじめる。

「ベリーのようだ。食べたら甘いのではないか……？」

アシュトンがそんなことをささやきながら、布越しに片方の乳首に吸いついてきた。

「ひぅう！」

布にじんわりと唾液が染み込み、そのせいで乳首の形がシュミーズ越しに浮き上がってきた。反対の乳首も同じようにされて、気づけば布地が乳房にぴたりと貼りついている。

（は、恥ずかしすぎるわ……！）

それ以上に、彼の舌に乳首を舐《な》め転がされるとむずむずする感じがよけいに大きくなって、魔力の交歓のとき以上に身体の芯が甘く疼いた。

「陛下……あ……」

「このままでは気持ち悪いだろう」

そう言ってアシュトンは結局、薄手のシュミーズもシャーリーの頭からさっさと抜き取ってしまう。

それどころか、腰元にわだかまっていたドレスまではぎ取ってしまった。

「……っ」

靴もぽいぽいと脱がされて、気づけばガーターとストッキング、ドロワーズだけというあられもない格好だ。

「美しいな。ドレス姿も素敵だが、しどけない格好のあなたにもまたそそられる」

羞恥のあまり真っ赤になって声も出せないシャーリーに対し、アシュトンは満足げにため息をつく。

そしてなんと、今度は自分の衣服にまで手をかけた。

勢いよく服を脱いでいくアシュトンを、シャーリーは驚きのあまりぽかんと見つめてしまう。

だが彼がシャツを脱いだときには、思わず息を呑んでしまった。

(な、なんて男らしい身体……！)

広い肩幅と太い腕にはしっかりとした筋肉がつき、胸板は厚くとても広い。それでいて腹筋は引き締まってしっかり割れていた。

服を着た上からではわからなかったたくましい身体を前に、彼女の心臓は今にも飛び出しそうなほどどきどきと激しく高鳴っていく。

脚衣を残してすべて脱いでしまったアシュトンは、再び彼女に覆いかぶさって激しくくちびるを重ねてきた。

「んむっ……、ふ……んう……っ」

後頭部と腰に腕を回され、しっかり肌を密着させて口づけられる。

彼の胸板はとても厚く、柔らかな乳房が押しつぶされた。その状態で角度を変えて何度も口づけられ、口蓋を舐められ下くちびるを吸われ……シャーリーの身体は火をつけられたように熱くなる。

「ん、う……」

おずおずとアシュトンの腕に手を添えると、自分を抱く彼の腕が強くなった気がした。

彼に肩や腕をなでられるだけでうっとりした心地になり、まぶたがとろりと落ちてくる。

(ジョージというひとに抱き寄せられたときはびっくりして、気持ち悪くて、嫌悪感でいっぱいになったのに……)

今は恥ずかしい気持ちはあれど、いやだという気持ちは心のどこをさらっても見つからない。

それどころか、ずっとこうしていたいというあられもない願いまで浮かんでくる。

(ああ、気持ちいい……)

無意識のうちに魔力の交歓をしてしまっているのか、ただ抱き合ってお互いの肌をなでているだけなのに、温かなお湯に浸かっているような心地よさがあった。

反面、下腹の奥はうずうずと疼いてしかたがない。まるでなにかを欲しがるように、シャーリーは無意識に細い腰を突き上げていた。

アシュトンもそれを感じてか、彼女の足の付け根あたりになにかを押しつけてくる。

(……？　これはなに……？)

なにか熱い塊が、下肢の恥ずかしいところに押しつけられている。

だがその状態で緩やかに腰を揺らされると、そこから得も言われぬ快感が立ち上って、シャーリーはつい「ああっ……」とため息をついてしまった。

「いつも……魔力の交歓のときは、ここを濡らしてしまっているのではないか……？」

「んっ……、どうして、それを……？」

アシュトンは愛しげにほほ笑み、シャーリーのこめかみに口づけてきた。

「わたしも同じだからさ。あなたにふれ、こうして抱き合っているだけで、もうあそこがたぎって仕方がない。今日は……ひとりで抑えるのは難しそうだ」

「……？」

首をかしげるシャーリーを、アシュトンは可愛くてしかたがないとでも言いたげに抱きしめた。

「そのためには、まずはあなたを気持ちよくさせなければな」

「陛下、なにを……あっ」

アシュトンの指先がシャーリーのドロワーズにかかる。紐をほどかれ、ただの布と化した下着はあっさりと寝台の下へ落とされた。

「あなたは足も美しいな。すらりと伸びて、真っ白で」

「そ、そんなこと……っ」

白い太腿に頬ずりされて、シャーリーは真っ赤になる。

ストッキング越しに感じる彼の温度も、さらりとした髪の質感も、どれもが胸をざわつかせてしかたがなかった。

おまけに彼が少し目線を上げれば、下肢の恥ずかしい部分まで見られてしまう。

そこは見ないでほしいと思ったが、なんとアシュトンは彼女の膝裏に手をかけ、両足を大きく開かせてしまった。

「きゃあっ！　み、見ないでっ！」

「あいにく、わたしはあなたの身体のすみずみまで見たいのだ。特にここは――」

「ひあっ……⁉」

「……ほう、思った以上によく濡れている」

秘所にふれたアシュトンの指先に、粘性のなにかがとろりとからんでいる。

いつも下着を濡らしてしまっているものだ。そう思ったシャーリーは恥ずかしいところをふれられた衝撃もあり、思わず涙ぐんでしまった。

「へ、陛下、汚いですから、どうかさわらないで……っ」

「ああ、泣かないでくれ。あなたをはずかしめるつもりはない。これはね、女性が感じると出てくるものなんだ。汚いものではないし、まして小水とは違うものだから恥じらうことはないのだよ」

シャーリーは目を丸くする。てっきり粗相だと思っていたから、そうではないと言われまさに目からうろこだった。

「この蜜はね、あなたのこの部分からあふれている」

「ひあっ……」

髪と同じ金色の茂みより少し下部にあるところ――薄紅色に息づく陰唇《いんしん》のあいだを、アシュトンの指先はかるくくすぐってくる。

くちゅくちゅという水音が響いて、シャーリーは耳まで真っ赤になった。

「ここが女性の一番気持ちよくなれるところだ。それに――おそらくあなたはお腹の奥のほうが疼いてしかたないのではないか？」

「どうしてそれを……？」

「わたしも似たようなところがたぎっているからさ。そして女性の場合、その部分はこの割れ目の奥にある。――少し力を抜いていなさい」

「え？　――んあっ⁉」

ぬるり、とアシュトンの中指が割れ目の奥へ沈み込んでくる。シャーリーは驚きのあまり全身をこわばらせ、ひくっと喉を鳴らした。

「あ、や、やだ……っ」

「大丈夫だから、楽にしていなさい」

膣内に沈ませた指を、アシュトンはかすかにうごめかせてきた。

「あっ、や……っ」

その途端に、下腹部の奥……いつも疼くところに近い場所で、かすかな愉悦が湧き起こる。

「わかるか？　このあたりに、あなたが感じるところが隠されているのだ」

「はっ……あ、あぁ、動かさないで……！」

「感じているな。中がきゅっと締まるのがわかる。そして──」

「ひ、ぅ……、……なにを……？」

湧き上がる愉悦に耐えていたシャーリーは、アシュトンが秘所に顔を寄せるのに気づいて息を呑む。

信じられないことに、アシュトンは指が入る蜜口の上部──ぷっくりふくらんでいる花芯にくちびるで吸いついてきた。

「っ……、ひぁあ……ッ!?」

そこを吸われた瞬間、愉悦がぶわりと高まって頭の中が真っ白になる。身体が勝手に跳ね上がり、全身の毛穴から汗が噴き出した。

くちびるを震わせるシャーリーを上目遣いに確かめ、アシュトンがにやりとほほ笑む。

彼は指をぬちぬちと出し入れしながら、ぷっくりふくれた花芯を舌先で舐め転がしはじ

めた。

「うあ、あっ、……あああぁ――ッ！」

花芯を舐められるたび、膣壁の一点をこすられるたび、灼けるような熱さが身体の奥から生まれてくる。

腹部の奥がいつも以上に疼いて身体がびくびく跳ねる。怖くなるほどの快感に、シャーリーはたまらずあえいだ。

「や、やぁっ、こわい……！　ああ、陛下……っ」

「大丈夫だ。その感覚に身を任せて」

「むりですっ……、あぁ、ああ、あぁああ……！」

無理と言っているのにアシュトンは容赦しない。いつの間にか中を探る指を二本に増やして、膣内のふくらんだところを丁寧にこすり上げてくる。

再び花芯にちゅうっと吸いつかれて、シャーリーはびくんっと腰を跳ね上げた。

「いやっ、あっ、ああ……！」

「そのまま達してみるといい――」

「――んぁ、あっ、あぁあああ――……ッ‼」

灼けるような快感が腹部の奥から立ち上り、あっという間に指先にまで燃え広がる。

全身ががくがく震えて、意識までどこかに飛んでいきそうになった。

勝手に背筋がしなり、腰がびくんびくんと大きく跳ねる。それが収まると全身が虚脱感に包まれて、シャーリーはぐったりと寝台に沈み込んでしまった。

「はっ、はぁ、はぁ……っ、はぁ、はっ……」

心臓がどくどくと破裂しそうなほど高鳴っている。体温が上がった全身が汗でしっとり濡れて、見るからになまめかしい。

息がなかなか整わず、乳首がつんと尖ったままの乳房を何度も上下させて、シャーリーはぼんやりと寝台の天蓋裏を見つめていた。

アシュトンは彼女の両足をいったん閉ざして、膝頭が胸につくように持ち上げてくる。

そうすると秘所を彼の眼前に突き出すような格好になってしまい、我に返った彼女は大きく息を呑んだ。

「あ、い、いやです、こんな格好……！」

「少しだけ辛抱してくれ。あなたのあえぐ姿を見て、わたしも我慢が利かなくなった」

「なにをおっしゃって……、……っ⁉」

突然、ぴたりと合わさった太腿と秘所のあいだにできるわずかな隙間に、なにかがぬるりと入り込んでくる感じがした。

そちらを見ようにも自分の足とアシュトンの身体のせいで、なにが起こっているかわからない。

だが覆いかぶさるアシュトンがシャーリーの太腿を左右から押さえ、ぴたりと合わせたままにしているのは感じられた。

「あ、あの、なにか……は、挟んでしまっていて……」

おずおずと申し出るシャーリーにまた肩を揺らして笑って、アシュトンはゆっくり腰を前後させてくる。

「あ、あ……？　ひ、あっ……！」

ぬちゅ、ぐちゅ、と水音を立てて、なにか……太い棒状のものが、足と秘所の隙間をぬるぬると前後している。

そのたびに先ほどまで舐められていた花芯がこすられ、再び突き上げるような快感に見舞われた。

「はぁ、あ、あぁっ……！」

「そのまま感じていなさい」

アシュトンが真上から甘く優しく命じてくる。

その声に胸がひどくきゅんとした瞬間、先ほどまで指が入っていた媚壁がひくりと疼くのがはっきりわかった。

まるでまたなにか入れてほしいと訴えているようだ。アシュトンが腰を前後させるたびに蜜壺が——いや、そのもっと奥が、もの足りないとばかりに掻き乱されてしかたがない。

（ああ、なにか……そこを指でしたように、こすってほしいような感じが……っ）

肌の内側に感じる掻痒感のせいか、とにかく身体の奥をもっと刺激してほしくてたまらない。

その欲求は棒状のものが花芯をこするたびに、どんどん、どんどん大きくなっていく。

「あぁ、へいか……っ、熱い……、熱いです……っ」

ひくつく蜜口からとろとろと蜜があふれ、それが花芯をこすってくるなにかの滑りをいっそうよくしてしまう。

腰を前後されるたびに蜜が飛び散る音まで聞こえてきて、シャーリーは恥ずかしさと気持ちよさに、青い瞳を潤ませた。

「んっ、んう、へいか……」

「ああ、シャーリー、すっかりとろけた顔をして……なんて可愛らしい」

そうして身を乗り出したアシュトンはシャーリーのくちびるを奪ってくる。

はぁはぁとあえいでいたシャーリーは「んん……っ」とくるしげな声を漏らす。お互いの熱い吐息を感じるとそれまで以上に頭がぼうっと熱くなって、いっそう快感が強まった。

アシュトンがのしかかってきたせいで身体がさらに折れ曲がり、乳首が膝頭とふれあうようになる。

舌をからめ取られちゅうっと吸い上げられた状態で、乳首まで刺激されてはもうたまらない。

アシュトンの動きも速くなり、蜜まみれの花芯が灼けるような快感を伝えてくる。

「んぅっ、う、へいか……っ、う、ンぅう――……ッ!!」

くちびるを合わせたまま、シャーリーは再び快感を極めて身体をびくびくと引きつらせる。

アシュトンもまた低くうめいて、シャーリーの太腿を痛いほどの力でつかんだ。

彼の腰の動きが速くなり、シャーリーの細い身体が激しく揺さぶられる。

「んあぁぁあああ――ッ……！」

絶頂している状態でさらなる刺激を浴びせられて、シャーリーはたまらず悲鳴を上げた。

全身が弓のようにしなり、新たな汗がどっと噴き出す。

意識が急激に遠くなり、彼女は再び寝台に沈み込んだ。

「ぐぅっ……！」

直後、アシュトンのうめき声が聞こえて、下腹部になにかがどくっと注がれる。

肌のまるみを伝いつぅっと流れていくそれは、灼けるように熱く、とろりとした液体だ。

だが、それがなにかを確かめることはできなかった。

はじめての絶頂に疲れ切ったシャーリーは、そのままふっと意識を手放し眠ってしまったのだった。

第三章　恋心と疑心

「――陛下からお聞きしましたわ。はじめての魔力の暴発にショックを受けて、寝込まれてしまったと……。もう落ち着かれましたか？　夕食をお持ちしてもよろしいでしょうか？」

「え、ええっ、もちろんよっ。気遣ってくださってありがとう」

なんとか笑顔を浮かべてみるも、口から漏れる声音はひっくり返っている。

おかげでローラとユリアふたりの侍女はいっそう心配そうな目を向けてきたが、寝台に起き上がり夜着とガウンを身につけたシャーリーは「本当に大丈夫だから」と返すしかなかった。

（うぅ、本当はちっとも大丈夫ではないわ。まさか陛下と……陛下とあんなことをしてしまうなんて！）

魔力の交歓を終えたときと同様に、シャーリーはみだらな欲求に流された自分を大いに恥じていた。

まさか昼日中からお互い全裸に近い格好になって、キスしたりふれあったり……こすり合わせるようなことをするなんて！

（おまけにそのまま夜まで眠ってしまうし……！　恥ずかしすぎて死んでしまいそう）

正直、侍女たちの顔を見るのもいたたまれない。

彼女たちはアシュトンから、シャーリーは魔力の暴発によるショックと疲れで寝込んでいるだけだと説明を受けたらしい。

だがシャーリーにとってはそんなものより、アシュトンとのふれあいのほうがよほど衝撃的なことだった。

（まさかいつも魔力の交歓で感じていた疼きが、こんなみだらな類いのものだったなんて……）

それもまたショックだ。もっとキスしてほしいとは思っていたけど……キス以上のふれあいが、あんなに濃密かつ恥ずかしいものとは。予想だにしなかった。

（……ああっ！　もう陛下のお顔を見られないー！）

とてもではないが恥ずかしすぎる！

両手を頬に当て「うぅ……」と苦悩のうめきを漏らすと、食事を運んできた侍女たちがまたまた心配そうな目を向けてきた。

いつもの夕食の時間よりだいぶ遅い時間だ。あたりはもう真っ暗で、寝室にも大きめのランプを持ってきてもらっている。寝過ごした子供のようで、それもまた心苦しい。

しょんぼりするシャーリーを、侍女たちは心から世話してくれた。疲れたらすぐ横になれるようにと寝台にテーブルを運んできて、その上に食事を載せてくれる。

まるで病人扱いだわと思いながらも、シャーリーはありがたくミルク粥やスープを食べ進めた。

（そういえば厨房に行けなかったせいで、今日はお菓子を焼くこともできなかったわ）

アシュトンも執務中だっただろうに、シャーリーと過ごしてしまって大丈夫だったのだろうか？

アシュトンと顔を合わせるのは気まずいが、それらを知らずにいるのも落ち着かない……。

葛藤していたシャーリーだが、思いがけずアシュトンのほうから彼女の寝室を訪れてきた。

「へ、陛下⁉　なぜこちらに……！」

食後の紅茶を飲んでくつろいでいたシャーリーは、突如「入るぞ」と言ってやってきた国王の姿に仰天した。

「なに、あなたの様子を見にきたのだ。ついでに魔力の交歓も行おうと思ってね」

にっこりほほ笑みかけられ、シャーリーはたちまち真っ赤になる。

ふたりの様子をうかがっていた侍女たちは「では我々はこれで」「ご用のときはベルでお呼びください」と、さっさと下がってしまった。

（ああっ、今は陛下とふたりきりは恥ずかしすぎるのに～！）

心の叫びは届かず、控え室に続く扉はパタンと無情に閉じた。

おかげでシャーリーはがちがちに緊張してしまう。すっかり固まった彼女を見て、アシュトンがぷっと小さく噴き出した。

「それほど意識してもらえるようになるとは。押し倒したかいがあったというものだな、くくく……っ」

「わ、笑いごとではありませんっ。あ、あんな、いやらしいこと……！　こ、国王陛下がなさることとは思えませんっ」

――自分だって快感に呑まれてあえいでいたくせに、とささやく心の声を、シャーリーは頭をぶんぶん振って取り去ろうとした。

「だが、気持ちよかっただろう？」

「そ、それとこれとは話が別で……っ」

「同じことさ。少なくともわたしはあなたと抱き合うのがこの上なく気持ちよかった」

寝台に腰かけたアシュトンはシャーリーの後頭部に手を添え、彼女のくちびるをすばやく奪う。

シャーリーはますます赤くなって、あわててアシュトンの胸を押し返した。

「それにあなたも身体に訴えかけられて、少しはわたしの気持ちに気づくことができただろう」

「陛下の、お気持ち……」

そういえば抱き合う前に、そんなことを言われたような……。

その後の体験があまりに鮮烈だったから、彼に大切だとか尊いだとか言われていたことも、今の今まですっかり忘れていた。

「その顔だと、考えることすら忘れていた、という感じだな」

アシュトンは腹を抱えて大笑いしてくる。

そこまで笑わなくても、とシャーリーはむくれてしまった。

「むくれた顔も可愛らしい」

アシュトンは再びくちびるを重ねてくる。

「んんっ……」

ふれあった粘膜から彼の魔力が流れてくる。シャーリーもほとんど反射的に自分の魔力を流していた。

おかげであっという間に身体に火がついて、足のあいだが疼いてくる。

（昼間、指を入れられたところだわ……）

お腹の奥のほうとしかわからなかった部分が、はっきりどこだったのか理解する。こんな恥ずかしいところが疼いていたなんて。

「んぅっ……！」

あまり長く魔力の交歓をしていたら、再び彼の指を求めてしまいそうだ。

シャーリーはアシュトンの肩を叩き、離れてほしいと要求するが……。

「まだだ……。今日はあなたと抱き合ってしまったせいで仕事が押して、この時間まで手があかなかった。ひどく疲れているし頭も痛むから、もう少し癒やしてくれ」

……そう言われてしまうと離れてとは言えなくなる……！

気づけばシャーリーはしっかり抱き寄せられて、太い指先で背筋をつぅっとたどられていた。

「んぅうっ……！」

ただそれだけの刺激に、身体はびくびくっと反応してきざみに震え出す。

頭の中もぼうっとしてきて、身体の芯は……炎が揺らぐようにどんどん疼きを大きくしていった。

「本当に……あなたとの魔力の交歓はいつだって素晴らしい。——だが」

「あっ」

ため息交じりにつぶやいたアシュトンは、そのままシャーリーを寝台に仰向けに倒す。

昼間と同じように乗り上がってこられて、シャーリーはひくっと喉を震わせた。

「陛下、だめです……、んぅっ……」

言うなとばかりにくちびるを塞がれ、舌をねっとりと舐め回される。

さんざんねぶられたのちアシュトンが身体を起こすと、ふたりの舌先を銀の糸がつぅと繋いでいるのが見えた。

「……っ」

糸はすぐにぷつりと切れたが、一瞬見えたみだらな光景が信じられないほど身体を熱くして、シャーリーの息が上がってくる。

「あなたも欲しがっている」

「あっ……！」

夜着越しに胸のふくらみをつかまれ、ゆったりと揉《も》まれる。自分の乳房が彼の手によって形を変えるのがどうにも恥ずかしい。

だが乳首をくすぐられるとたちまち肌の内側から愉悦が生まれて、全身がむずむずと落ち着かない感じに支配された。

「ぅあ、あ、へいか……っ」

「熱くなってきたか？　わたしもだ。あなたとふれあうとすぐに全身がたぎる。魔力の交歓のあとだから、よけいにお互いの魔力に反応して身体中がざわつくのだ」

上着を脱ぎ、襟元を緩めながらアシュトンが説明する。だが下腹部の奥から湧き上がる愉悦にはぁはぁとあえいでいたシャーリーは、まともに返事をすることもできない。

「ああ、あついの……」

「そうだろう？　こんなものはさっさと脱いでしまうのが一番だ」

ガウンと夜着をまとめて脱がされて、シャーリーは再び寝台に倒れ込む。下着を身につけていなかったせいで、もう全裸が彼の眼前にさらされてしまった。

「太陽の下で見るあなたもきれいだったが、ランプの柔らかな光の中で見るあなたも極上だな」

「いや、み、見ないでください……っ」

はかない抵抗とわかっていても言わずにはいられない。胸を隠そうとすると、アシュトンはすかさず彼女の両手を自分の両手で押さえ込んだ。

そして昼と同じように、シャーリーの乳首に吸いついてくる。

「あああっ……！」

昼間はシュミーズ越しだったから、じかにふれられるのはこれがはじめてだ。

れろっと舐められるたびに身体が浮き上がるような快感が起きて、背が勝手にしなってしまう。おかげで両胸をアシュトンに突き出す格好になっていた。

「眼福だな。それに、ほどよく豊かで可愛い胸だ。ここの飾りも愛らしくて――」

「ひあぁっ！」

「――おまけに敏感ときている。すこぶるいいな。あなたはどこまでもわたしの好みだ」

アシュトンは一方の乳首を口内に含み、つんと尖ったそれをぬるぬると舐め転がしてくる。

もう一方の乳首は指先で軽くはさんだり優しくこすってみたりと、まったく違う刺激を送ってきた。

「あ、あぁっ！　そんな、両方……だめです……っ、ひあぁあっ……！」

今度は舐めていたほうを指で刺激し、こすっていたほうを口に含んで舐め転がす。

しまいには乳房のふくらみを両手で中央に寄せて、左右の乳首を交互に舐め、吸い上げてきた。

「あぁあああんっ！」

じゅっと音を立てて吸われ、腰がびくびくっと跳ね上がる。

足のあいだが潤むのを感じて、シャーリーは恥ずかしさのあまり涙ぐんでしまった。

「はぁ、はぁっ……、へいか……、あぁうっ！」

「胸だけで軽く達してしまうとは。本当に可愛いな……。どれ、下も可愛がってやろうか」

「ひっ……、だ、だめです、……あんっ……ま、またおかしくなっちゃう……っ」

「おかしくなっていいんだよ。この行為はそういうものだ。まして思い合う者同士なら、どこまでも気持ちよくなってかまわないんだよ」

（思い合う者同士……？）

シャーリーは軽く息を呑むが、アシュトンの右手が秘所にふれてきたのに気づき、それどころではなくなった。

「ひあっ！　あ、あぁ、ゆび、だめぇ……！」

胸への愛撫でしっとり潤った膣壁は、アシュトンの太い指をやすやすと呑み込んでいく。

片手で乳房を愛撫しながら身をかがめたアシュトンはシャーリーのなめらかな腹部に口づけを落とし、舌先で小さな臍穴をつんっと刺激してくる。

「ひぅっ!?」

思いがけない場所への刺激に、シャーリーは過剰なほど反応してしまった。

「臍もいいらしいな？」

「あ、あぁ、そんなっ……、んあぁあああ……！」

アシュトンは唾液を纏《まと》わせた舌を小さな臍に入れて、えぐるようにちろちろと動かしてくる。

お腹の奥にじかにふれられるような刺激の連続に、シャーリーはいやいやと首を振って身悶えた。

「おへそ……ああ、いや、ゆびも……動かさないでぇぇ……！」

膣壁を探る指は二本に増えて、次から次へ湧き出す蜜を掻き出すように抜き差しされる。

そのたびにぐちゅぐちゅという水音が響いて、シャーリーは耳まで真っ赤に染めてしまった。

「さぁ、あなたのいいところをたくさん可愛がってあげよう」

「や、あああっ……！　あ、あぁ、また……、またぁ……っ！」

身体の奥から生まれる愉悦が喉元まで込み上げてきて、今にもあふれていきそうだ。

彼の指が膣壁のふくらんだところをこするたび、舌先が臍の奥をえぐるたびに、あっ、あっ、と断続的に声が漏れて、腰がどんどん浮き上がってくる。

「へ、へいか……、ああ、へいか……！」

「アシュトンと。達するときは、そう呼んでくれ」

こちらを見つめるアシュトンの薄緑の瞳とばっちり目が合って、シャーリーの心臓がどくんと甘く跳ねた。

「あなたにはそう呼ばれたい。呼んでくれ、アシュトンと」

「——ふあっ……！　あぅっ、あ、あぁあ……！」

ぐじゅぐじゅと下肢から恥ずかしい音が聞こえてくる。あふれる蜜は臀部や内腿を伝って、敷布にまでシミを作りはじめていた。

アシュトンは身体を起こし、今度は再び乳首を口に含んで舐め転がしてくる。

そして指を入れたまま、今度は手の付け根で、割れ目の上部に息づく花芯を刺激してきた。

「ひぅうう……ッ！」

中と外、両方からの刺激に胸への愛撫も加わって、シャーリーはどうしようもなく快感の果てへと押し上げられた。

「あ、アシュト……っ、アシュトンさまぁっ、あぁぁあア——……‼」

甘やかな悲鳴を上げて、シャーリーは灼けるような絶頂に全身を激しく震わせる。

全身がぎゅっと引き絞られるような感じがしたあと、一気に弛緩してどっと汗が噴き出した。

「はっ、はぁ、はぁ、はぁ……！」

心臓がどくどくと痛いくらいに脈打っている。頭がふわふわして力が入らないのに、アシュトンの指をくわえ込む膣壁はきゅうきゅうときつくうねっていた。

「なんて素敵な顔だ……。その顔を見るために何度でもいかせたくなる」

「……あぁあうっ」

ほうっとため息をついたアシュトンが指を引き抜く。

まるで栓が抜かれたときのように奥から蜜がどっとあふれて、敷布にじわりとしみていった。

シャーリーが絶頂の余韻に震えているあいだ、アシュトンは自身の衣服に手をかけ次々に脱いでいく。

昼間は脚衣だけ残した状態だったが、今はそれも一息に脱ぎ捨ててしまっていた。

「っ……！」

ぼんやりそちらに視線を向けたシャーリーは、アシュトンの足のあいだにそそり立つものを見つけてしまって鋭く息を呑む。驚きのあまり弛緩していた身体がびくっとこわばるほどだ。

うぶな反応に気をよくしたらしく、アシュトンは楽しげにほほ笑んだ。

「昼間は見えぬようにしたから、目にするのははじめてだろうな」

「……そ、そ、それは……？」

男性の足のあいだに、女性とは違う器官があるのは知っていたが……そんなふうに硬くそそり立っているとは思わなかった。こんなものを脚衣に入れていたらさぞ窮屈だと思うのだが……。

「普段からこうなっているわけではないよ。普段はもっと小さくて、ぶら下がっている状態だ。あなたがいやらしい気持ちになるとき秘所を濡らすように、男はここがこうして硬くなって勃起する」

「い、痛そうです……」

「そうでもない。もちろん神経が集まっているぶん、手荒に扱われたら悶絶ものだが。こうして優しくふれるぶんには――」

「ひっ……」

アシュトンに手をつかまれ強制的にそこにふれさせられる。指先から伝わった熱さに、シャーリーは腰を引いた。

「どういうものか知らないから恐ろしいと思うのだ。こうしてふれて、握ってごらん？」

シャーリーはおずおずと彼の肉棒に指を這わせる。

身体の一部だからか、全体が汗を掻いているようにじっとりと湿っていた。だがその色は赤黒く、とても皮膚と同じとは思えない。

かすかに湾曲して、たまにひくんと動いて、襞が寄っているところもあって……なんとも不思議な形状だ。

「握ると、いいのですか？」

「ああ。そして、上下にこするようにしてもらえると嬉しい」

わずかに汗を掻いたアシュトンにほほ笑まれる。

彼から醸し出される色気に、シャーリーはどうしようもなく呑まれてしまった。

小さな手でそっと肉竿を握ってみる。そのまま根元から先端のあいだを、おずおずとこすってみた。

気持ちいいらしく、アシュトンが「ああ……」と艶を帯びたため息をこぼす。

「いいな……。すごくいい。だが、これだとあなたは緊張するばかりだな」

「え、え？」

アシュトンの手がシャーリーの腰を抱く。そのまま身体を入れ替えられて、いつの間にか仰向けになったアシュトンの身体をまたぐような体勢にされてしまった。

「えっ、い、いやっ……！」

しかもお互い正面から向き合っているわけではない。なぜかシャーリーの膝はアシュトンの顔の両脇についていたし、四つん這いになる彼女の眼前には、そそり立つアシュトンの一物がきている。

となれば、当然アシュトンの目の前にはシャーリーの秘所がきていて……。

(きっ、きゃああああ！)

あまりの恥ずかしさに、シャーリーは声にならない悲鳴を上げていた。

「い、いやです、こんな格好……！　は、離してくださいっ」

「いやだ。これならお互い感じやすいところを愛撫できるだろう？」

あわてて逃げようとしたシャーリーの足をしっかり押さえて、アシュトンがにっこりとほほ笑みかけてくる。

「愛撫って……ひあっ⁉」

わずかに頭を起こしたアシュトンが、シャーリーの陰唇のあいだを舌でれろっと舐め上げてくる。

蜜を求めるように蜜口に吸いつき中に舌を入れられて、シャーリーは思わず嬌声を上げた。

「いあぁあああ……ッ！　あ、あぁ、舐めな……っ、舐めないでぇ！」

しかしアシュトンは止まらず、あふれる蜜をじゅっと音を立てて吸い上げる。

そのたびに腰奥が燃えるほどの快感が走って、シャーリーはがくがくと両足を震わせた。

アシュトンが足をしっかり支えてくれるから、無様にその顔の上に崩れ落ちることはないが……。

（こ、こんなふうに舐め続けられるなんて……っ）

――無理！　むりむり！　恥ずかしすぎる！

そんなシャーリーの心を読んだように、アシュトンがくぐもった声で指示してくる。

「一方的に気持ちよくさせられるから恥ずかしいのだ。あなたもわたしをたっぷり愛撫して、あえがせてくれ」

「ひゃあぁあっ……！　そ、そこで、しゃべらないでぇ……っ」

彼の吐息がかかるだけで、また新たな蜜がとぷりとあふれてきてしまいそうだ。

（愛撫してくれと言われても……っ）

シャーリーは瞳を潤ませながら、眼前でゆらゆらする肉棒を見つめる。

それは誘うようにひくひくと揺れていて、シャーリーは思わずごくりとつばを呑み込んでしまった。

「さぁ、先ほどと同じように握ってくれ。――わたしがあなたにしているように、してくれてもいいぞ？」

アシュトンがシャーリーにしているように……？

首をかしげてしまうが、深く考えている余裕はなかった。

シャーリーが肉棒に指を添えた途端、アシュトンは舌を花芯にすべらせ、感じやすいそこをくちびるで食むように愛撫してくる。

「んんぅっ……！」

舐められるたびに熱がはじけて腰ががくがく震える。このままされていたら、あられもなく達してしまうばかりだ。

シャーリーは両手でアシュトンの竿部を握り、そっと上下にこすってみた。

「ああ、そうだ。もう少し、強く握ってもいい……」

アシュトンのかすれた声が聞こえる。

彼が感じているのだと思うとなぜか妙な高揚感を覚えて、シャーリーは再びつばを呑んだ。

肉棒をしごくたびにアシュトンも感じているのか、わずかに腰を浮かせたり小さくうめいたりしてくる。

それを聞くと不思議ともっと感じさせたいという気持ちが生まれて、シャーリーは気づけば熱心に肉竿をしごいていた。

「んあぁああうっ……！　いや、あぁ、あぁっ……！」

だがアシュトンも負けてはいない。シャーリーの動きにためらいがなくなってきたとみるや、蜜壺に指を潜り込ませて、内部の感じやすいところをこすり立ててきた。

「はっ、あぁあ、そこはぁ……！」

ぐちゅぐちゅと音を立てて掻き出された蜜が、内腿をつぅっと伝い落ちていく。

腰をびくんびくんと引き攣らせながら、シャーリーは必死に目の前の肉棒に集中しようとした。

(アシュトン様が、わたしにしているみたいに……)

回らない頭で必死に考えながら、シャーリーは思いきって彼の先端部分をぱくりと口に咥えてみた。

「うっ……」

アシュトンが低くうめいて、腰を持ち上げてきた。

シャーリーは歯を立てないよう気をつけながら、舌を使って肉竿のくびれたところをちろちろと舐めてみる。

「……っ」

アシュトンが息を詰めた。シャーリーの太腿を支える手に力がこもり、指先がわずかに肌に食い込む。

彼も快感をこらえている証拠だ。シャーリーはそれまで以上に大きく口を開いて、彼の肉棒を含めるだけ口に含んでみた。

「んんっ……！」

喉のほうまで咥えてしまうと、息ができなくなってひどくくるしい。半ばまで含みながら舌で彼の先端をぬるぬると舐める。

大きくため息をついたアシュトンが、シャーリーの丸い臀部をなでながら要求を口にしてきた。

「くちびるで、しごいてくれないか。口をすぼませて、頭を上下させればいい……。っ……ああ、そうだ、気持ちいいぞ……！」

言われたとおり唇をすぼませ頭を上下させると、アシュトンがうわずった声を漏らした。その声にあおられるように、シャーリーは頭を上下させ舌で彼の先端を愛撫する。

アシュトンも負けじとシャーリーの膣壁をこすり、ふくらんだ花芯を唇でしごいてきた。

「ん、んぅっ……！　ンン――……ッ‼」

下肢が燃えるように熱い。腰が今にも崩れそうだ。

シャーリーの身体ががくがく震え出すと、アシュトンは本格的に彼女の花芯を舐め回し、その裏側を一定のリズムでこすり上げる。

「んんぅっ、んんぁあああ――――ッ……‼」

とうとう耐えきれなくなって、シャーリーは肉棒を離して喉を反らした。

何度目かの絶頂に全身をこわばらせ、がくがくと激しく震えてしまう。

そうしてすがるように、彼の竿部をぎゅっと握りしめてしまった。

「うぅっ……！」

その瞬間、アシュトンも低くうめいて欲望を解放してくる。

「きゃっ……⁉」

シャーリーは手の中の肉棒が大きく震えて、先端から白いなにかがびゅっと飛んでくるのに目を丸くした。

白く熱いそれはシャーリーの胸元に飛び散り、肌の丸みをつぅっと伝い落ちていく。

その様子を呆然と見ながら、シャーリーは「あっ」とあることに気がついた。

(昼間わたしのお腹にかかったあの液は、アシュトン様が出したものだったのだわ)

そうとわかると新たな恥ずかしさに見舞われて、シャーリーは声も出せずに再び真っ赤になってしまう。

「ああ、すまない。汚してしまったな」

激しく肩を上下させていたアシュトンは、呼吸が整うとすぐに身体を起こしシャーリーの胸元に手をかざす。腹部まで伝っていた大量の白濁は、彼の手の一振りできれいに消え去った。

「今のは……わたしの出す蜜のようなものなのですか？」

好奇心から尋ねるシャーリーに、アシュトンは「いや」と首を振った。

「女性の蜜は、言わば潤滑油のようなものだ。男のこれは子種だよ」

こだね……？　首をかしげるシャーリーに、アシュトンは笑いをこらえながら説明した。

「本来この行為は、あなたのここにわたしのこれを挿入し、あなたの中で子種を放つことで完結するものなんだ」

お互いの秘所を指さしながら説明され、シャーリーはぽかんとした。

「……そ、そんな大きなものを入れるのですか？」

吐精したにも関わらずアシュトンの一物は元気そのもので、まだ雄々しくそそり立っている。

シャーリーの指が回るかどうかという太さのものを膣内に入れるなんて……とても信じられない。

「先ほどまでのようにたっぷり濡らせば、さほど抵抗なく奥まで入る。そういうふうに身体はできているのだ。そもそも女性は、この器官から赤ん坊を産み落とすわけだし」

「赤ん坊……あっ！」

（もしかして、子種の意味って）

思い当たったシャーリーは衝撃のあまり、両手で頬を押さえてしまった。

「も、もしかして子種って、赤ちゃんの種ということなのですか……!?」

「そうだよ。……その様子では、性行為もその果てに待つものも知らなかったようだな」

シャーリーは唖然としてしまう。

まさか自分たちがしていた気持ちいい行為が、子供を作るためのものだったなんて！

「う、嘘です。だってお母様は、愛し合う男女が畑に種をまくことで、赤ちゃんはお腹に宿ると言っていたのに……！」

「ふむ、間違ってはいない。女性の膣奥にある子宮——要はそこが畑なわけだが、そこに男性が子種という種をまくことで、女性のお腹の中で赤ん坊が育つわけだからな」

（そ、そういう意味だったなんて……！）

シャーリーは思わずうめき声を漏らす。

きっと母も娘が年頃になったらきちんと教えるつもりで、あえて抽象的な表現を用いて説明していたのだろう。

実際に十歳かそこいらのときにこの説明を受けていたら、赤ん坊を作る行為自体に及び腰になっていたに違いない。

（……はっ。で、でも、アシュトン様は王妃様となる方以外と、赤ちゃんを作る行為をしてはいけないのではないの？）

なにせアシュトンは国王だ。

王妃以外の女性が産んだ子供も国王の血を引いているわけだから、一応は王子や王女と認められる。だが表に出てくることは許されず、王族の権限もほとんど持ち得ない。

長い歴史の中では、婚外子の王子や王女が優遇されてきた例もある。

だがときを同じくして天災に見舞われたり、王族に不幸が相次いだりすることが起きたので、王妃以外が産んだ王子や王女はわざわいしかもたらさない存在と認知されるようになったのだ。

そのため婚外子の王子や王女は物心つく前には王城から遠いところに移され、ほとんど人前に出てこないまま過ごすのが常識となっていた。

（もし王妃でないわたしが、アシュトン様の子を身ごもるようなことになったら……）

きっとその子は慣例通り物心つく前に父親から離され、人里からも離れたさみしいところで生涯を終えることになるのだろう。

それも悲しいが、もしアシュトンが子供たちを可愛がって、普通の王子や王女と同じように手元に置いて育てようとしたら――。

（アシュトン様は魔法が使えなかったわたしを助けてくれるような慈悲深いひとだもの……。血を分けた自分の子供を放っておくことができなくて、そういう決定をされてしまうかもしれないわ）

その結果このフィアード王国が、過去に起きたものと同じような天災に見舞われてしまうことになったら……。

（とてもではないけど、耐えられないわ！）

最悪の未来を想像して青くなるシャーリーに対し、アシュトンは「別に妊娠するようなことはしていないぞ？」と確認を取ってくる。

「先ほども言ったが、わたしのこれをあなたの中に入れなければ、子供はできないのだ」

「あ……っ、そ、そうでしたよね。わたしったら、うっかり……」

アシュトンの子を産む想像をしてしまったと言いそうになり、シャーリーはあわてて口元を覆う。

そんなことを考えていたと知られたら、不謹慎だと怒られるか馬鹿なことをと笑われるかのどちらかだと思ったのだ。

（そうよ……わたしの中で子種を出さなかったのだから、アシュトン様はわたしのことなど、欲望を発散するための相手としか見ていらっしゃらないはずだわ）

きっと魔力の交歓で気持ちよくなった延長として、行為に及んだだけだろう。子供のことなど考えていないに違いない。

そう思うと、ひとまずほっとすると同時に……なぜかひどく胸が痛んで、シャーリーはおおいに戸惑った。

（どうしてこんなにくるしく感じるの……？）

思わず胸元を押さえると、アシュトンが「大丈夫か？」と気遣わしげな声をかけてくる。

シャーリーはあわててうなずき、笑顔を浮かべた。

「はい、大丈夫です」

「なら、いいが。――さぁ、そんな格好でいては風邪を引く。こちらにきなさい」

素直にアシュトンのそばに寄ったシャーリーは、そのまま抱きしめられて頬を赤らめる。

アシュトンは毛布を引き寄せると、それで自分とシャーリーの身体を包んで寝台に横になった。

「へいか……」

「わたしももう疲れた。あなたのおかげで頭痛もすっかりよくなったし、このまま休もう」

だが休もうと言うわりに、アシュトンの大きな手はシャーリーの腰あたりをなでている。

その手が臀部にすべっていくのと、シャーリーがくちびるを奪われるのはほとんど同時だった。

「んっ……」

かすかな魔力を敏感に感じ取り、シャーリーは鼻にかかった声を漏らす。そうすると身体の芯にまた火が灯って、足がもぞもぞと勝手に動いた。

そこにアシュトンの足がからまってきて、未だ存在感を保つ一物が下腹に押しつけられる。

その熱さと硬さを感じた途端、シャーリーの秘所もまた潤んできた。

「足りないな……。あなたと抱き合っていると、どうしたって欲望がつのる」

「へ、陛下……」

「もう少しだけ、あなたの肌を味わいたい」

アシュトンはそう宣言すると、毛布の下にもぐり込む。

シャーリーは止めようとするが、その前に乳首に吸いつかれ「んっ」と反応してしまった。

あとはもうなし崩し的に、ふたりは毛布の下でお互いの身体に手を這わしくちびるを重ね、恥ずかしいところをこすり合わせていく。

そうして絶頂して、うとうととして、目が覚めるとまたお互いを高め合って――気づけば夜明け近くまで、ふたりはそうやってむつみ合っていた。

――だが、アシュトンが肉棒をシャーリーの蜜壺に埋めてくる気配はない。

やはり自分は彼にとって、魔力の交歓と欲望の発散のための相手なのだ。

それで別にかまわない……むしろここまでよくしてもらっているのだから、お役に立てるならなんだって嬉しく思わないといけないはずなのに……。

どうにも胸の奥がしくしくと痛んで、シャーリーは快感に呑まれながらも言い知れぬさみしさを感じ続けずにはいられなかったのだった。

＊　　＊

それから数日、アシュトンは夜は必ずシャーリーの寝室にやってきて休むようになった。

魔力の交歓をしながらの性行為をすると、翌日は頭痛ともいらだちとも無縁で快適に過ごせるのだそうだ。

実際にアシュトンの顔色はずいぶんよくなったし、仕事のスピードも速くなったと、百合の間を訪れたクリスが嬉しそうに報告してくれた。

「今はお茶の時間に休憩を取ることにも積極的になられました。シャーリー様の魔法がかったお菓子を食べるのを楽しみに、執務に取り組んでいる節すらあります。本当にありがとうございます、シャーリー様」

「い、いいえ。クリス様に頭を下げられるほどのことはなにもしておりませんので」

謙遜するシャーリーを、顔を上げたクリスはじっと見つめてきた。

「……？　わたしの顔に、なにか？」

「いえ……シャーリー様はお疲れではないのかと心配になりまして。この頃はあなたのほうが顔色が悪いと言いますか、落ち込んでいるように見えます」

シャーリーはどきっと心臓を跳ね上げる。

クリスは目をそらさずじーっと彼女を観察していた。

「き、気のせいだと思いますわ」

「だとよいのですが。どのみち無理は禁物です。この頃はギアナの魔法の授業に加え、一般教養の教師も呼んでお勉強されているでしょう？　学びたいという意欲は買いますが、根を詰めるのはよくありません」

クリスの言うとおり、シャーリーには一般の勉学を教える教師もつけてもらえることになった。

はじめて行為をした翌日、アシュトンにおずおずと頼んだらすぐに教師を探してきてくれたのだ。

そのため今は一日おきにギアナから魔法の授業を、それ以外の教師たちから勉強や淑女の教養を習っている。

授業はいずれも午前中だ。早めの昼食のあとは厨房でお菓子を作り、アシュトンの部屋にお茶とともに持っていく。百合の間に戻ったあとは、夕食まで復習と予習に励む日々だ。

確かに、ここへきた当初に比べれば格段に忙しくなった。

しかし自分で望んではじめたことだけに、大変さより楽しさのほうが勝っている。

教師陣は皆厳しくも温かく丁寧に教えてくれるので、本当にありがたいと思っていた。

「心配してくださってありがとうございます。でも、本当に大丈夫ですから」

「本当でしょうねぇ……？　気づかぬうちに心労をためていたりしませんか？　心身が疲れていると、この前のような魔力の暴発も起こりやすくなります。陛下ではありませんが、シャーリー様も適度な休息を取ってくださいね」

シャーリーが出した炎の後始末を行ったせいもあるのか、クリスは怖い顔で詰めよってくる。

シャーリーはたじたじになりながら「気をつけます……」とうなずいた。

「よろしい。――とはいえ、勉強するのは悪いことではありません。ほどほどにがんばってください」

「はい、ありがとうございます」

「それと、夜のこともほどほど程度で大丈夫ですからね。あんまりに陛下がしつこいようなら、股間を蹴っ飛ばして寝室から叩き出すのもひとつの手です」

　シャーリーは思わずむせ込みそうになった。

「あ、あっ、クリス様、陛下がわたしの寝室で休んでいること、知って……っ？」

「これでも陛下の側近ですから。公私ともに、その行動のおおよそは把握しております」

　感情のうかがえない表情でクリスはさらりと言いきった。

「別にそれが悪いとは言いません。ただ、口さがないことを言う者も一定数おりますから」

「は、はぁ……？」

「あ、それと、本日はお茶の用意はしなくて結構です。遠方から客人が訪れる予定で、彼らとサロンでお茶をご一緒するので」

　そもそもこれを言いにきたんですよと言って、クリスは百合の間を辞していった。

「せっかくですから、シャーリー様も休憩されてはいかがです？　今はちょうどバラが見頃を迎えておりますから、昼食後のお散歩を楽しまれるといいですわ」

　侍女たちが笑顔ですすめてくる。

　たまにはそれもいいかもしれないと思って、シャーリーはうなずいた。

花のコサージュが可愛らしいつばの広がった帽子をかぶって、侍女たちとともに居間の大窓からバルコニーへ出る。

大きく取られたバルコニーからは、下の庭に繋がる階段が延びていた。およそ三階ぶんの階段を下りれば、そこは小さな庭となっている。

小さいと言っても民家が五、六軒は軽く入るほどの敷地だ。東屋も噴水も完備されている。

花壇には季節の花が咲き誇り、侍女たちが言ったとおりバラが見事に茂っていた。

「こちらは王族専用のお庭なので、誰に気兼ねすることなくゆっくりできますわ」

「えっ……!?　そんなところに入ってしまっていいのかしら」

「シャーリー様は特別だと陛下から許可が出ています。王族が許可した方も入れるので大丈夫ですよ」

そうなのか。緊張するが、せっかく庭に出てきたのだから楽しもうとシャーリーも気持ちを切り替えた。

王城に滞在しはじめたときは春の面影も色濃く残っていたが、今はもう夏の入りだ。

帽子を被っているとはいえ、興味がおもむくまま歩いていくうち喉が渇いてきた。

「冷たいお茶をもらってきますわ。東屋にてお待ちくださいませ」

ユリアが気を利かせてそう申し出る。

お願いするわとほほ笑んで、シャーリーはローラをともない東屋へ向かった。

「とても可愛らしい東屋ね。窓も扉もないから、お庭がよく見えるわ」

「そのぶん冬には使い勝手が悪いですけどね」

軽口を叩くローラに「確かにね」とシャーリーも笑う。

だが東屋に腰を落ち着ける前に、どこからか「待ちたまえ！」という声が響いてきた。

シャーリーもローラもびくっとして振り返る。

そこには刺繍入りの上着を着込み帽子を被った壮年の男性がいた。彼はシャーリーにつかつかと歩み寄り、いきなり怒鳴りつけてくる。

「君か、国王陛下の愛人と噂されている娘は。その立場を利用して、陛下にわたしの息子を謹慎させるように命じたのだろう！」

思ってもみない内容で詰められ、シャーリーは驚きと恐怖でたちまち表情をこわばらせた。

やはり悪意をぶつけてくる人間を前にすると、叔父夫婦に虐げられていたときの記憶がよみがえり身体が冷たく固まってしまう。

「我が公爵家を敵に回してただで済むと思わぬことだ。いくら陛下の愛人とは言え、どこの馬の骨とも知らぬ娘にケチをつけられてよい家ではないのだぞ、我がラフィオル公爵家はッ！」

続けて怒鳴られ身がすくむ思いだったが、ラフィオル公爵家という名前には反応せずにはいられなかった。

（確かアシュトン様に謹慎を命じられたジョージ様は、ラフィオル公爵家の嫡男と名乗っておいでだったわ……）

ということは、この男性はあのジョージの父親だろうか？　……言われてみれば、ふたりとも目の色が同じ鳶色だ。

とはいえジョージに謹慎を命じたのはアシュトンで、シャーリーが頼んだわけではない。

それに……。

（わたしが、アシュトン様の愛人？）

言いがかりをつけられる以上にそう噂されているほうがショックで、シャーリーはくちびるを震わせながら首を振った。

「わ、わたしは、陛下の愛人などでは……」

「なに？　――まさか陛下と将来を約束している仲なのか？　寝室をともにしている噂が本当なら、すでに陛下から子種をわけていただいたのか⁉」

昼日中に叫ぶ内容ではないだけに、シャーリーは耳を覆いたくなった。

だが「どうなんだ⁉」と重ねて怒鳴られ、すっかり萎縮したシャーリーはつい答えてしまった。

「こ、子種をいただいてはおりません。陛下とは魔力の交歓を行っているだけです」

「……！」

「なに？」

するところのごとく怒っていた公爵は、ふっと馬鹿にするような笑みを浮かべてきた。

「――ふぅ、やれやれ。さすがは陛下、みだりに子種を注ぐような危険はおかしておられなかったか。ということは、そなたはさしずめお若い陛下を慰めるために迎えられた遊び女ということだな」

（遊び女……）

それがどういう意味かはわからなかったが、愛人よりもなおさげすまれる立場の女性に向けた蔑称であることは、ラフィオル公爵のにやりとした口元を見ればいやでも感じ取れた。

自分がそんな立場の女性だとは思えないが……アシュトンが子種を注がないのは本当のことだ。

そう思うと公爵の言葉が真実に思えてきて、シャーリーは手足が冷たくなっていく。

だが青い顔でうつむいた彼女に対し、公爵は厳しい顔で詰めよってきた。

「反抗的な顔をしおって。言いたいことがあるなら言ってみればよいであろうが！」

「きゃっ……！」

公爵の手が頭に当たって、帽子が叩き落とされる。

今にも泣きそうなシャーリーを前に、公爵はふんっと鼻を鳴らしたが……。

……なぜか彼女の顔を直視した途端、信じられないものを見たという顔でその場に硬直してしまう。

その顔色があっという間に青くなっていくのに気づき、シャーリーもローラも驚いてしまった。

「こ、公爵様……？　いかがなさいましたか？」

ラフィオル公爵ははっと息を呑み、うろたえた様子で視線をさまよわせた。

「い、いや……その……、ご令嬢、君、いやあなたは、もしや……マリア殿の忘れ形見ではないか？」

亡き生母の名前を呼ばれ、シャーリーは大きく目を見開いた。

「は、はい。マリアは母の名前です」

「では、君の父親はバート……先代のファンドン公爵か」

シャーリーはうなずく。

するとラフィオル公爵は額に汗までにじませて、いっそう挙動不審になった。

「……いや……その、すまなかった。旧友の忘れ形見だと気づかず、息子に謹慎を命じた犯人だと思って、ついけんか腰で怒鳴りつけてしまった。本当に申し訳ない」

「公爵様は……わたしの両親をご存じなのですか？」

急に神妙な様子になったラフィオル公爵に驚きながらも、シャーリーは尋ねる。

公爵は「ああ、そうだ」とうなずいた。

「君の父上のバートとは、幼い頃から王城で一緒だった。当時の国王陛下……アシュトン様のお父上の遊び相手兼勉強仲間として集められた者同士でね。成人してからも仲良くしていたが……」

「まぁ……！」

シャーリーは思わずまじまじとラフィオル公爵を見つめてしまった。

父バートは仕事の話を家であまりしなかったから、目の前の公爵とも先代の国王とも、そのように親しい仲だとは夢にも思わなかった。

いきなり怒鳴られたことはびっくりしたが、素直に謝ってもらったのに、いつまでもおどおどしていては失礼だ。

シャーリーはぎこちないながらも、なんとかほほ笑んだ。

「父と縁がある方とは知らず、わたしこそ失礼いたしました。……ですが、あの、息子さんを謹慎にしたのはわたしではありませんので――」

「あ、ああ、わたしも頭に血が上って、言いがかりのようなことを言ってしまった。すまない。それはもう気にせんでくれ」

どことなくぞんざいな口調で答えたあと、公爵はチラリとシャーリーに目を向けてきた。

「……その、あなたは陛下の隣に部屋をたまわっているのだろう？　今やこの王宮が、陛下が百合の間に連れ込んだという女性の話で持ちきりなのは知っているか？」

シャーリーは小さく息を呑み首を横に振る。だがふと、クリスが言っていた一言が頭をよぎった。

『口さがないことを言う者も一定数おりますから』

（あれはわたしがアシュトン様の愛人と噂されている、ということを意味していたの？）

にわかに戸惑うシャーリーに対し、ラフィオル公爵は先ほどまでとは一転して心配そうなまなざしを向けてきた。

「陛下の隣の部屋は、本来なら王妃の私室となるところだからね。そこに氏素性もしれぬ女性が住んでいるとなれば、当然噂にもなるはずだ」

「ゆ、百合の間は、王妃様のお部屋だったのですか……!?」

てっきり客間だと思い込んでいた。だが王妃の私室なら、あれだけの部屋数があるのも納得できる。

「まさか知らぬまま住んでいたのか？　なんと……陛下も罪なことをなさる。バートとマリアのような善良な夫婦の忘れ形見を、よもや愛人と噂されることを承知で王妃の部屋に連れ込むとは！」

ラフィオル公爵が眉を吊り上げ怒りを見せる。

シャーリーは大いにうろたえた。

「わたしは陛下と魔力の交歓を行うために、あの部屋を用意してくださったのだとばかり思っていました……」

「そういえば、魔力の交歓がどうのと言っていたな。――まさか相性がよすぎた結果、ことに及ぶようになったのでは……？」

『ことに及ぶ』というのが性行為のことだとわかって、シャーリーは無言でさっと顔を赤らめた。

公爵は「むむむ……」と低くうなる。

「なるほど。それでよけいに噂が立つようになったわけか……。アシュトン陛下の魔力はここ何代かの国王の中でも特に強く、陛下と魔力の交歓を行う者は、ことごとくその力に当てられ体調を崩すばかりだと聞いている。その陛下に見合う上に、相性のよい魔力をお持ちとは。確かにそれは陛下が執心するわけだ……」

（魔力の相性がいいと、執心するものなの……？）

……確かにアシュトンは疲労や苦痛が取れるからと言って、時間を見つけてはシャーリーのもとを訪れていたが……。

ひたすら困惑するシャーリーの前で、なにやらぶつぶつぶつぶやいていたラフィオル公爵は、おもむろに顔を上げた。

「――だがそれほどの魔力を持つ令嬢を、愛人と噂が立てられるのを承知でそばに置く陛下の神経はやはりわからぬ……！　ご令嬢、名はなんとおっしゃったか」

「シャーリー・ファンドンですが……」

「シャーリー嬢。わたしはバートとマリアの忘れ形見であるあなたが、今のような扱いを受けていることにとうてい納得がいかない！　陛下があなたを結婚相手と定めているならまだしも、ただ欲望を鎮めるためにあなたを利用しているなら、その事態を決して見過ごすことはできない！」

ラフィオル公爵はきっぱりと言いきる。

その言葉には正義感があふれていたが、シャーリーはなぜか胸がえぐられるように痛むのを感じた。

（アシュトン様が、ただ欲望を鎮めるためにわたしを利用している……？）

そんなの嘘よ、と思うけれど……子種を注がれていないのは事実だ。

性行為をするのも、魔力の交歓で高まった欲望を手っ取り早く解消するためなのかもしれない……。

（でも……でも……）

そう思いたくない。そう思い込むには、アシュトンはあまりに――優しすぎる。

（本当に、欲望を発散させるだけの行為なら）

あんなふうにシャーリーの肌に丁寧にふれて、何度も絶頂させるのはどうしてなのか。

シャーリーにも気持ちよくなってほしいからではないのか？

シャーリーとともに、気持ちよくなりたいからではないのか？

それにアシュトンは、シャーリーのことを『大切だ』と言ってくれた。『尊い』存在だとも言ってくれた。

あのアシュトンが、そんなふうに思っている相手をぞんざいに扱うはずがないではないか。

（でも――それなら、わたしに子種を注いでくれないのは……）

王妃ではないシャーリーとのあいだに子供をもうけるつもりがないから。

つまり――シャーリーを妃に据えるつもりはない、ということだ。

ふ、とシャーリーは自嘲の笑みを浮かべる。

それはそうだ。自分の魔力さえ、アシュトンの手を借りなければ制御することができず、魔法が使えなくなるほど回路を詰まらせてしまった自分なのだ。

同じ年頃の令嬢が当たり前に持っている教養も知識もなにもなく、ただ魔力の相性がいいだけという自分を、国王陛下が王妃として迎えるはずがない。

もしその気があるなら、アシュトンのことだ、とっくに口に出して言っているだろう。

『あなたを妃に迎えたい。王妃として、わたしとともに歩んでくれないか？』と――。

（でも、それがないということは……）

シャーリーのことを、魔力の交歓が必要な今の時期だけ大切にする相手――と見ているからだ。

「そんなの……」

あまりに、むなしすぎる。

胸の中にぽっかり穴が開いて、そこからびゅうびゅうと冷たい風が吹きこんできたようだ。気づけば指先まで震え出してシャーリーはぐっとこぶしを握った。

うつむいた彼女にさもありなんという顔をして、ラフィオル公爵は手を差しのべてくる。

「さぁ、わたしとともにここを出ましょう。バートの跡を継いだ弟御とは相性が悪いのですかな？　それならわたしの屋敷に滞在すればよろしい。あのふたりの娘がこれ以上悪く言われるのには耐えられません。あとはわたしがよいようにしておきますから……」

「――どう『よいように』するつもりなのだ、ラフィオル公爵？」

突然、静かだが無視できない威圧感がにじむ声が割り込んできた。

シャーリーも公爵もはっとその声の主を見やる。見ればそこには、わずかに眉を寄せたアシュトンそのひとが立っていた。

背後にはローラとお茶の支度に向かったはずのユリアがいる。彼女たちは心配そうにその場にいる全員を見回した。

「これはアシュトン陛下……っ」

ラフィオル公爵がすぐに胸に手を当てて腰を折る。シャーリーは呆然と尋ねた。

「陛下……お客様のお相手をしているお時間では……」

「その客人から時間に間に合わないと連絡があってね。どうやら道の脇の土砂が崩れたようだ。道の復旧に時間がかかるとのことで、予定は明日に回したのだ。だからあなたのところに顔を出そうと思ったところで――」

アシュトンはじろりと、とても好意的とは言いがたいまなざしをラフィオル公爵にぶつけた。

「王族専用の庭に部外者が入ってきている上、そいつにあなたが怒鳴りつけられているとこの侍女に知らされたものでね。大あわてで飛んできたところだ」

アシュトンは頭を下げたままでいるラフィオル公爵のまん前に立ち、高いところから彼を見下ろした。

「ここは公爵といえども入ってきてよい場所ではないぞ。おまけにおまえはシャーリー嬢に『息子を謹慎させた犯人め』と怒鳴ったらしいな」

アシュトンの声は決して大きくないのに、逆らったらただではすまないという雰囲気が否応なく伝わってくる。

おかげでシャーリーはすっかり萎縮してしまうが、ラフィオル公爵は年齢を重ねているだけあって、アシュトンの怒りを前にしても落ち着いていた。

「申し訳ございません、陛下。息子可愛さについ暴走してしまいました。今はシャーリー様がそのようなことを言い出したとは思っておりません」

「そうとも。貴様のどら息子を屋敷に押し込んだのはこのわたしだ。息子だけでなく父親まで叱責する羽目になるとは思わなかったが」

「陛下、叱責など……。わたしはただ、陛下の愛人と噂されている令嬢が亡き先代のファンドン公爵夫妻の忘れ形見と知り、心を痛めているだけですのに」

アシュトンの眉がぴくりと動く。ラフィオル公爵はなおも言いつのった。

「公爵家のご令嬢を愛人のように扱うなど、いくら陛下といえども許されることではございません。そして彼女をおそばに置くことで陛下の名誉に傷がつくことも、このホレス・ラフィオル、臣下として見過ごすわけにはまいりませぬ。なにとぞお考えいただきたく

「……」

「そもそも百合の間に滞在中の女性をわたしの愛人だと吹聴して回ったのは誰なのかな。わたしはおまえの息子ジョージが我が側近クリスに城から追い出される際に、誰彼かまわずわめき散らしたからだと記憶しているが」

ラフィオル公爵がわずかに肩を揺らす。シャーリーも小さく息を呑んだ。

「彼女の魔力が暴発したときわたしがいの一番に駆けつけたことから、勝手にわたしたちの関係を邪推し腹いせに吹聴して回ったのだろうが……はてさて、なんとも品のない無責任な話だ。彼女の魔力が暴発したのも、ジョージが彼女を無理やり手込めにしようとしたせいだと思うのだが」

「陛下、息子が大変失礼をいたしました。その件はわたしからきつく言っておきますので、なにとぞお目こぼしのほどを――」

「黙れ。親子そろって耳障りなことばかり口にする」

鼻の頭に皺を寄せて、アシュトンはばしっと言い捨てた。

「おおかたジョージからシャーリーの存在を聞いて、迷い込んだフリをして彼女が何者か探るためにやってきたのだろう。よかったな、公爵。彼女が旧友たちの忘れ形見だとわかって。満足したか?」

「それは……しかし陛下、噂の出所がどうであれ、彼女が愛人と言われているのはすでに確かなことで――」

「おまえ以外が言う言葉なら聞いてやる気にもなるが、残念だったな。——衛兵！　この男を王城から引きずり出せ！」

　アシュトンが一声命じると、どこからともなく鎧を着込んだ衛兵が出てくる。

　ラフィオル公爵は憤然と顔を上げたが、彼がなにか言う前にアシュトンが拘束の魔法を公爵に放った。

「安心しろ。公爵家の屋敷に戻れば魔法は解ける。それまではそのおしゃべりな口を閉じていろ」

　くちびるはもちろん、魔法の糸で両手も背中に縫いつけられてしまった公爵は、衛兵に両腕を取られて庭から引きずり出されていった。

「まったく気分が悪いことだ。——おまえたちは先に部屋に戻って茶の用意を。シャーリーを休ませたい」

「は、はい！」

　ローラとユリアはすぐにうなずき、部屋に向けてぱたぱた走って行く。

　シャーリーはなんだか力が抜けて、東屋のベンチにふらふらと座り込んでしまった。

「災難だったな。いきなり怒鳴りつけられるとは」

「い、いいえ。そのことに関しては、謝ってくださったので……」

　もっとも彼の息子であるジョージが、シャーリーを国王の愛人だと吹聴したのは聞き逃せない事実ではある。

――とはいえ、シャーリーの頭を占めるのはそんなことではない。

彼女はそっと顔を上げてアシュトンの表情をうかがう。

アシュトンは心配そうな目をこちらに向けていて、「やはりどこかつらいのか？」といたわってきた。

――やっぱり、こんなに優しいアシュトン様がわたしを欲望のはけ口のように利用しているとは考えづらいわ。

でもそれなら彼はなにを思って、シャーリーに魔力の交歓以上の行為を求めてくるのか……。

「とにかく、部屋に戻ろう。日差しがきつくなってきたからな。わたしも夕食まで暇だから、しばらく一緒にいよう」

いつかのようにシャーリーを横向きに抱え上げて、アシュトンは百合の間へ続く階段へ向かっていく。

そう、シャーリーに王妃の私室を与えた理由も今一度聞いてみたい。本当に魔力の交歓のためだけなのか、それとも……。

部屋に戻る頃には心が決まって、シャーリーはゆっくり深呼吸して気持ちを整える。

お茶の支度を終え、アシュトンに下がるように言われた侍女たちが姿を消したのを確認してから、シャーリーは思いきって尋ねた。

「陛下、陛下はわたしのことを、どのように思っていらっしゃるのですか？」

紅茶に口をつけていたアシュトンは目を丸くしたが、すぐに真剣な面持ちになって口を開いた。

「逆に聞くが、あなたはわたしのことをどう思っている？」

質問で返されると思っていなかったので、シャーリーは思わず言葉に詰まる。

「そ、れは……尊敬できる方です。わたしを助けてくださった、恩人でもあり……」

「そうではないよ、シャーリー。国王として尊敬されるのも悪くはないが、わたしが聞きたいのは、あなたの目から見たわたし個人のことについてだ」

「陛下個人のこと……？」

シャーリーは首をかしげてしまう。個人と言われても、アシュトンは国王という身分も含めてアシュトンなので、いまひとつピンとこない。

考え込んでしまうシャーリーを見て、アシュトンは小さく苦笑した。

「あなたがわたしに聞きたいのはそういうことだろう？　あなたがわたしの心を知りたいのと思うくらいに、わたしもあなたの心を知りたいのだ。そしてできれば、あなたのほうから先に見せてほしいと思う」

「それは、どうして……？」

「わたしが国王だからだよ。わたしの口にする言葉は、たいていの人間にとっては命令と取れるものだ。――たとえば、あなたが『もうここを出て行く』と主張したとして、わたしが『出て行くな』と言ったら、あなたはまずここを出て行くことはできない。国王が言ったことだから、まわりの人間もあなたが出て行こうとするのをことごとく阻止するはずだからだ。そうだろう？」

　言われてみれば、確かに……。

「わたし自身が感情的に『出て行くな』と言っただけで、その気になれば出て行ける環境にあったとしても、だ。『国王の言葉だから守らなければ』と思うまわりの者がよけいな気を回したり、厄介なことを引き起こす可能性も大いにあるわけだ。だからわたしは、自分の心情を口にするときには細心の注意を払う。わたしがあなたをどう思っているかは、今のところその最たるものと言っても過言ではない」

　……どうやらアシュトンは国王という立場から感情的にものを言うことはできない、ということらしい。

「逆にあなたがわたしがほしいと思っている言葉を口にしてくれたなら、わたしも喜んであなたに答えを返せるのだけどな。あなたの心は、どうやらまだその域には達していないらしい」

「……申し訳ありません、お話がよく、わからなくて……」

「ああ、我ながら回りくどい言い方をしていると思う。ただひとつ言えることがあるとすれば――わたしはあなたを愛人とは思っていないし、そのような扱いをするつもりもないということだ」

　シャーリーは大きく息を呑む。

愛人扱いをする気はないということは、やはり——魔力の交歓が必要なあいだだけそばに置く存在、ということだ。

そうとわかった瞬間、鋭い胸の痛みとともに突き上げるような怒りを感じて、シャーリーは思わず大声を出してしまった。

「それは、あ、愛人より、よほどひどい扱いではないですか！　陛下はわたしを魔力の交歓と欲望の発散のために、一時的にそばに置いているに過ぎないのですから！」

これまで大声など出したことのないシャーリーが顔を真っ赤にして怒鳴ってきたせいか、アシュトンは虚を衝かれた様子でぽかんと口を開けていた。

まぬけ面と言えるその表情にもなぜだかむかむかしてくる。だが胸の奥はしくしくと痛んで、気づけばぽろっと涙がこぼれてきていた。

「シャーリー……」

「わ、わかっています、わたしが必要とされているのは魔力の交歓のためだけだって……！　でも……でもそれなら、魔力の交歓だけで終わらせてほしかった。あ、あんな、キスとか……それ以上のことまで、してほしくなかったのに……！」

涙をぼろぼろこぼしながら、シャーリーは顔をくしゃくしゃにしてしゃくり上げる。

アシュトンと肌を重ねる行為は、非常に心地よく胸が高鳴ることばかりだった。

お互いの恥ずかしく感じやすいところを愛撫し快感を高めていく行為は、思い出しただけでも身体が熱くなるほど素晴らしいものなのだ。

だが、それが欲望の発散のためだけに行われていた行為なんて……。

仮にシャーリーが『愛人』と呼ばれる立場でアシュトンのそばにいたなら、彼は多少なりとも自分に好意を抱き肌を許してくれているのだと感じられて、それはそれで幸せな気分でいられたかもしれない。

だが彼は、シャーリーを愛人とは思っていないと言った。ああいう行為を楽しむための相手ではないと断言したのだ。

そうだったのなら……最初から、愛人にするような行為などしてほしくなかった。

あんなにも心地よく素晴らしい行為は、一度快感として身体に刻まれたらもう忘れることなんて絶対にできやしない。

忙しい時期を抜ければ手放される程度の存在として見られていたなら、あんな快感を覚えさせてほしくなどなかった。

(だって忘れられなくなってしまうもの。陛下のことも、気持ちよさのことも。忘れられないまま、一生記憶だけ抱えて生きるなんて……!)

それこそ残酷な行為だ。

アシュトンは一度シャーリーの無垢さを残酷だと評したが、本当にひどいのはどっちだとなじってやりたい。

アシュトンがそんなことをするひとだと思わなかった。思いたくなかった。

嗚咽《おえつ》を漏らすシャーリーにアシュトンはしばしあっけにとられていたが、やがて我に返った様子でわずかに椅子から腰を浮かした。

「シャーリー、あなたはなにか勘違いしている。わたしは決してあなたを悲しませるつもりは――」

「いやです、今はなにも聞きたくないです！　陛下なんてだいきらい……っ！」

衝動的に叫んだシャーリーは、自分の口から飛び出した言葉に思わず息を呑んだ。

だいきらいなんて……そんな子供じみたひどい言葉を国王相手にぶつけてしまうなんて。

さすがのアシュトンもこれは聞き逃せなかったのだろう。こちらに伸ばしていた手をぴたりと止めて、眉間に一本皺を刻んだ。

いつも快活で、シャーリーに向けては笑顔を絶やさなかったアシュトンがこんな顔を向けてくるのははじめてだ。

思わずびくりと肩を揺らしたシャーリーに対し、身を引いたアシュトンは小さくため息をついた。

「へ、陛下……」

「どうやら今はお互いに冷静に話せる状態ではなさそうだ。あなたもそうだろうが、わたしも少々腹が立ってきている。不毛な言い合いでお互い消耗するほど無益なことはない。今日のところはひとまず退散しよう」

アシュトンは立ち上がると、テーブルのベルを鳴らして侍女たちを呼んだ。

「わたしはもう出る。シャーリーをゆっくり休ませてやってくれ」

まった。

シャーリーは引き留めるように手を伸ばすが、彼は無言のまま百合の間を出て行ってし

侍女たちが深々と頭を下げて国王を見送る。振り返らずに去って行く大きな背中に、

「承知いたしました」

疲れと後悔がどっと襲ってきて、シャーリーは長椅子に座り込む。

「……っ」

侍女たちがあわてて近寄ってきて「お加減が悪いのですか？」と声をかけてくれた。

シャーリーはゆるく首を横に振りながらも、またぽろぽろと涙をこぼす。

「シャーリー様……」

「わたし……わたし、陛下にひどいことを言ってしまったわ」

だいきらいなんて。恩人であり、尊敬する彼に言っていい言葉ではなかった。

決してアシュトンを侮辱するつもりはなかったのだ。

だが、彼が自分を期間限定でそばに置く程度の存在と思っていることが悲しくて、くるしくて……ひどくさみしくて……。

その気持ちが怒りに変わって、あんな言葉を投げつけてしまった……。

「どうしよう……わたし、アシュトン様にきらわれてしまう」

だいきらいと言った口でなにを言い出すのだと我ながらあきれてしまうが、今のシャーリーにはそれが一番恐ろしいことだった。

指先を震わせ叫ぶようにに訴えるシャーリーを前に、ユリアとローラはびっくりした顔を見合わせる。

「そのようなこと、あるはずがありませんわ。どうしたのですか、陛下になにか厳しいことを言われたのですか？」

シャーリーはぶんぶん首を横に振るが、あとからあとからこぼれる涙のせいでうまくしゃべることもできない。

どうしてアシュトンに『だいきらい』なんて言ってしまったのだろう。そんなこと、かけらも思っていないのに。むしろ……。

（きらわれるのがなによりも恐ろしく思えるくらいに……アシュトン様が好きなのに）

ふと胸に浮かんだ言葉に、シャーリーは誰よりも驚いて息を呑んでしまった。

（アシュトン様のことが、好き……？）

きらいと対極にある感情をはっきり意識した途端、目が覚めたような感覚が身体中を包み込んだ。

（わたし……アシュトン様のことが好きだから、アシュトン様に邪険に扱われている気がしたことが、悲しくてつらいと感じたのだわ）

だが、それがわかったところで口から出た言葉は取り消せない。シャーリーはまたじわりと涙をにじませた。

相手への思いを自覚した途端に、それを自分からぶち壊すようなことをしてしまったなんて――。

「うっ……、うわぁああっ……！」

シャーリーはそれこそ子供のように声を上げてわんわん泣いてしまう。

こんなに泣いたのは両親が亡くなったとき以来だ。叔父夫婦につらく当たられても使用人たちに無視されても、涙を流すことはあっても声を上げるような真似はしなかったのに……。

侍女たちもほとほと困った様子で、どうしたものかと顔を見合わせている。

だがシャーリーはそれにも気づかないほどに、目を真っ赤に腫らしてしばらく泣き続けていたのだった。

第四章　結ばれる思い

午後の執務中に、休憩を知らせるノックが響き渡る。

アシュトンは書類から顔を上げて扉に目をやった。

入ってきたのは女官で、休憩用の茶菓子が載ったワゴンを執務室に入れると、一礼して下がっていく。

アシュトンはため息をついて、書類に投げやりにサインを入れた。

「――で？　もう三日ですよね、お菓子とお茶だけが届けられるようになってから。シャーリー様とけんかでもなさったのですか？」

この三日間静観を決め込んでいた側近クリスは、主人がいらいらを抑えられなくなってきたとみて、とうとうその問いかけを口にしてくる。

新たな書類を引き寄せながら、アシュトンは「むぅ」とうなった。

「けんか……いや、あれはけんかと言うものではない。おそらく彼女が一方的に勘違いをしている。意見の不一致というやつだ」

「はぁ、意見の不一致、ですか。……その割には陛下もシャーリー様もずいぶんよそよそしいと言いますか。シャーリー様は休憩用のお菓子は作ってくださっても、届けるのは女官に任せてご自身はちっともあなたの前に姿を現さない。あなたはあなたでなにを気にしているのか、魔力の交歓をしに彼女のもとへ足を運ばなくなったし」

そのせいで目の下に隈ができていますよと言われて、アシュトンは思わず目元をこすった。

「この茶菓子だけでもそれなりに疲れが取れる。シャーリーが登城するまではなんとかやっていたのだ。この程度の疲労はどうということはない」

「身体はそうでも、心情的にはまいっている感じがしますがね。あのシャーリー様を『顔も見たくない』と思わせるくらいに怒らせるとは、本当になにをやらかしたのだか」

顔も見たくないと言ったのはクリスなのに、なぜかシャーリーにそう言われた気がして、アシュトンは頭に重石でもがんっと落ちてきたかのようなショックを受けた。

（いや……だが実際にシャーリーもそう思っているからこそ、会いにこないのかもしれないな）

ついつい弱気な考えが頭をもたげる程度には、クリスの言うとおりアシュトンもわりとまいっているのかもしれない。

——自分をどう思っているのかといきなり聞いてきたシャーリーは、ひどく思い詰めた顔をしていた。

アシュトンとしては、はじめて顔を合わせたときからシャーリーに好意を抱いていた。

魔力の交歓によって運命の相手だと悟ったあとは、彼女を将来的に王妃に迎えるつもりで百合の間を居室として与えたのだ。

クリスもシャーリーの侍女たちも、ギアナや教師陣も、アシュトンのその思いを汲んでシャーリーにうやうやしく接している。

だがシャーリーだけはアシュトンのその気持ちを察しきれていないようだ。だからこそ『どう思っているのか』などという問いをぶつけてきたのだろう。

そのとき素直に思いを告白していれば、きっとこんなふうにこじれることはなかったと思う。

だがアシュトンから好意を伝えることで、彼女がいらぬ重圧を感じてしまわないかが心配だったのだ。

(国王の言葉は、聞く人間が聞けばなんでも『命令』に取られてしまう)

国王に『好きだ』と言われたら、たいていの人間は「ありがたき幸せ」と答えるものだ。冗談じゃない、絶対にいやだと本心では思っていても、馬鹿正直にそう答えて首を刎《は》ねられたらたまったものではないからだ。

もちろん、アシュトンはその程度で首を刎ねたりはしない。

だが彼女のほうは気まずい思いをするだろうし、国王の好意を無下にした娘として周囲から悪く言われるようにもなってしまう。

そうならないためにも、少なくともシャーリーが自分への好意をはっきり自覚してから告白したいと思っていたのだ。

（身体の反応がいいだけに、わたしのことをきらっていることはまずないだろうが）

魔力の相性に引きずられて、身体だけ勝手に気持ちよくなっている可能性も否定はできない。

（だがそれにしたって、わたしが魔力と身体目当てで彼女をそばに置いていると勘違いされるのは心外だ）

だいたい、シャーリーもどうしてあそこで『愛人でないなら、アシュトンは自分を王妃として迎えるつもりなのだ！』と思わないのだろうか？

普通の貴族令嬢なら国王が自分に気のあるそぶりをちらとでも見せれば、次の日には王宮中にそのことを言いふらして回るというのに。

（そういう、普通の令嬢らしくない清純なところに惚れたわけだが）

とはいえ『愛人でないなら、一時の遊び相手としてそばに置いているに過ぎないのだ』という方向に振り切れて考えてしまうとは……。

（まったく想像していなかった）

そこはアシュトンの落ち度と言えば落ち度……なのかもしれない。

（おそらくわたしが到着する前に、ラフィオル公爵にあることないこと吹きこまれたことも関係しているのだろう）

まったくよけいなことを、とアシュトンは盛大に舌打ちしてしまった。

ラフィオル公爵はその地位にふさわしく豊富な魔力を持つ貴族だが、尊大で権力志向な上に視野が狭く、アシュトンの父の代から微妙にうとまれている存在だった。

その家柄ゆえ無視することはできないが、重臣として取り立てる気にはなれない相手だ。

公爵もアシュトンの意向を感じ取っているからこそ、なにかしらこちらの弱みを握れないかと思ってシャーリーに接触しようとしたのだろう。

万一シャーリーが自分に協力しなくても、ふたりの仲を掻き回すくらいのことはやってやろうと思っていたに違いない。

シャーリーがあんなうしろ向きな結論を出したのも、公爵になにか吹きこまれていた可能性が高い。

（もしかしたら魔法を使われていた可能性もあるな……）

今さらながらその可能性に思い当たり、アシュトンは顔をしかめる。

ひとを思い通りに動かす魔法――暗示や洗脳の類いは、もちろん法律で禁じられている悪の魔法だ。

だがラフィオル公爵は法を犯すことを恐れる人間ではない。そして使った魔法の気配を最小限に抑えることなど、たやすいことだ。

「……」

考えれば考えるほどその可能性は高いだろうと思えて、また舌打ちしたくなってくる。

三日前のあのときは、ラフィオル公爵が無遠慮にシャーリーに詰めよっている光景を見ただけで頭に血が上ってしまって、かすかな魔法の残り香を嗅ぎ取る冷静さがアシュトンには残されていなかった。

その匂いを嗅ぎ取っていればシャーリーに対してもっと冷静に、そして寛容に向き合うことができたかもしれない……。

(言ったところで、あとの祭りだがな)

それに結局、アシュトンがまどろっこしい諸々を無視してさっさと告白していればよかっただけの話とも言える。

言葉ではなにも伝えず謎かけのようなことだけ口にして、シャーリーの柔らかな身体に溺れていたのはまぎれもない事実なのだ。

いくら魔力の交歓で性欲が高まっていた状態とは言え、男女のことに慣れていないシャーリーにしていいことではなかったのだ。

(結局は自業自得だな)

思わず苦笑いが浮かんでしまう。

「おや。強がりの次は自嘲ですか」

「はっきり言ってくれるなよ、クリス。おまえの言うとおり、思いがけずシャーリーにだいきらいだと言われてまいってしまっているのだから」

「おやおや」

さすがに予想外だったのか、クリスは驚いた顔を隠さなかった。

「だいきらいとは。陛下のようなお立場の方だと、一生のうちに言われるかどうかもわからないような稀少な言葉ですね」

「おまえ、完全におもしろがっているだろう」

「ええ。そうそうあることではありませんので」

しれっとうなずいた側近は菓子と紅茶をアシュトンの前に運んでくる。

菓子はいつも通り甘みを感じるものだったが、なぜだろう、そこまで力がみなぎる感じが湧いてこない。

「魔法はそのときの心情にも大きく左右されますから。シャーリー様も陛下と同じく落ち込んでおいでなのではないですか？」

「……」

もぐもぐと口を動かすアシュトンに、クリスは続けて進言した。

「こういうときは男から頭を下げるものです。あのシャーリー様に『だいきらい』と言わせるまでのことをしたなら、とにかく謝って謝って許してもらえるまでがんばるのが一番でしょう」

「……うむ……」

アシュトンは神妙な面持ちで小さくうなずく。

そのときノックの音が響いて、役人の声が聞こえてきた。

「失礼いたします、陛下。ロンソン川の堤防の件で報告が――」

「うむ。入れ」

最後のクッキーを口に放り込んで、アシュトンは国王の顔になる。

シャーリーには謝るとして、とにかく今は国王としての執務に励まなければ。

その後も持ち込まれる案件や書類相手に忙しく働きながら、さてシャーリーに許しを請うためにはどう切り出そうかと、アシュトンは頭の隅で絶えず考え続けるのだった。


「……集中しきれていませんね、シャーリー様。ここ三日ほどずっとそうです。なにかございましたか？」

講義を突然やめたギアナにそう指摘されて、はっとしたシャーリーは姿勢を正した。

「ご、ごめんなさい。せっかく教えてくださっているのに、ぼうっとしてしまって……」

「もし体調が悪いようなら、無理はされないことですわ」

「いいえ、いいえ。体調の問題ではないのです。わたし……」

なんと言っていいものかわからずうつむくシャーリーに、ギアナはズバリと切り込んだ。

「ということは、恋わずらいですかね」

シャーリーはどきっと心臓を跳ね上げる。あっという間に赤くなる彼女を見て「図星ですね」とギアナはほほ笑んだ。

「お相手はアシュトン陛下でございましょう？　もしやけんかでもなさいましたか？」

「……けんか……。いいえ、わたしが一方的にひどい言葉をぶつけてしまったのです」

シャーリーのぶつけただいきらいという言葉に顔をしかめたアシュトンを思い出し、彼女はつい細く長いため息をついた。

「ずっと、なんと言って謝ればいいかと考えているのですが、悩むばかりで終わってしまって……」

「それなら、ひどい言葉を言ってしまってごめんなさいと素直に言えばいいだけですよ。それでもまだ怒っているようならそれはお相手のほうが狭量ということですから、こちらが悩んでやる義理はございませんわ」

おもしろそうにほほ笑むギアナは意外と辛辣なことを言ってのける。

シャーリーは小さく苦笑した。

「許してくださらなかったらどうしようと考えてしまって、どうしても怖くて踏み出せないのです」

「ふふっ。可愛らしいですね、シャーリー様くらいの年頃の方の恋の悩みは」

教鞭を置いて、ギアナは傍らに置かれた椅子に腰かけた。

「よろしければ、なにがあったかお聞かせくださいますか？　話すだけでも気持ちは軽くなるものです」

……ギアナは信頼の置ける女性だ。少しためらったものの、このままでは埒が明かないだけにシャーリーは思いきって口を開く。

ただ内容が内容だけに声はひそめた状態で、ここにいたるまでの経緯をぼそぼそと説明した。

「それで、陛下とわたしの魔力の相性がとてもいいことがわかったのですが……陛下はその、魔力の交歓以上のふれあいを求めるようになってきて。わたしも魔力の交歓の名残でとても気持ちよくなっていたので、つい流されてしまって……」

言葉にすると節操がなさすぎると改めて感じられ、ついつい声も小さくなっていく。

だがギアナはひどく驚いたようだ。

「……シャーリー様のその反応は、性的に興奮している状態と言って差しつかえないでしょうね。確かに魔力の相性がかなりよい場合は、交歓の際に身体が熱くなったり、酩酊したような反応が起こることがございます。ですが――」

一度言葉を切ったギアナは、至極まじめな面持ちで説明を続けた。

「それ自体が非常に稀である上、性的な興奮を掻き立てられるほどの反応を感じるのは、万にひとつと言ってもおかしくないほど、めずらしいことです」

「そ、そんなにないことなのですか？」

シャーリーは驚いてしまう。まさか『万にひとつ』と言われるほどめずらしい確率とは……。

「それが起こったということは――その交歓した相手がシャーリー様にとって魔力というより、魂で共鳴し合っている相手だというまぎれもない証拠です」

「魂で、共鳴し合う相手……？」

ギアナは重々しくうなずいた。

「そして、我々はそういう相手を『運命のひと』――あるいは『つがい』と呼びならわします」

「『つがい』……」

――それは確か、動物の雄と雌の一対を表す言葉ではなかっただろうか？

転じて、人間に当てはめるときには『夫婦』という意味になっていたような……。

「――ッ⁉」

驚きのあまり息を呑むシャーリーに対し、ギアナはまたうなずいた。

「魔力の交歓を行うどちらにもそのような反応があるなら、まず間違いないと言っていいでしょう。陛下とシャーリーは魂で結ばれた『つがい』であり、運命のお相手です。魔力の交歓で性的な欲求が高まるのは、相手に対し『このひとに子供を産んでほしい』、あるいは『このひとの子供を産みたい』と本能が訴えるためですよ」

「ほ、本能が……」

あまりに予想外のことを教えられて、シャーリーは頭から首筋まで真っ赤にしたまま呆然と座り込んでしまった。

「わたし、ちっとも知らなくて……で、でも、陛下は当然このことをご存じですよね？」

「でしょうね。一生のうちに体感できる方はほんの一握りでしょうが、知識だけならほとんどの王侯貴族が持っているでしょうし」

つまりアシュトンはシャーリーを『つがい』だと認識した上で、魔力の交歓を行っていたわけだ。

「どうしておっしゃってくださらなかったのかしら……。魔力の交歓のたびに身体が妙に疼くから、最初のうちは恥ずかしくて戸惑っていたのに……」

やはり魔力の交歓のためだけに必要とされている存在だから、よけいなことは教えるべきではないと思ったとか……？

「おそらく、シャーリー様に過度な心労を与えないためではないかと。国王の『つがい』と言えば王妃ですもの。――仮に、魔力の相性がいいとわかった初日に『あなたはわたしの運命の相手だから結婚してくれ』と言われたら、シャーリー様はなんと答えます？」

シャーリーは目を丸くした。

「そんな……突然言われても困りますわ。王妃様なんて……わたしにはとても……」

「でも、それが仮に国王からの命令だったら、断れますかね？」

「……あっ……」

シャーリーは思わず口元を手で覆う。

同じような言葉をアシュトン本人から言われたことがすぐに思い出された。

『わたしの口にする言葉は、たいていの人間にとっては命令と取れるものだ』

『国王の言葉だから守らなければ』と思うまわりの者がよけいな気を回したり、厄介なことを引き起こす可能性も大いにあるわけだ』

『だからわたしは、自分の心情を口にするときには細心の注意を払う』

（アシュトン様は……わたしの気持ちを慮って、あえて『つがい』であることを黙っていらしたの？）

呆然とするシャーリーに、ギアナが補足する。

「国王陛下は明朗快活な方ですが、思慮深く、口にする言葉を常に選んでいらっしゃいます。そのせいか、あえて言わないでおこうと考えることも多いのでしょうね」

「……」

シャーリーはアシュトンの言葉をゆるゆるとたどった。

「陛下はわたしを愛人として扱うつもりはないとおっしゃっていました。それでわたし、自分は陛下にとって魔力の交歓が必要なあいだだけの存在なのだと思って……悲しくなってしまって。ひどい言葉をぶつけて、陛下の気分を害してしまったのです」

「それで落ち込んでいらしたのですね。なるほど」

ギアナは納得したようにうなずいて、にこりとほほ笑んだ。

「でもわたくしは、陛下があなた様をないがしろにするとは思えません。わたくしにあなた様の教育を仰せつけたときも、くれぐれもよろしく頼むとくり返し頼まれておりましたもの」

「えっ……」

驚くシャーリーに対し、ギアナは「本当ですよ」と片目をつむった。

「魔力の暴発が起こったあとも、シャーリー様にとってははじめての事態だから多少なりとも動揺しているはず、技術を教えるのはもちろんだが心のケアもよろしく――とおっしゃっておいででしたわ」

「……」

「それにある程度のことを教え終えたあとは、あなた様に護身術の魔法をお教えするようにとも仰せつかっております」

「護身術？」

ギアナは真面目な表情でうなずく。

「今後、シャーリー様が多大な魔力の持ち主であることがわかれば、それを悪用しようと考える者が必ず現れる。そういう者と対峙したとき、シャーリー様がせめて自分の身を守れるように、きちんと指導してやってほしいと――」

「――」

「……忙しい時期を抜けたら用済みだと放り出す予定の相手に対し、未来を見据えてそこまでの心配りをすることなんて、あると思いますか？」

ギアナは静かな笑顔でそう問いかけてきた。

「わたし以外の教師たちもそうです。シャーリー様に敬意を持って接するようにと、皆陛下からあらかじめ釘を刺されています。シャーリー様は気づいておられないかもしれませんが、その教育内容は一般の貴族の令嬢が習うものより、もっと深く広範囲となっています。それも、シャーリー様の将来を考えての選択でしょう」

「……陛下はわたしにはなにもおっしゃらなかったわ。それもやはりわたしに心労を与えないために……？」

「心労と、きっと重圧もでしょうね。シャーリー様は真面目で、なんでも考えすぎてしまうきらいがありますし」

まさに今のようにと指摘されて、シャーリーは恥ずかしさと気まずさから少し赤くなった。

「まぁ、陛下のほうも言葉足らずと言いますか、こうしてシャーリー様を不安にさせてしまっている時点で思うところはございますが……。でもわたくしから見れば陛下もシャーリー様もまだまだお若く、人間的に成熟するには早すぎる年齢ですもの。そうやってすれ違って感情を乱すことは、別にめずらしいことでも悪いことでもありません」

「ギアナ様……」

「陛下とてひとりの若い男性。完璧な人間ではありません。なんでもそつなくこなしているように見えますが、陛下にとっても、男女の仲を意識するお相手はシャーリー様がはじめてでしょうから、失敗だってきっとありますわ」

ころころと笑いながら言われて、シャーリーはぽかんとしてしまう。

シャーリーから見ればおよそ欠点などひとつもないアシュトンのことも、ギアナから見ればそんなふうに感じられるものなのか。

それに……。

(陛下にとっても、わたしが男女の仲を意識するはじめての相手……)

それは初耳だ。アシュトンは大人の男性だし、男女のおつきあいなどとっくに経験済みだと思っていた。

(わたし、陛下のお考えも思いもなにも知らないで、一方的に決めつけて陛下を責めてしまった……)

だいきらいと言ってしまったとき以上の後悔が湧いて、シャーリーはくちびるを噛みしめる。

部屋を去って行ったときのアシュトンの背中を思い出すと、胸がぎゅっとつかまれるようだ。

しばらくうつむいていた彼女は、決意のにじむ瞳で顔を上げた。

「わたし、陛下に謝りますわ。そしてお話をします。ギアナ様のおっしゃるとおり、お互いの思いや考えがすれ違っているかもしれませんから」

「ええ。それがよろしいでしょう」

ギアナもにっこり笑って、母親のような温かいまなざしでうなずいた。

——そのときだった。

「授業中に失礼いたします。シャーリー様、よろしいですか?」

クリスがノックもそこそこに少し切迫した表情で入ってきた。シャーリーもギアナも驚いて「なにかあったのですか？」と問いかける。

わずかに息を切らしながら入ってきたクリスは「実は……」と眉をひそめた。

「アシュトン陛下がお倒れになられました。おそらく、魔力の跳ね返り《リバウンド》がきているのだと思われます」

「魔力の跳ね返り……？」

ギアナははっとしたように口元を覆ったが、シャーリーはそれがどういう状態かわからず困惑する。

「魔力の交歓のような一時しのぎを続けた場合、それが途切れた瞬間に溜め込んでいた疲労や痛みが一気に噴き出してしまうことを『魔力の跳ね返り』というのです」

「えっ……！」

今度はシャーリーも息を呑んで固まってしまった。あまりのことに頭が真っ白になる。

（わ、わたしが気まずさから会いに行けなかったことで、陛下がお倒れになるなんて――！）

真っ青になるシャーリーに対し、クリスははっきりと「シャーリー様、ご自分を責めませんように」と言ってくる。

「もとはと言えば陛下が根を詰めすぎていたのが原因ですし。意地を張ってご自分からあなたに会いに行かなかったのも悪い。決してシャーリー様のせいではありません」

「で、でも、わたしはなにより魔力の交歓をするために陛下のおそばにいるのに……！」

「そう考えているのはシャーリー様だけですよ。陛下にとってはとっくの前から魔力の交歓のほうが『ついで』になっていましたから」

「……それって」

はっと息を呑むシャーリーを、クリスが「とにかく急いでください」と急かしてくる。

「多少の不調も周囲に悟らせずに乗り越える陛下が、今に限って『頭が割れそうだ』と仰せになっています。そうとうつらいのでしょう。跳ね返りが起きたときは魔力を注ぐのが一番ですから、やはりシャーリー様にお願いしたいのです」

「もちろんです！　すぐにまいります」

シャーリーは急いで立ち上がり、ギアナに深く頭を下げた。

「先生、お話を聞いていただきありがとうございました」

「いいえ。さ、早く陛下のところへ」

「はい！」

シャーリーはクリスについて急いで廊下に出た。


どうやらアシュトンは私室に運ばれたらしい。ほどなくバラの間の最奥——国王の寝室へと到着した。

「ああ、陛下！」

天蓋つきの大きな寝台に仰臥するアシュトンを見て、シャーリーは思わず叫んでしまった。

寝台の回りには医師や魔法具を持った人間が何人か控えていたが、気にかける余裕もなくシャーリーは寝台へ走り寄る。

「……シャーリー……？」

真っ青な顔で脂汗を額ににじませていたアシュトンは、シャーリーが駆け寄るとそっと目を開ける。眉がぎゅっと寄って、くちびるから漏《も》れる呼吸もひどくくるしそうだ。

シャーリーは泣きそうになるのをこらえて、アシュトンの手に手を重ねた。

いつもは手を握るだけでアシュトンの魔力の流れもわかるのに、今は魔力がほとんど感じられない。これも跳ね返りの影響なのだろうか？

「魔力は急にではなく、ゆっくりと、細く長く注いでいくというイメージでお願いいたします。一気に注ぐとそれはそれで影響が大きいので」

魔法具を持っていた男性があわてて声をかけてくる。

多量の魔力を一気に注ごうとしていたシャーリーはあわてて集中をとき、深呼吸して気持ちを整えた。

そして息を吐くのと同じように、ゆっくりと魔力をアシュトンに注いでいく。

「おおっ……！」

見守っていた人々が大きくどよめく。

国王の寝室に立ち入ることを許可されているだけに、集まった人々は全員がかなりの魔力の持ち主たちだ。それだけに、シャーリーの身体からアシュトンの身体へと金色の魔力が流れるように注がれていくのをはっきり捉えていた。

そして魔力を受けたアシュトンの身体がみるみるうちに温まり、弛緩していくのを確認する。

シャーリー自身もアシュトンの魔力がゆっくりめぐりだしていくのを感じて、ほっと安堵の息をついた。

「もう大丈夫そうですな。お顔の色も戻りましたし」

近づいてきた医師たちが安堵の表情を見せる。

アシュトンは汗のせいで額に貼りついた前髪を掻き上げながら、ばつの悪そうな表情で周囲を見回した。

「皆、すまないな。手をわずらわせた」

「いいえ、我々はなにもしておりませんので。とはいえ今日一日はゆっくり療養なさってください。それでは」

医師たちはぞろぞろと寝室を出て行く。それを見送ったクリスは、やれやれという表情で振り返った。

「……魔力の交歓に頼るのも考えものですが、また跳ね返りが出て倒れられては困ります。執務中だったからよかったものの……議会中や来客中だったらどうなっていたことか」

「うむ……。おまえの言うとおりだ、クリス」

「まだまだあなたにはシャーリー様のお力添えが必要のようだ。……というわけで、けんかだかなんだか知りませんが、さっさとシャーリー様に謝って今後も協力してくださるようにお願いしてくださいね、陛下」

子供を叱りつける母親のような顔で念押ししたクリスは、シャーリーに向けて一礼してからきびすを返した。

「わたしは執務の調整をしてきますので。今日はこのままお休みください。それでは」

ぱたん、と扉が閉まってクリスも出て行く。そうなるとアシュトンとふたりきりだ。

アシュトンはゆっくり起き上がり、シャーリーに向けて頭を下げる。

「シャーリーもいきなり呼び出してしまってすまなかった。それに、この前のことも……」

「——陛下、この前はひどい言葉をぶつけてしまって、本当にすみませんでした！」

アシュトンの言葉にかぶせるように叫んで、シャーリーは深々と頭を下げる。

アシュトンは目を白黒させたが、彼女はかまわず言葉を続けた。

「わたし、陛下がわたしのためにいろいろとお心を配ってくださっていることを、少しも知らずに……それなのに一方的に陛下のお考えを決めつけて、ひどいことを言ってしまいました。本当にごめんなさい」

「ああ、いや、それに関してはわたしも悪かったから……おっと」

「陛下っ！」

大きくふらついたアシュトンをシャーリーはあわてて支える。おかげで抱きつくような体勢になっていたが、アシュトンが心配すぎてそんなことまで気が回らなかった。

「大丈夫ですか？　まだ横になっていたほうが……っ」

「いや……それより」

アシュトンの大きな手がシャーリーの後頭部に回り、顔が引き寄せられる。気づけばふたりのくちびるはぴたりと重なっていて、ふれあう粘膜からアシュトンの魔力が注がれてきた。

「んっ、へいか……！」

アシュトンのほうから魔力を流してきては、自分が先ほど流したぶんが戻ってきてしまう。そう考えたシャーリーは思わず彼の魔力を押し返そうとするが……舌をからめ取られた瞬間、同じように魔力もからめ取られる気配がして、思わず息を呑んだ。

「んぅっ……！」

期せずして魔力の交歓がはじまり、身体の芯にぽっと官能の火が灯る。

アシュトンは弱っているのに、そんな反応をしている場合ではない――と思うが、アシュトンは心地よさそうにシャーリーの舌を吸い上げ、指先に髪をからめていた。

「んぅ、んっ……」

「……っ、はぁ。やはりあなたとの魔力の交歓は、どんな気付け薬よりもよく効く」

ようやくくちびるを離したアシュトンが満足げにつぶやいた。

「へい、か……」

「すまない。一方的に魔力を送られるより、交歓のほうが早く回復できるから。……大丈夫か？」

舌をからめるキスだけで腰を抜かしていたシャーリーは、思わず恨めしげな目を向けてしまった。

「……それならそうと、説明してくださいっ。びっくりしました……！」

「ははは、すまない。単純にあなたにキスしたかったというのもあるが――おっと」

みずからの口元を押さえ、アシュトンは苦笑した。

「こういうことを言ってしまうから、あなたが勘違いして悲しむことになったのだな。すまない」

苦くほほ笑むアシュトンの横顔を見て、シャーリーは失言を悔やんでいたのは自分だけではなかったのだと驚いた。

「おまけに無様な姿を見せてしまった。あなたが登城する前はなんとかやれていたのだからと、自分の魔力や体調を過信していた……」

うつむいて自嘲を続けるアシュトンを見て、シャーリーは思わず身を乗り出した。

「いいえ！　無様なんてとんでもないです。陛下が身を粉にして王国のためにがんばっていらっしゃることを、わたしは知っています……！」

アシュトンは文字通り休みなく働いていた。昼間はもちろん夜も遅くまで書類に目を通し、シャーリーとともに眠るようになっても、彼女より早く起きて自身の鍛錬や国王としての務めに励んでいた。

「お仕事だけでも忙しいのに、わたしにも気を配ってくださって……。ギアナ様からうかがいました。陛下がわたしの将来を考えてくださっていることを。わたし、わたし、陛下のお心遣いにまったく気づかなくて、あんなひどいことを言ってしまって……！」

自分の暴言を思い出すだけで胸が張り裂けそうになる。込み上げてくる涙をぐっとこらえて、シャーリーはまっすぐ顔を上げた。

「お倒れになったのだって、わたしがすぐに謝りに行かずに陛下と向き合うことから逃げていたからです。陛下に……もっときらわれることが怖くて。わたし――」

ごくりとつばを呑み込み、今にも飛び出しそうになる心臓の鼓動をなだめてから、シャーリーははっきり口にした。

「わたし、陛下のことが好きです」

思ったより大きな声が出た。だがおかげで勇気が湧いて、シャーリーはアシュトンの薄緑の瞳を見つめながら言葉を重ねる。

「アシュトン様のことを、愛しています」

「……シャーリー」

呆然として自分を見つめているアシュトンの姿に、恥ずかしく、いたたまれない気持ちが込み上げてくる。だがシャーリーは必死にアシュトンを見つめ続けた。

「だから、陛下がわたしを『忙しいあいだだけそばに置くものだ』と思っていると考えたとき、ひどく悲しくて、くるしくてたまらなくなってしまったのです。わたしはもう……陛下の一時的な相手ではなく、ずっと一緒にいられる存在になりたいと望んでいたから」

「シャーリー」

勢い込んで告げた瞬間、少し低い声で名前を呼ばれる。

シャーリーはどきっとして縮こまった。

「ご、ごめんなさいっ。分不相応だとわかっているんです！　でも止まらなくて、気持ちが。わたし、陛下のことを……んっ」

いたたまれなさのあまり涙ぐむシャーリーに、アシュトンはほとんど覆いかぶさるようにして口づけてきた。

「んんっ……」

「……はぁっ、純真無垢すぎてその手の感情をまったく持たないのかと疑っていたら、いきなりまくし立ててくるとは。あなたは本当に予想外のことをたくさんしてくるな」

下働きに応募してきたことといい、菓子に無意識に魔法をかけたことといい……と過去を連ねられて、シャーリーはぼっと顔を赤らめた。

「す、すみませ……」

「だが、そんなあなたがわたしは愛おしくてしかたがない。わたしもようやくあなたに言えるよ。あなたのことを愛していると」

　さらりとした告白とともに軽く口づけられて、シャーリーはぽかんとしてしまった。

「……え、えっ？」

「聞こえなかったか？　あなたのことを愛していると言ったのだが」

「……ほ、ほんとうに？」

　思わず聞き返すシャーリーに、アシュトンはぷっと噴きだした。

「むしろなぜ疑うのかな。……これまで身体を求めてばかりで、気持ちを求めたことがなかったせいか。だがなシャーリー、わたしは心のない相手の肌を求めるような男ではない。あなただからこそキスもしたいし、ふれあいたいし、つながりたいのだ」

　つながりたい、と言いながらお尻の割れ目あたりをなぞられて、シャーリーはびくりと震えた。彼がふれた奥にある蜜口まで、ひくりと引き攣るように動いた気がする。

「陛下は魔力の交歓のために、わたしをおそばに置いているのだとばかり思っていました……」

「もちろん、そのためもある。だが一番はわたしのことをよく知ってもらい、わたしという存在に慣れてもらうのが目的だった。わたしはあなたに一目で惚れてしまっていたから」

「えっ……!?」

　シャーリーは思わず大きな声を出した。一目で惚れて……って、いったいいつの話だろう。

「魔法を使えない自分は貴族として王国のために働けない、とあなたは涙しただろう？　昨今の貴族でそんな殊勝なことを考えている者などまずいないからな。この貴族社会にもまだそんな清らかな考えの持ち主がいるのかと感動したのだ。おまけに菓子をほおばる姿も、魔法が使えるようになって喜ぶ姿もとても愛らしかった。そのときにはもう、わたしはあなたに心惹かれていたのだよ」

ちっとも気づかなかった……。魔法が使えないというのもシャーリーからすれば深刻な悩みだったが、それがアシュトンの心にはそのように響いていたとは。

「つまり、魔力の相性を知る前からわたしはあなたに惚れていたというわけだ。まぁ、あなたが『つがい』だとわかったからこそ、すぐそばに置くことを決意したわけだが。あのときにはもうわたしはあなたを王妃にするつもりで動いていたよ」

「ええっ⁉」

またまた大声を上げてしまった。出会った初日にそこまで決めていたなんて。

「では、陛下はわたしを愛人ではなく、王妃にするつもりで……⁉」

「最初からそのつもりであなたを百合の間に通した。……まぁ、教師をつけるのはもう少し先でいいと思っていたのだがな。心身の回復が先決だと思っていたし……。だがあなたは思いがけず向上心にあふれていた。それだけでなく、休みのないわたしのために菓子まで焼いてくれて……。そういういじらしさにふれるたびに、あなたへの気持ちがどうしようもなく慕っていってな。おかげでつい我慢できずに、魔力の交歓のあとで手を出すようになったわけだが」

うんうんとアシュトンはうなずいているが、聞いているシャーリーは恥ずかしくなる一方だ。

（そんなに以前から、わたしのことを思っていてくださったなんて……）

アシュトンがシャーリーの鈍さを残酷だと言ったときの気持ちも、今ならわかる。

自分の思いが完全に一方通行で相手に響いている様子がなかったら、憎まれ口のひとつやふたつは叩きたくなるものだろう。

「わたし……少しも気づかなくて。『つがい』のことも、つい先ほどギアナ様からうかがったくらいで」

「うむ、それに関してもわたしから説明できればよかったのだが、自分は陛下の『つがい』なのだからおそばにいなくては、みたいな義務感をあなたが持つようになっては困ると考えてな。あえて黙っていた」

「陛下……」

「あなたに『愛している』と言えなかったのも同じ理由だ。好いている男ならまだしも、そうではない相手に言われたらこれほど困る言葉はないだろう。それでも『国王がそう言うのだから、自分も合わせなければ』と考えてしまう女性も当然いる。あなたにはそんな苦労は背負ってほしくなかった。だから、あなたが確実にわたしを愛しているとわかるまでは、わたしも言うに言えなかったのだ」

「そうだったのですね……」

「……だが、その気になれば言えたはずだ。結局わたしも、あなたに『だいきらい』以上にきらわれるのを恐れて、二の足を踏んでいたのだよ」

「あ、あっ、その言葉はもう忘れてくださいっ。本心ではありませんでした……！」

「わかっているよ。あの言葉はわたしがあなたに思いを告げられなかったことで生まれた、すれ違いの結果だと理解している。怒ってもいない」

シャーリーは心からほっとして胸をなで下ろした。

「むしろ、あなたこそわたしに怒っているのではないか？　泣かせるほど傷つけてしまったのだから」

「いいえ、怒ってなど……！　ずっと後悔していました。陛下になんてことを言ってしまったのだろうと。本当は陛下のことが大好きなのに、真逆の言葉をぶつけてしまうなんて」

「それだけ、わたしのはっきりしない態度に傷ついたということだろう。わたしのほうこそ本当にすまなかった」

「いいえ、いいえ……！」

アシュトンが頭を下げるのをシャーリーはあわてて止めた。

「お顔を上げてください、陛下。わたしは……今は、とても嬉しいのです。同じくらいびっくりしていますけど……。まさか陛下が魔力の交歓より前にわたしを気に入ってくださったなんて、思ってもみなかったから」

「わたしも、こう見えて舞い上がっている。あなたが決死の面持ちでわたしへの思いを告白してくれたから」

顔を見合わせたふたりは、どちらともなくぷっと噴き出す。

つい数時間前までうじうじと悩んでいたのが嘘のようだ。今は身体中に温かさが満ちていて、目の前の相手が愛おしいという気持ちだけが胸にあふれている。

どちらからともなく顔を寄せてくちびるを合わせると、好きだという気持ちがどんどん大きくなって、あっという間に身体に火がついた。

「んっ……へいか……」

「本当に、あなたとはキスするだけでこうなってしまうな」

アシュトンも官能の高まりを感じているらしく、目元をうっすら染めて艶めいた視線を送ってくる。

それを見ているだけで背筋がぞくぞくしてきて、シャーリーはごくりと喉を鳴らした。

「だがきっとあなたとは『つがい』という特殊な関係でなくても、キスひとつで身体を高ぶらせることができるに違いないと確信している」

シャーリーの脇腹から太腿までのラインをなでながら、アシュトンはにやりとほほ笑んだ。

「遠くから見つめているだけでも、抱きしめたい、キスしたい、身体の深いところまでつながって愛し合いたいと身体中がざわつくのだ。愛とはどんな魔力や魔法よりも強く心身に作用するらしいな」

「……そうかもしれないですね」

シャーリーだってアシュトンに見つめられただけで心臓がどきどきして、寄りそいたいと自然に感じてしまうのだ。

魔力の相性など関係ない。こうして言葉を交わすだけでも幸せな気持ちになれる。黙って寄りそっているだけでも、きっと満たされた思いになるのだろう。

それがきっと、誰かを愛するということなのだ。

ふたりはしっかり抱き合って、何度も角度を変えてくちびるを重ねる。

そのうちアシュトンの手がシャーリーの背中の紐をほどき、ドレスを脱がせはじめた。

「んっ……アシュトン様、お身体の具合は……」

「あなたの魔力のおかげで数日ぶりに絶好調だ。ここも準備万端だぞ」

ここ、と言いながら下肢を押しつけられて、シャーリーは恥ずかしさにうっすらと頬を赤らめる。

下腹にぴたりと当てられた彼の一物は、すっかり張り詰めて熱を発していた。

「むしろ、ここでおあずけにされるほうが身体に悪い」

大真面目に言ったアシュトンはドレスをはぎ取ると、自分が横になっていたところへシャーリーを仰向けに倒した。

「どうかあなたを愛させてくれ」

シャーリーの首筋や胸元に口づけながら、アシュトンは器用に彼女の靴を脱がせ、コルセットの紐も緩めていく。

身軽になっていくにつれ、どんどん高まっていく胸の鼓動に全身を熱くさせながら、シャーリーは覆いかぶさってきたアシュトンの首筋にみずから抱きついた。

彼の匂いが鼻孔をくすぐる。安心感とともに、もっと抱き合いたい欲求も突き上げてきて、彼女は思わず彼の首筋に小さくキスをした。

それを感じたアシュトンがにやりと笑みを深める。

お互いに裸になり再び抱き合ったときには、もう愛し合うことしか考えられなくなっていた。

アシュトンはすぐに愛撫をはじめず、愛おしくてたまらない気持ちを刻むようにシャーリーの柔らかな身体を抱き寄せ、キスの雨を浴びせかけてくる。

くちびるからはじまり、頬、鼻先、額、耳朶と口づけられて、耳孔に舌先を入れられちろちろ動かされたときには、思わず「ああっ……」と声を上げてのけぞってしまった。

「耳が弱いのだな、あなたは」

「んんっ……、ふあぁ……っ」

両方の耳をちろちろと刺激されて、シャーリーは細い身体を小さく震わせる。

耳への愛撫でシャーリーをとろりとした表情にさせてから、アシュトンはくちびるを首筋から鎖骨、胸元へと落としていった。

てっきり乳房を愛撫されるかと思ったが、彼のくちびるは二の腕へとすべっていく。そして手の甲と指先へと軽くキスされた。

「んっ……」

「よかった。手荒れはすっかり治ったな」

シャーリーは薄く目を開ける。

アシュトンに取られている左手は貴婦人らしく、真っ白で傷ひとつついていない。

だが王城へやってきた頃は、あかぎれやささくれでひどく傷んでいた。

入浴後や就寝前に侍女たちが丁寧にクリームを塗り、爪をやすりで整えてくれたおかげでここまできれいになったのだ。

「労働する手をいやだと思うことはないが、ここへきたときのあなたの手はさすがに荒れすぎて、見ていて痛々しかった。傷が治ったことをとても嬉しく思うよ」

ちゅっと再び指先に口づけられて、シャーリーの喉元に熱さが込み上げてきた。

「アシュトン様がここに置いてくださったおかげです。わたし……思い切って公爵家を出てきてよかった。アシュトン様に会うことができて、よかった……」

感謝の気持ちはもちろん、彼を愛おしく思う気持ちがふくらんで涙となってあふれていく。アシュトンも愛おしげにうなずいた。

「手だけではない。日々酷使されてきた身体も丸みを帯びて、すっかり女性らしくなった。だが――」

「んっ」

アシュトンの手が、今度はシャーリーの足にふれる。ふくらはぎを両手で軽く持ち上げた彼は、彼女の膝頭に口づけた。

そこが意外と感じやすい箇所であることにシャーリーは驚く。

食むようなキスをそこに繰り返されると腰の奥がじわじわと熱くなって、秘所がひくりとうごめくのがはっきりわかった。

「この白い足はいつまでも細いままだな。折れてしまわないかと心配になる。もう少し食べさせたほうがいいかな？」

いたずらめいたまなざしで問いかけられて、シャーリーはどぎまぎした。

「そ、そんなことをしたらお腹が破裂してしまいます。今も毎日、お腹いっぱい食べていますのに……」

「それはいいことだ。もう二度と痩せ細った姿は見せないでくれよ」

半ば真剣に訴えるアシュトンに、シャーリーはうなずく。

アシュトンもほほ笑んで、彼女の膝頭からくちびるをつぅっとつま先へと滑らせてきた。

「んぅっ……」

足先に口づけられて、軽く歯を立てられ、未知の快感に背筋が震える。

だがアシュトンが舌を伸ばして、足の指のあいだを舐めてきたときは息を呑んでしまった。

「そ、そんなところ、汚いです……、んあっ」

思いがけず感じてしまって、シャーリーは驚きと快感にびくんっと震えてしまう。

アシュトンはにやりとほほ笑み、かかとを持ち上げながら本格的に足の指を攻めはじめた。

「んんぅっ……！」

足がこんなに感じるなんて知らなかった。思わず後頭部を枕に擦りつけ、身悶えてしまう。

両方の足指を愛撫しシャーリーをあえがせたアシュトンは、満足げに再び膝にキスしてきた。

「ふあっ……！」

「あなたは足でさえ可愛らしいから、ついそこばかり愛でたくなる」

足ばかりなんて、シャーリーからすれば甘すぎる拷問だ。

思わず恨みがましい目を向けると、アシュトンが「そうにらむな」と笑った。

「さぁ、わたしの可愛い恋人殿。うつぶせになって背中を見せてくれないか？　まだ背中だけは攻めたことがない」

恋人……なんとも甘い響きについほだされて、シャーリーはおずおずとうつ伏せになる。

腹ばいになるとすぐに肩甲骨に口づけられて、シャーリーは「ひゃっ」と声を漏らした。

「背中もきれいだな。真っ白な背中に落ちる金の髪も、黄金の川のようだ」

持ち上げた髪の一房にも口づけて、アシュトンは背のくぼみにつぅっと舌を這わせてくる。くすぐったさと紙一重の感覚に、シャーリーは「んんっ……！」と声をこらえた。

「ここも丸くて可愛らしい」

「んっ」

丸い臀部をなでられ、シャーリーはもぞりと腰を動かす。

アシュトンは彼女の首筋に吸いつきながら、両手をシャーリーの身体と敷布のあいだにすべり込ませてきた。

肩甲骨や肩口に口づけながら、大きな手で乳房をすくい上げてくる。

乳首を指のあいだにはさんでゆったりとふくらみを揉まれると、甘やかな快感が湧いて、シャーリーはため息をついた。

「は、あぁ……、んぅっ……」

「柔らかくて、わたしの手にちょうどいい大きさの胸だ。シャーリー、うしろを向いてくれ」

シャーリーはあえぎながらも振り返る。

覆いかぶさってきたアシュトンがくちびるにキスしてきて、彼女は自然と舌を伸ばしていた。

互いの舌をふれあわせるとそうと意識しなくても魔力が交ざりあって、ふたりの身体をそれまで以上に熱くさせる。

「ふぅっ……、ん、んっ……」

限界まで舌を伸ばして、くちゅくちゅと舌先をからめさせる。アシュトンもしばらく彼女のつたない動きに合わせていたが、不意に彼女の舌を吸い上げると同時に、乳首をきゅっと軽く引っ張った。

「んンンぅっ！」

シャーリーは全身を大きく跳ね上げ、指先で敷布をきゅっと握りしめる。

鮮烈な快感が身体を貫いて、足のあいだがじわりと濡れるのがはっきりわかった。

「あっ、はぁっ……、へいか……」

「達してしまったのか？　ああ、可愛いな……もっといじめたくなってしまう」

「あ、あ、いやぁ……っ」

耳孔に舌を入れられ、わざとぴちゃぴちゃと音を立てて舐められる。敏感になったシャーリーはびくびくっと激しく震えた。

耳を愛撫しながら、シャーリーの脇腹や二の腕をひとしきり大きな手でなでて、アシュトンは彼女の身体を再び仰向けに返す。

今度は正面からしっかり抱き合い、再びくちびるに深く口づけてきた。

「んぅっ……」

舌をからめながら乳房を揉まれ、シャーリーは無意識に腰を揺らめかせる。

アシュトンの片手が腹部を伝って下へ移動していくのを感じ、つい両足を開いて彼を迎える準備をするが、アシュトンは意地悪く手を太腿へと滑らせていった。

「あ、あぁ……っ」

ふれてほしいところをするりと外され、シャーリーは切ない声を漏らす。

アシュトンは気づかぬふりで、彼女の内腿を指先でゆっくりなぞってきた。

「ひっ……んぅっ……」

「ほしそうだな？」

意地悪く揶揄されて思わず目元が熱くなるが、シャーリーは素直にうなずいた。

だがアシュトンはやはり一番ふれてほしいところはふれずに、彼女の臀部やなだらかな腰のラインをなで続ける。

代わりにぴんと勃たち上がった乳首にくちびるを寄せ、舌を伸ばしてちろちろと舐め転がした。

「あぁっ……あ、あぁん」

もう一方の乳首も舐め転がされ、それぞれちゅうっと吸い上げられる。腰が浮き上がるほどの快感に、下腹部の奥がいつにも増して熱く疼くのが感じられた。

「は、あぁあ……」

それだけにいつまで経っても秘所にふれられず、その周辺ばかりなでられるのがもどかしくもじれったくてたまらない。

「お、おねが……っ、もう……っ」

「我慢できないのか？」

こくこくとシャーリーはうなずく。アシュトンは小さくほほ笑み、彼女の蜜口の際を軽く指先でなでた。

「んっ……」

「舌で舐められるのと、指を入れられるのと、どちらがお好みかな？」

シャーリーは顔を真っ赤にする。ぽそぽそと小さな声で答えるも、アシュトンには聞こえなかったようだ。

「ん？」

「……どちらも……」

耳を寄せてきたアシュトンに再度答える。

アシュトンは楽しげにほほ笑んだ。

「それはそれは。欲ばりで愛らしいな」

アシュトンはシャーリーがなにを言っても「可愛い」とか「愛らしい」と言うつもりだろうか？

そう思ってしまうほどとろけた表情の彼を前に、シャーリーはいたたまれなくてつい両腕で顔を隠した。

そのせいで胸が突き出るようになってしまって、アシュトンがすかさず乳首を吸い上げてくる。

「んぁあっ……！」

「あなたが望むとおりに」

身体をずらして、アシュトンはシャーリーの足を大きく開かせる。

そしてすぐに、ぷっくりと顔を出した花芯に吸いついてきた。

「あぁあああっ……！」

待ち望んでいた刺激に、自分でも驚くほど身体がびくんっと大きく跳ねる。

それまで焦らしていたのが嘘のように、アシュトンは長い指を蜜口にもぐり込ませ、さっそく感じやすいところをこすり上げてきた。

「はぁ……っ！　あ、あぁっ、あぁあん！」

じゅっと音を立てながら花芯を吸い上げ、膣内のふくらんだところを指の腹で擦り立ててくる。

あっという間に快感が大きくふくらんで、シャーリーは腰を浮かしながら「あ、あっ……！」とせっぱ詰まった声を漏らした。

「すごいな。特に掻き出そうとしなくても、あとからあとから蜜が湧いてくる」

「は、あぁ、言わな、で……っ、あぁあん……！」

ぐちゅぐちゅという水音が鼓膜を犯してくる。あまりの恥ずかしさに、シャーリーはいやいやと首を振って身悶えた。

一方のアシュトンは楽しそうだ。蜜口からあふれ自分の手首を伝い落ちていく愛蜜を、ねっとりと舐め上げてみせる。

「甘い……あなたはこんなところまでわたしを魅了してくる」

「そ、んな、舐めては……っ、ひあぁあん……！」

じゅっと花芯を吸い上げられ、シャーリーは真っ白な喉をひくひくと震わせた。

「もう……いっちゃ……っ、達して、しま、あっ、あぁっ、あぁああ——……ッ!!」

狂おしい快感が身体の奥から生まれて、シャーリーの身体がひとりでにこわばる。アシュトンの指をくわえ込む膣壁がきゅうっとうねった。

「はぁあぁあ——……ッ!!」

甘い悲鳴を上げてシャーリーはがくがくと全身を震わせる。頭の中が灼き切れるような快感に、意識が一瞬ふっと遠くなった。

一拍遅れて全身が弛緩し、心臓がどっどっと激しい鼓動を刻みはじめる。全身を汗でしっとり濡らしながら、シャーリーは未だ震える手足をぐったりと投げ出した。

「すごいな。中はまだうねっている」

「……んんぅっ」

指を入れたままでいたアシュトンが、二本目の指も沈めて膣内でバラバラに動かしてくる。

絶頂で痺れたそこへの刺激に、シャーリーはびくんと腰を跳ね上げた。

「い、今は……動いては、だめです……」

「またすぐ達してしまうから？」

「んぅっ……」

わざと耳元でささやかれて、シャーリーはぞくぞくと背筋を震わせる。

アシュトンはほほ笑んで、彼女の耳裏にねっとりと舌を這わせてきた。

「あ、あ、あ……っ」

「では、次はわたしを気持ちよくしてくれ」

アシュトンに手を取られ、シャーリーは彼が導くままその一物にそっとふれる。そこはすでにみっしり張り詰め、今にもはじけそうなほどそそり立っていた。

シャーリーははぁはぁと息を切らしながらも身体を起こし、寝台に座った彼の一物へくちびるを寄せる。

ちゅっと先端に口づけてから、舌を出して竿部をちろちろと舐めはじめた。

「ああ、いいな。あなたの魔力も伝わってきて……どんどん熱くなる」

アシュトンがわずかに顎を反らしてうっとりとつぶやく。

シャーリーは片手で彼の竿部を支えながら、身を乗りだし丸い先端を口に含んだ。くびれたところを舌で舐め上げながら、頬をすぼめて吸い上げる。

刺激を与えるたびにアシュトンの腹筋が緊張し、甘いため息が聞こえてくることにぞくぞくしてしまう。

アシュトンもシャーリーを愛撫するとき、こんなふうに高ぶっているのだろうか？

「んっ、んっ……」

「そうだ。もっと……吸って……うっ……」

小さくうめいたアシュトンはシャーリーの長い髪を掻き上げ、露わになった彼女の耳を親指でなぞってくる。

「ンン……っ」

感じやすい耳孔をなぞられるだけでシャーリーは全身をこまかく震わせ、未だひくつく秘所に蜜をにじませてしまう。

すっかりいやらしくなった自分の身体に赤面しつつ、シャーリーは愛おしさを込めて彼の分身を愛撫した。

「ああ……出そうだ。シャーリー、もういい、離しなさい」

優しく肩を押されて、シャーリーはゆっくり顔を上げる。

彼女の舌先と自身の先端が唾液の糸でつながっているのを見て、アシュトンがごくりと喉を鳴らすのがわかった。

「あなたは……時々信じられないほど女の顔をするな。昼は無垢であどけない少女の姿をしているのに、寝台ではどんな男でも手玉に取るあでやかな美女に様変わりする」

「そんな……」

あでやかと言われるような色っぽさが自分に備わっているとはとうてい思えない。だがアシュトンは「本当のことを言っているまでだ」と真面目に答えた。

「そして、わたしはそんなあなたに煽られっぱなしだ。ああ、どうする、シャーリー？　この上であなたと身体を繋げたら、きっとわたしはあなたを四六時中離さなくなってしまうぞ？」

冗談とも本気ともつかないことを、アシュトンは甘く熱っぽくささやく。

シャーリーは真っ赤になりながらも、彼のその言葉に素直に嬉しくなった。

「わたしだって、ずっと陛下に魅了されっぱなしです……」

——思えばはじめてアシュトンを見たときから、その姿にも笑顔にも気さくでおおらかな言葉にも、シャーリーは引き込まれていたような気がする。

魔力の交歓で身体が高ぶっていったのも、相性がいいという以上に、アシュトンにときめいていた自分の本能が『これは恋だ』と恋情を訴えていたからかもしれない。

恋愛どころか若い異性と口を利いた経験がほぼなかった自分は、それに気づくのがずいぶん遅くなってしまったけれど……。

(きっと自覚するよりずっと前から——身体がとろけるようなキスをしたときにはもう、わたしはアシュトン様の虜になっていたのだわ)

そう思うとよけいに身体が熱くなって、蜜をこぼすばかりの秘所が待ちきれないとばかりに疼いてきた。

「そんなふうに言っては、本当に止まらなくなるからな？」

アシュトンはにやりとほほ笑んで、シャーリーの身体を仰向けに倒す。細い身体に腕を回しくちびるに吸いつき、いきり立った一物を秘所に擦りつけてきた。

「んんぅっ……！」

シャーリーも自然と腰を揺らして、アシュトンの竿部に濡れそぼったくぼみをすり付けようとする。

アシュトンがシャーリーの片足を抱えて動きやすいようにしてくれた。夢中で舌をからめながらふたりは腰を揺らめかせて、お互いの恥ずかしいところを擦りつけ合う。それだけでも腰奥がとろけるほどに心地よかった。

「ああ……すっかり濡れて、熱いな」

熱に浮かされた声音でアシュトンがささやく。彼は自身の竿部をしっかり握り、その先端でシャーリーの花芯をぐりぐりと刺激してきた。

「あぁあああん……！」

灼けるような快感がそこから湧き起こって、シャーリーは喉を反らしてびくびくと腰を震わせる。足が自然と開いていって、みずから愉悦に溺れていこうとした。

「はっ、あぁ、ああ……っ」

「このまま一度……達してみるか……？」

「い、いや、あぁ、こんなの……っ、んぁあああ……ッ！」

ぐりっとひときわ強く花芯を圧され、シャーリーはあえなく陥落する。

腰がひときわ大きく跳ねて、ひくつく割れ目から蜜がとぷりとあふれ出た。

それに気をよくしたのか、アシュトンはシャーリーの胸元に覆いかぶさり乳首に吸いついてくる。もう一方の乳首も指先でくりくりいじられて、シャーリーはひくひくと足先を震わせた。

「ひぃっ……！　あっ、あぁ、いやぁああ……！」

怖いくらいの快感についすすり泣いてしまう。

だがアシュトンは止まらず、自身の先端を花芯から蜜口に滑らせ浅いところをくちゅくちゅと掻き回してきた。

「あぁぁあ……っ、や、あぁ、あぁああっ……！」

乳首を吸われ、乳房を揉まれ、浅いところをぬぷぬぷと出入りされて……すっかり愉悦に落とされたシャーリーは、すすり泣きながら甘くあえいだ。

「ああ、いい声だ。ずっと聞いていたくなるな」

アシュトンがシャーリーの胸元に頬ずりしながらうっとりつぶやいてくる。

彼の大きな手が反り返った背中のくぼみをつぅっとたどってきた瞬間、シャーリーは再び絶頂に見舞われ、全身をがくがく震わせた。

「んあぁぁあう……ッ‼」

息が止まるほどの愉悦に、気が遠くなる。

絶頂の余韻にびくっびくっと震えながら、シャーリーは力の入らない腕をアシュトンに回しぎゅっと抱きついた。

「アシュトンさま、ぁ……っ」

もう無理です……と言外に訴えれば、アシュトンは「すまない」と苦笑しながら彼女のこめかみに口づけた。

「あなたがあまりに可愛らしくて、ついやり過ぎてしまった」

「んんぅ……！」

アシュトンがシャーリーの足を大きく開かせて、ぐっと腰を進めてくる。

浅いところをくすぐっていた先端が入ってこようとするのに気づき、シャーリーは眉間に皺を寄せた。

だが度重なる絶頂で柔らかくとろけた身体は、太く熱いそれを欲してひくひく震えるばかりだ。シャーリーは待ちきれないとばかりに腰を突き上げてしまう。

ぐっと傘の部分がわずかに沈んだところで、アシュトンはシャーリーのくちびるに吸いつき舌をきつく吸い上げてきた。

「んんぅ――……っ！」

頭の奥にジンと響く愉悦を感じ、シャーリーはのけぞる。同時に魔力が流れ込むのに気づいて、シャーリーも自然と彼に魔力を与えていた。

「んぅっ、んあ、あぁああ――……！」

魔力の交歓のせいで身体がいっそう熱くなり、膣壁がうねる。

アシュトンの肉竿がぐっと奥まで入ってきたのは、それとほぼ同時だった。

「はぁあああぁああ――ッ……!!」

シャーリーは思わず悲鳴を上げる。

痛みではない、信じられないような気持ちよさが腰をかぁっと熱くさせてきたせいだ。

肉塊が奥まで入ってきた瞬間、頭の芯まで貫くほどの快感が全身に走って、彼女は目を見開いたままびくびくっと全身を引き攣らせてしまう。

「あ、あぁ……っ、ああ……!」

思いがけず訪れた絶頂に頭が真っ白になる。くちびるから勝手に声が漏れて、喉がひくひくと震えた。

あんなに太いものを身体に受け入れるのは痛いだろうと思っていたのに、直前に行った魔力の交歓のおかげで、痛いどころか恐ろしいほどの愉悦を得てしまった。

そのためなかなか息が整わず、アシュトンにしがみついたまま大きく胸を上下させてしまう。

「はっ、はぁ、はぁ……っ」

「大丈夫か?」

シャーリーはこくりとうなずく。落ち着いてくるとこうして息をしているだけで、身体の中にアシュトンの脈動を感じることにどきどきしてきた。

「アシュトン様、熱いです……」

思わず素直な感想を述べると、彼はくつくつと肩を揺らして笑い出す。

ぎゅっと抱きしめられているからか、あるいは彼の一部を迎えているからか、その振動を感じるだけでシャーリーの腰奥は熱くなった。

「そんなに締めつけてくれるな、シャーリー。すぐにでも動きたくなってしまう」

「んっ……動いて……」

シャーリーは思わず言ってしまう。

痛むどころかつながったところからじりじりとあぶられるような快感が湧いて、じっとしているのがつらいのだ。

アシュトンも似た状態だったのだろう。「それなら」とつぶやき大きく腰を引いた。

「あ、あぁ……っ」

反り返った肉竿が自分の中で動いている……その感覚に最初こそ驚いたが、アシュトンがゆっくり腰を入れまた引いて、と繰り返すうち違和感は徐々になくなった。

逆にもどかしい快感ばかりが募っていき、シャーリーはつい腰を突き出して抜けていこうとする彼を追いかけてしまう。アシュトンが小さく笑って、いきなり肉棒を最奥にずんっと突き入れてきた。

「あぁあん！」

その衝撃と頭まで突き抜ける快感のすごさに、シャーリーはびくんっと全身を跳ね上げる。

その後は続けざまに奥をずんずん突かれて、身体ごと激しく揺さぶられた。

「はぁ、あ、あぁ、あぁ、あぁ、ああっ……！」

指でいじられるのとは違う身体の深いところにじかに響く快感に、シャーリーは身体をこきざみに震わせながら感じ入ってしまう。

アシュトンが奥を突くたびに身体中にぶわりと熱さが広がって、飢えに似た衝動が込み上げてくる。

逆に彼が抜けていこうとするときには腰奥にぞっとするほどの震えが走って、つい行かないでと膣壁が彼を締めつけるのだ。

アシュトン自身それが心地よいらしく「ああ……いいな……」と熱に浮かされた様子でつぶやいている。

「あ、アシュトンさま……んんっ……！」

思わずその名を呼ぶと、アシュトンがくちびるをふさいでくる。

くちびるを重ねたまま揺さぶられるとあえぎ声の行き場がなくなり、さらなる熱さが身体の内にこもっていって、どうしようもなく深く激しく感じてしまった。

「んっ、んぅ、ふ、うぅ――っ……！」

頭の中が沸きたつほどの気持ちよさに、シャーリーはたまらずうめき声を漏らす。アシュトンもせわしない呼吸の合間に小さくうめいて、いっそう腰を激しく打ちつけてきた。

「ああ……なんて締めつけだ。シャーリー、わたしを食い殺す気か……？」

もちろんシャーリーにそんなつもりはない。だが答える余裕もなくて、シャーリーは激しくあえぎながら首を弱々しく横に振る。

ふっくらしたくちびるからかすかに舌をのぞかせ、甘い声を上げるシャーリーを見下ろしながら、アシュトンがにやりと口角を吊り上げた。

「あなたのそんな顔を見ていると……わたしもどんどん熱くなる……うっ、お……！」

アシュトンの声にも余裕がなくなってくる。彼もまた上り詰めようとしているのだとわかって、シャーリーもいっそう身体が高ぶっていくのを感じた。

「あ、あぁ、アシュトンさま……っ、あぁあ、いい……っ」

思わず本音を漏らすと、アシュトンも「わたしもだ」とつぶやきシャーリーの髪を掻き上げるようになでてきた。

「もう……出すぞ、シャーリー……あなたの中に……っ」

せっぱ詰まった声でささやかれて、シャーリーはこくこくとうなずいた。

「は、あぁ、きて……ください……っ、んあぁああ……！」

ぐじゅぐじゅと激しい水音が、ふたりがつながったところから立ち上る。アシュトンが腰を引くたび掻き出された蜜が、ふたりの下生えだけでなく敷布までじっとり濡らしていた。

アシュトンが再びくちびるを重ねてきて、互いの舌が狂おしくからまり合う。

上でも下でも密につながって、ふたりはとうとう同時に絶頂を迎えた。

「んぅっ、うっ、……んあぁあああアあ……――ッ‼」

「ぐぅっ……」

シャーリーの喜悦の声に、アシュトンのくるしげなうめきが重なる。

絶頂によりきつくしまった膣壁の中でアシュトンの雄もぐっとかさを増し、たっぷりの精をどくどくと最奥に注ぎ込んできた。

「あぁあああ……！」

いつも疼くお腹の奥に、じんわりと熱い精が染み入っていく。多幸感に満ちた絶頂に包まれて、シャーリーは気持ちよさのあまりほろほろと涙をこぼした。

アシュトンもシャーリーの身体をきつく抱きすくめる。

「まだ、出るぞ……っ、しっかり受け取れ……」

その言葉の通り、アシュトンの吐精は長く続いた。

それに彼が募らせてきた欲望の大きさを感じ取って、シャーリーは喜びとこそばゆさにふるりと震えてしまう。

蜜壺の中で彼の肉棒がびくびくっと震えるのを感じるだけで、胸に込み上げてくるものがあるほどだ。

やがてアシュトンも身体を弛緩させて、シャーリーの上にのしかかってきた。心地よい重みにシャーリーはほぅっとため息をつく。

どくどくと騒がしい心臓の鼓動をなだめるように、ふたりは自然と互いの身体に手を伸ばす。背や肩をいたわるようになでながら、ちゅ、ちゅっと軽い口づけを交わしていた。

「シャーリー……とてもよかった。あまりに心地よすぎて、生きながら楽園にきたのかと思ったよ」

シャーリーは小さくほほ笑み「わたしもです……」と、彼の首筋にぎゅっと抱きついた。

「身体はつらくないか？」

「はい……アシュトン様は……？」

「つらくはないが、一度ではわたしのこれは収まりがつきそうにない」

これ、と言いながらアシュトンが自身の肉棒をわざとぴくぴくと動かしてくる。蜜壺でそれを感じたシャーリーはもぞりと腰を揺らめかせた。

「あんっ……」

「あなたの中がよすぎるのがいけない……責任を取って、もう一度付き合いたまえ」

わざと尊大に命じられて、シャーリーは思わず笑ってしまった。

「はい、陛下。わたしもしたいです……」

「可愛いことを言ってくれる」

アシュトンもにやりとほほ笑み、再びシャーリーのくちびるに吸いついてきた。

そのまま腰を動かされて、とろとろにとろけた身体に再び官能の火が灯る。

それはあっという間にふたりの身体を熱くして、むつみ合いのような口づけはすぐに互いの吐息を奪い合う激しいものへと変わっていった。

「シャーリー……愛している。こんなにもあなたが愛おしい」

アシュトンの愛の言葉が、抽送とともに身体中に沁みていく。

愛と快感を同時に身体に刻み込まれて、シャーリーはいっそう激しくあえぎながらも多幸感に酔いしれていったのだった。

＊　　＊

「あなたとの結婚を議会に伝えようと考えている。承認されるまで時間はかかるだろうが、そうすることで百合の間に滞在している女性がわたしの思い人であり、わたしが王妃として望んでいる女性だと皆の知るところになるからな」

思いが通じ合った翌日。国王の食事室で一緒に朝食を取りながらアシュトンが笑顔で切り出した。

これまでシャーリーの存在は秘匿されてきた。

だがラフィオル公爵親子が『百合の間に国王の愛人が滞在している』ことや、『その女性が亡き先代のファンドン公爵夫妻の娘』であることを吹聴したせいで、隠すよりも堂々と公表したほうがいいという状態になったのだ。

「これまではどうして、わたしの存在が秘密にされてきたのですか？」

愛人だの恋人だの将来の王妃候補だのと言わなくても、国王との魔力の交歓で滞在していると発表しておけばよかった気がするが……。

「あなたの叔父夫婦が『姪を帰せ！』とここに乗り込んでくるのを阻止したかったからさ。あなたは彼らに虐待を受けていただろう？」

「虐待と言うほどのことでは……」

「面倒を見るべき兄夫婦の忘れ形見をメイドに落とし働かせていたというのは、立派な虐待行為だよ」

アシュトンは厳しい面持ちできっぱり言い切った。

「なので公爵家にはあなたをこちらに滞在させると決めてすぐ、使者を立てて『王城で女官として働かせることにした』と言っておいた。奴らは当然面食らったし承認するのをかなりしぶったが、金を渡したら目の色を変えて飛びついてきた。おまけに『行儀見習いという名目で数年間だけなら』とずうずうしくも言ってきたよ。本当に見下げ果てた奴らだ」

アシュトンが眉間に皺を寄せてふぅっとため息をつく。

シャーリーも胸が痛かったが、一方であの叔父夫婦ならやりそうなことだわと冷静に考えてしまった。

「でもどうして『数年間だけ』なのかしら……」

「いずれはあなたをどこかに嫁がせようと考えていたのだろう。どこまでも自分本位な考え方で反吐が出るが。――とはいえ、そのあなたが王妃になるとわかったらこれまでの態度を一変させて、急に下手に出てくるのだろうなぁ」

　そのときのことを想像したのか、アシュトンはやれやれと言いたげに肩をすくめていた。

「とにかく、あなたの叔父夫婦に関してはわたしが対応するから、心配しなくていい。今はあなたをわたしの愛人と噂する不届き者を一掃するほうが先だ」

「でも、議会はわたしを王妃として承認してくださるでしょうか？」

　政治や法律における最終的な決定権を握るのは国王だ。したがって議会がいくら反対しても、アシュトンの鶴の一声でシャーリーを王妃に迎えることはもちろんできる。

　だが実際にそうなったらシャーリーはもちろん、アシュトンへもそれなりの非難が集まるだろう。国王がすべての物事を独断で進めるのなら、なんのための議会だと言われかねないからだ。

　だがアシュトンは「心配ない」とあっさり答えた。

「あなたは名門ファンドン公爵家の娘だ。両親は故人だが、バートもマリアも人望厚い清廉な人々だった。議席を持つ貴族にもふたりを覚えている者は多い。議員たちもすぐに納得するだろう」

　両親が亡くなって五年経つが、アシュトンのように両親を覚えていてくれるひとがいる――シャーリーにとってはそのことがなにより嬉しく、励まされることだった。

「議会の承認を得られたらすぐに結婚式の準備をはじめるつもりだ。しかしどんなに急いでも挙式まで半年はかかるだろう。それまであなたの生活は基本的に変わらない。勉強量が少々増えるくらいだな」

「はい、がんばります」

「いい心がけだ。だが無理はするなよ。――それと、早いうちにギアナから護身術を習っておきなさい。自分の身を自分で守れる力はつけておいたほうがいいからな」

「わかりました」

シャーリーは背筋を伸ばしてしっかりうなずく。

頼もしい様子に、アシュトンが満足げにほほ笑んだ。

「これからは朝食も一緒に取ろう。できれば夕食もな」

「それは嬉しいですが……お仕事が大変なときに無理はなさらないでくださいね」

アシュトンの一日はただでさえ多忙だ。その上シャーリーと過ごす時間を捻出するために、国王の務めを詰め込んでほしくはない。

今度はアシュトンがしっかりうなずいた。

「無論そのつもりだ。だが……そこは素直に喜んでくれてもいいのだぞ、恋人殿？」

「えっ。ご、ごめんなさい、陛下」

「ははは、冗談だ。あなたのその健気なところがまたいじらしくて、可愛いのは間違いないがな」

シャーリーを見つめるアシュトンの瞳が愛おしげに細くなる。見つめられるだけで身体が熱くなるほどの視線に、シャーリーは真っ赤になった。

だが恥ずかしさ以上に幸せを感じる。彼の気持ちに応えたくて、シャーリーもおずおずとほほ笑みを返すのだった。


それからの日々はあわただしくも楽しく過ぎた。

アシュトンは言葉通り議会にシャーリーのことを伝え、彼女を王妃に迎えるための審議がはじまった。

だが議員のほとんどは、由緒あるファンドン公爵家の生まれで人望厚かったバートとマリアの一人娘ということで、シャーリーを好意的に受け入れてくれたようだ。

審議の結果が出る前だというのに、王宮の人々はすでにシャーリーを王妃のように扱っている。

呼び方こそ『シャーリー様』『お嬢様』のままだが、廊下を歩いて行けば自然と道を譲られるし、すれ違う貴族や役人、衛兵からも礼を受けることが多くなった。

「まだ王妃と決まったわけではないのに、なんだか恐れ多いわ」

「よろしいではありませんか。どのみち、シャーリー様は我が国に五つしかない公爵家の姫君なのですよ？　それに見合う魔力、知性、美しさをお持ちなのですから、敬われて当然の存在だと思います」

「も、持ち上げすぎです、ギアナ様。恥ずかしいわ……」

魔力はとにかくそれ以外は言い過ぎよと赤くなるシャーリーに対し、ギアナは「本当のことを言っているまでですわ」とほほ笑んだ。

「さ、おしゃべりはおしまいにして。また今日も護身術の訓練に励みましょうか」

「はい、よろしくお願いいたします」

シャーリーはぺこりと頭を下げて、ギアナとともに庭へ出る。陽光が差し込む庭で少し距離を取って向き合うと、ギアナがさっそく魔法具をかざした。

「今からそちらに火の玉や水鉄砲を放ちます。シャーリー様は魔力を手のひらにためて、攻撃をたたき落とすイメージで無効にしてください」

いざ、とギアナが円形の魔法具を振るうと、こぶし大の炎の塊がボボボボッと音を立てながら迫ってくる。一気にみっつほどやってきたそれを、シャーリーは手のひらに水の膜を張ることでたたき落とした。

次にやってきた水鉄砲も、手のひらに岩を作るイメージで同じようにたたき落とす。

その後は魔法の縄で縛られたときの抜け出し方や、相手が不用意にふれてきたとき、雷のような衝撃を与えることでその手を弾き飛ばす訓練を受けた。

「ご、護身術を習うのはまだ三回目ですけど……けっこう大変なんですね……」

続けざまに魔法を使ったせいか、訓練が終わる頃にはシャーリーは全力疾走したあとのようにぜいぜいと肩で息をしていた。

「本当はもう少し突っ込んだ訓練もしたいのですけどね。高いところから落ちた際、地面に激突する寸前に身体を浮かせる魔法とか、両手両足を拘束されたまま池に落とされたときに助かるための魔法とか」

——考えただけでも気が滅入ってしまうが、この国で騎士を名乗る者たちは皆この訓練を終えていると聞いて目が回る思いだった。

「シャーリー様はもともとの魔力が豊富ですから、同じ状況になってもなんとかなると思います。でもだいたいの人間は両手足を拘束されて池に落とされたら、無事に這い上がれても魔力はからっぽになっているでしょうからね。そのあとのことも考えて訓練を行ったりするのですよ」

「……わたし、騎士の家系に生まれなくてよかったと少し思ってしまったわ」

「みんな思いますから大丈夫ですよ」

ギアナはにっこりと言いきった。

「では今日の授業はここまでにしましょう。少し雲行きもあやしくなってきましたし」

「あら、本当。風も出てきたわね」

訓練に集中していたから気づかなかったが、西の空から真っ黒な雲が迫っている。いつの間にか風も強くなっていた。

急いで自室に戻り、昼食を取ってから厨房へ向かう。

「——お嬢様、お待ちしておりました！」

「今日はプディングをお作りになるのですよね。材料と道具をそろえておきましたので！」

以前から親切だった厨房の人々は、シャーリーが王妃になるかもしれないと聞いていの一番に喜んでくれた。

『シャーリーお嬢様のような優しい方が王妃様におなりになったら、今以上に王宮は仕事しやすい環境になるに違いない！』

というのが彼らの考えらしい。

王宮の奥向きのことを仕切るのは王妃の役割なので、彼らが自分に寄せてくれる期待にはなるべく応えられるようにしたい。

喜んでもらえて嬉しいと思うのと同時に、シャーリーはそんな決意を抱いていた。

「準備してくださってありがとう。今日も皆さんのぶんも作るわ。卵を掻き混ぜるのを手伝ってもらっていいかしら？」

「もちろんです！」

それからは楽しいお菓子作りが一時間ほど続く。

無事にプディングが固まった頃に国王の休憩時間がやってきて、シャーリーは手ずから紅茶と菓子の支度をワゴンに調えた。

「残りは皆さんで召し上がってね」

「はい、いつもありがとうございます！」

笑顔の見送りを受けて、シャーリーはほくほくした気持ちで国王の執務室へ向かった。

衛兵たちともすっかり顔見知りだ。「今日もお疲れ様です」と声をかけると、にっこりほほ笑んで礼をしてくれる。

執務室の一番奥まで進んだシャーリーは、みずから扉をノックした。

「シャーリーです。お茶をお持ちいたしました」

「ああ、入ってくれ」

アシュトンの声が聞こえる。ほどなく向こう側からクリスが扉を開けてくれた。

いつもはふたりとも笑顔で歓迎してくれるが、今日はどことなくこわばった面持ちだ。

なにかあったのだろうかと首をひねっていると、さっそくアシュトンが口を開いた。

「魔法具省の気象予報班が、今回の嵐はかなり大きいということを報せてきた。嵐になる予報自体は五日前には聞いていたが、想像以上の規模らしくてな……。すでに山沿いは大雨になっていて、土砂崩れの危険もあるそうだ」

「それは大変ですね」

土砂崩れとは穏やかではない。アシュトンも難しい顔で「うむ」とうなっている。

「あのあたりはロンソン川の上流だ。ロンソン川は我が国の主要河川のひとつだが、何度も氾濫をくり返してきた。そのため十五年前から堤防を作りはじめ、今ようやく完成間近というところだったのだ」

シャーリーは頭の中に王国の地図を思い浮かべる。

王国の西の山脈から流れるその川は、とにかく流域が広いことで有名だ。特に王都より西に広がる地域はロンソン川の恩恵で大きく発展してきた。

ただその川は王都のふたつ先の街で大きく曲がっていた。百年前、隣国へつながる街道を作るために本来の流れを曲げる工事を行ったのだ。

普段は多くの商人が行き交う活気あるところなのだが、ここ三十年ほどは大規模な嵐がくるたびに、人工的に曲げたところから川の水があふれてしまうという事態が起きるようになっていた。

それを防ぐための堤防工事は、十五年前から行われている。

そのあいだにも何度か嵐が襲い、作りかけの堤防ごと流されそうになったときもあったそうだ。そのたびに国王の指揮の下、貴族たちがあふれ出そうとする水を魔法で押しとどめ氾濫を防いできたという。

「堤防の完成まではあと二ヶ月というところだった。嵐が本格化する秋には完成する公算だったが、今年は夏に嵐が多い年なのかもしれぬ。どのみち氾濫が起きる前に現地に駆けつけ、水を押しとどめないといけないのだ」

土砂崩れも心配だがそちらはその土地の領主が対応に当たるのでさほど心配はない。王都にいる人間が優先すべきは、多くの人間が住まう市街地を守ることだ。

そのため、とりあえず騎士を向かわせることにしたとアシュトンは説明した。

「川の様子を注視し、必要とあれば魔法を使って氾濫を押しとどめよと命じたところだ。堤防がしっかり働けば心配ないだろうが、想像以上の水量だった場合は騎士たちだけでは心もとない。わたしが行くことになるだろう」

「陛下が？」

　アシュトンはしっかりうなずいた。

「嵐の規模にもよるが、丸一日堤防で踏ん張ることになるかもしれん。――ふ、大丈夫だ。これまでも川の流れを押しとどめたことは何度かある。わたしが出るときは追加の騎士も魔法具省の者も引きつれて行くつもりだ。心配はない」

「わたしもご一緒できませんか？　わたしの魔力が陛下の助けになるのなら……」

「ありがたい申し出だが、いくら魔力を持っていても、嵐の中で踏ん張り続けるには基礎的な体力が不可欠だ。年若い令嬢には荷が重い」

　きっぱり断られ、シャーリーは肩を落とす。

　そんな彼女を元気づけるように、アシュトンは「あなたには別にやることがある」と言った。

「自然災害相手に魔力を酷使するからには、きっと帰ってくる頃にはわたしはふらふらになっていることだろう。あなたの顔を見たらすぐにでも魔力を分けてくれと言い出すはずだ。そのときのために、今のうちに体力も魔力も温存しておいてほしい」

　そう言われては食い下がるわけにもいかない。シャーリーは渋々うなずいた。

「そんなわけで、このあとの時間は少々忙しい。あなたとゆっくりお茶を楽しみたいが、今日は無理だ。すまないな」

「いいえ。でも、あの……今日もお菓子には元気になれるように魔法をかけました。お仕事の合間にぜひつまんでください。力が出るはずです」

「それはありがたいな」

アシュトンはにっこりほほ笑んだ。

だがプディングを口にする前に、執務室には立て続けに役人や騎士が入ってきた。シャーリーはアシュトンへの挨拶もそこそこ、ワゴンを押して外に出る。

あわただしくなるのと比例して、窓の外の雲行きもずいぶんあやしくなってきた。まだ日がある時間なのに厚く立ちこめる雲のせいで廊下も薄暗い。

女官たちが明かりという明かりをつけ鎧戸を閉めて回るのを見つめながら、シャーリーも漠然とした不安にさいなまれるのだった。

雨はとうとう夕方前に降り出した。風も強くなってきて、日が暮れる頃には叩きつけるような暴風雨となってしまう。

雨に備えるために食事の時間が早まり、シャーリーもいつもより二時間早く夕食と入浴を終えた。

そうして明日の授業の予習をしていたとき、アシュトンがあわただしく百合の間を訪れた。

「緊急事態だ。堤防が一部決壊しそうだと連絡があった」

アシュトンは真剣な面持ちで端的に事情を説明する。

完成間近の堤防が決壊しそうだなんて……よほど河川の流れがひどいことになっているのだろうか？

「子細はわからないが、雨脚も強くなる一方だからな。わたしも出る。あなたはここに残ってもらうが、万が一の場合、あなたの力を借りることになるやもしれない。その心構えをしておいてくれ」

「わたしでお役に立てるなら、いつでもおそばにまいります」

心から答えると、アシュトンは愛しげにほほ笑み彼女の額に口づけた。

「頼もしい答えだ。だがこんなひどい嵐の中にあなたを連れ出すのは本意ではないから、なるべく騎士たちと踏ん張ることにしよう。――では行ってくる」

時間が惜しいのだろう。別れもそこそこ、アシュトンはすぐにきびすを返し出て行ってしまった。

「お気をつけて、どうか……ご無事で」

シャーリーは廊下まで彼を追いかけ、遠ざかる背に声をかける。

アシュトンは片手を上げてそれに応え、小走りに去って行った。

そんな状態だったため眠気は当然やってこない。シャーリーはいつでも出かけられる格好に着替えて国王の執務室に入った。

いつもはアシュトンが陣取っているその場には宰相をはじめとする重鎮が集まり、多くの人々が出たり入ったりとあわただしく動いていた。

連絡用の魔法の鳩もしょっちゅう行き交っている。壁を抜けてやってくる彼らは、どこの地域で土砂崩れが起きただの、どこの川があふれただのと声高に叫び、ふっと消えてしまった。

宰相たちも同じように魔法の鳩を作り、壁の向こうへ飛ばしていく。

やがてアシュトンからも連絡があった。ロンソン川の堤防は壊れた部分を応急処置したため、とりあえず氾濫の危機はなくなったということだった。

「しかし、あの堤防が壊れるとは……。あの堤防は作業行程をひとつ終えるごとに陛下が足を運んで、補強のための魔法をかけてくださったというのに。それが一部とは言え壊れるとは……自然の力はひとの魔力よりも大きかったということなのか……？」

危機を逃れたとのことで執務室には安堵が広がっていたが、老齢の宰相は難しい顔でつぶやき考え込んでしまう。

その言葉が引っかかったシャーリーだが、また新たな鳩が壁をすり抜けやってきたのでそちらに目を向けた。

『緊急伝令！　国王陛下、魔力の消耗により衰弱状態！　魔力の交歓のためファンドン公爵令嬢の派遣を要請する！』

シャーリーは思わず息を呑む。執務室にいた全員の目がシャーリーに向けられた。

「なんと。あの陛下が衰弱するほどの魔力が応急処置に必要だったのか⁉」

「相手は自然災害だけに、陛下といえども魔力を多く消耗せずにはいられなかったのか……」

「だがこの嵐の中、ご婦人を向かわせるのは……！」

全員がうろたえる中、シャーリーはすばやく立ち上がった。

「すぐに陛下のもとへ向かいます！　魔力の交歓を行えば、陛下は動けるようになるはずですから」

「お待ちください、姫君！　単身で行かせることはできません――」

そのときまた魔法の鳩が壁をすり抜け入ってくる。

『ファンドン公爵令嬢をお連れするための馬車の用意が完了！　正面門へこられたし！』

「なに？　いったい誰がそのようなこと……」

宰相が困惑した声を上げるが、アシュトンの様子が気がかりなシャーリーはすでに部屋を飛び出した。

宰相が「衛兵！　姫君の護衛を！」と指示を飛ばす。

ふたりの衛兵があわててついてくるのを感じながら、シャーリーは王城の正面まで夢中で走った。

鳩が伝えたとおり馬車はすでに待っていた。御者がシャーリーの姿を見て「お急ぎください！」と声を張り上げる。

衛兵たちはシャーリーとともに馬車に乗り込もうとしたが、御者がそれを制した。

「姫君を迅速にお連れしろとの命令です。乗車する人間が多くなるとそのぶん速度が落ちますので、姫君だけお連れします！」

「あなたたち、ここまでで大丈夫です。お城に戻ってください」

衛兵たちはしぶしぶうなずき、馬車の扉を外から閉めてくれた。

御者がすぐに鞭を振るい、馬車は滑るように走り出す。

横殴りの雨の中だが、おそらく馬車全体に防御の魔法がかかっているのだろう。嵐の中とは思えぬ速度で、馬車は暗闇の中を疾走しはじめた。

（アシュトン様、どうか無事でいて……！）

魔力の交歓を怠ったために倒れてしまったときの彼を思い出すと、いてもたってもいられない気持ちに駆られてしまう。

両手をしっかり組んで、シャーリーは必死に神に祈った。

しかし……。

「……？　あの、ロンソン川の堤防は、本当にこの道であっているの？」

ふと顔を上げたシャーリーは、馬車が森のほうを走っていることに気づき仰天する。

ロンソン川の堤防まではふたつ街を通るが、そのあいだには畑が広がっていてこのような木が生い茂る場所はなかったはずだ。

だが御者は無言で馬車を走らせる。雨風で聞こえないのかと思って、二度三度と声を張り上げ訴えるが答えはなかった。

シャーリーは急に恐ろしくなって、御者台をのぞくための小窓を開けようとする。だがどうしたことだろう。まるで目張りされているようにびくともしない。

ならばと思って扉を開けようとするが、こちらも鍵がかかっているようで開かなかった。

　開いたところでこの速度の馬車から降りるのは危険だ。大怪我を負ってしまう。

『本当はもう少し突っ込んだ訓練もしたいのですけどね。高いところから落ちた際、地面に激突する寸前に身体を浮かせる魔法とか、両手両足を拘束されたまま池に落とされたときに助かるための魔法とか』

昼間にギアナから聞いた言葉がふと思い出されて、シャーリーはがっくりと肩を落とした。

聞いたときは『そんなことまでしないといけないなんて……』と思ったが、いざこういう事態におちいると、ちゃんと習っておけばよかったという後悔ばかりが湧いてくる。

（攻撃されたら抵抗することはできる。縄抜けの方法もギアナ様から教わったわ。でも、走っている馬車から飛び降りるのは……）

ぶっつけ本番で行うにはあまりに危険な行為だ。シャーリーは頭を働かせ、とりあえず座席に座り直した。

無理に飛び降りるよりこの馬車がどこかに到着した瞬間、すぐに逃げ出したほうが助かる確率が高いと判断したのだ。

（ただ、この馬車がどこに向かっているかがわからない……）

左右どちらも森だけに、向かっている方角すらわからないのだ。わかったところで、今は夜でおまけに嵐だ。夜が明けるか雨がやむまで動くに動けないだろう。

（むやみに飛び出すのではなかったわ。宰相様が異変に気づいて手を打ってくださっていればいいけれど……）

とにかく今は身を守ることを最優先に考えるのだ。自分が倒れてはアシュトンも倒れたままになってしまう。

――アシュトンが倒れたという報せも、今となっては本物かどうかあやしいけれど……。


そうして緊張しながら座っていると、やがて馬車の速度が緩やかになる。

シャーリーはいつでも飛び出せるように身構えるが、相手のほうが一枚も二枚も上手だった。馬車の扉を開けるなり拘束の魔法を使ってくる。ついでに魔法の布で目隠しと猿ぐつわまでされてしまった。

「こい」

短い言葉で命じられる。その言葉にも魔法が含まれていたのだろう。足が勝手に動いて馬車から降ろされた。

シャーリーは必死に抵抗し、なんとか足が勝手に動くのに対抗しようとする。

だがそれを見た相手は面倒くさそうに舌打ちして、シャーリーの身体をひょいっと肩に担いでしまった。

小麦袋のように運ばれて、シャーリーはその不安定さと乱暴さに恐怖を募らせる。

落ち着いて、落ち着いて、と自分に言い聞かせるも、目も見えない声も出せない恐怖はどうしようもない。雨風が容赦なく叩きつけるのもあり、泣くのをこらえるので精一杯だ。

どこか屋内に入り長椅子のようなものに放り出されたときには、全身がこまかく震えている状態だった。

そのうち目隠しと猿ぐつわが外される。「くれぐれも逃げようなどと考えぬように」と正面から声をかけられ、彼女はびくっと顔を上げた。

そこにいたのはふたりの男だ。

シャーリーと向き合うように、ひとりがけの椅子に腰かけるのはラフィオル公爵。そしてその背後には、公爵の息子ジョージが少し緊張した面持ちで立っていた。

「あなたがたが……⁉　どうして⁉」

シャーリーは思わず声を上げる。

親子そろってアシュトンから謹慎を言いつけられていたのではなかったのか？

……ということは、ここはラフィオル公爵家のお屋敷……？

（どうしてこんなところに連れてこられたの……⁉）

わけがわからない。一番考えられる理由と言えば、謹慎を命じてきたアシュトンに対する意趣返し、というところだが……。

（それだけでわたしを連れ去ろうと思うものなの……？）

あまりに子供じみていると思うが……。

しかしラフィオル公爵は誘拐の首謀者とは思えぬ気弱そうな面持ちで、深く頭を下げてきた。

「手荒なまねをして、攫うようにお連れすることになり大変申し訳ない。こうでもしないと、あなたを陛下の手から救い出すことはできないと判断したのだ」

「救い出す？　なにをおっしゃっているの……拘束までして」

シャーリーは身体に巻きつく見えない縄を魔法で断ち切った。鮮やかな魔法に公爵もジョージも少し驚いた様子で目を瞠る。

シャーリーは椅子に浅く腰かけ直して、いつでも逃げ出せる体勢を取った。

「今現在、救いを求めていらっしゃるのは陛下のほうですわ。わたしは消耗して動けなくなった陛下と魔力の交歓を行うために城を発ったのですが」

「存じております。陛下はすぐには動けぬでしょうな。だからこそ、あなたをこのタイミングでお救いしようと考えたのです」

ラフィオル公爵はあわれみのこもった目を向けてきた。

「姫君、あなたは陛下に騙《だま》されている。魔力の相性がよいというだけの理由で、不当に王城へ留め置かれているのです。きっと陛下のそばにいなければいけないという暗示の魔法でもかけられているのでしょう。そうでなければあなたのような可憐な令嬢が、あのような狡猾な男のもとに好きこのんでいるとは思えません」

「なにをおっしゃっているのかわかりません。わたしは陛下を助けにいかなければならないのです」

「ああ、気の毒に。そのように洗脳されているのですね。陛下が過去にしたことを考えれば、致し方ないことですが……」

ラフィオル公爵はなにを言っているのだろう？　洗脳？　アシュトンを助けに行かねばと思うこの気持ちが？　馬鹿げている。

一方で、アシュトンが過去にしたことという言い方に引っかかりを覚えた。

眉をひそめるシャーリーに気づき、ラフィオル公爵はおもむろに口を開く。

「アシュトン陛下は、あなたのご両親を亡き者にした張本人なのですよ。ふたりを疎んじていた弟夫婦――あなたにとっては叔父夫婦か。彼らの兄に対する恨みつらみを利用して、舞踏会からの帰りの馬車に車軸が折れるよう魔法をかけろと命じたのですよ。当日は馬にも幻覚剤を含ませるよう指示して」

「……うそっ‼」

シャーリーは思わず椅子をがたんと鳴らして立ち上がる。

アシュトンが、シャーリーの両親を殺すよう叔父夫婦に命じていた……⁉

「そんなこと、あるはずがないわ……！　アシュトン様はわたしの両親を人望厚い人物だったとおっしゃってくださいました。ご自身が手にかけた相手をそのように言うことなんて……」

「曲がりなりにも国王という地位にあるお方です。その手の口八丁手八丁などお手のもの。あなたを愛するフリをなさっているのだって、あなたを自分に惚れさせることで、過去の殺人の命令をあなたに悟らせないための策ですよ。事実、あなたは陛下を愛し、陛下が自分の両親を殺すように言ったなど信じられないと主張している。あなたをそのようにすることこそ、陛下の狙いだったのですよ」

「……っ」

ではアシュトンは保身のためにシャーリーを自分に惚れさせたというのか？

シャーリーがアシュトンを愛しているこの気持ちも、知らず知らずのうちに彼から魔法をかけられた結果だというのか……？

「そんなの……っ」

信じられない。信じたくない。

（……いいえ、むしろ、信じるに値しないわ）

しっかりしなさい、とシャーリーは自分自身に言い聞かせる。

なにせ目の前の公爵は自分を誘拐したのだ。誘拐犯の言葉に耳を貸すほうがどうかしている！

「わたしはそんなことは信じません。そのお話が真実だとしても、わたしに対しもっと穏便に伝える方法はいくらでもあったはずです」

「わたしもできればそうしたかった。だが王城の守りは堅く、今回のような非常時でもなければ鳩を飛ばすことすらできなかったのですよ。あなたは陛下にしっかり囲われていた。干渉しようと魔法を使えばすべて跳ね返されるくらいに。だからこそ、こうしてお連れすることしかできなかったのです」

「そうだとしてもひどいタイミングだわ。陛下が堤防を守るために現地におもむいている最中に、だまし討ちのような形で呼び出すなんて」

「そうでもしなければ、とてもお話しできませんでしたからな。……どうやら姫君はわたしの言葉こそいつわりだとお考えのご様子。わたしはあなたを陛下の魔の手から救おうとしているのに……嘆かわしいことだ」

救うという言葉がこれほどうさんくさく聞こえたのははじめてのことだ。警戒を解かないシャーリーに対し、ラフィオル公爵はやれやれと首を横に振った。

「わたしは本当に案じているのですよ。自分たちを殺すよう指示した首謀者に一人娘が囚われていると知れば、バートとマリアの魂も浮かばれぬであろうと」

「……そもそも、なぜアシュトン様がわたしの両親を手にかける必要があるのですか？」

それこそ疑問である。まったく動機がわからない。

アシュトンは両親、特に父のことをよく知っていて、名前を聞くだけで懐かしそうに目を細めていたのだ。

自分が殺害を命じた相手の名前を不意打ちで出されたら、普通は驚愕するか、少なからず恐怖に震えるのではないだろうか……？

そのとき、シャーリーははっと気がついた。

（そういえば、わたしがファンドン公爵家の娘だと知ったときのラフィオル公爵様は……）

――ひどく驚き、額に脂汗を掻いていたのではなかっただろうか？

挙動不審だったラフィオル公爵の姿を思い出した途端に、シャーリーは背筋が凍りつくような恐怖を感じ、思わずあとずさった。

「姫君、どうされた？」

「……わたしの両親を殺害するように命じたのは、アシュトン様ではなく――あなたなのではないの？　ラフィオル公爵様」

これには公爵ではなく、背後にいたジョージが大きく息を吞む。とっさに父の顔を見た彼は「父上、まさか……？」と震える声を漏らした。

しかしラフィオル公爵は「ふんっ」と鼻を鳴らす。

「なんと。どのような根拠でそんなことを……」

「わたしの顔を見た瞬間、公爵様はわたしの母の名を言い当てました。わたしの両親を知っている方でも、わたしの顔を見ただけで即座に『マリアの娘』と言い当てる方はごくわずかです。わたしと母は瞳の色が違いますから、無理もないことですが」

ラフィオル公爵がわずかに眉をひそめる。シャーリーはすかさずたたみかけた。

「ですが公爵様はすぐにわたしの母に気づいた。――自分が殺害を命じた相手の顔だから、きっと忘れるに忘れられなくて脳裏に焼きついていらしたのでしょうね。だからわたしとはじめて会ったとき、顔色を変えてうろたえていらしたのだわ……！」

そう考えると、いろいろなことのつじつまが合う。頭の中で次々と糸がつながっていく感覚に少なからず気を高ぶらせながら、シャーリーは叫んだ。

「わたしをアシュトン様のもとから救いたいなど、嘘でしょう？　本当はわたしがアシュトン様のおそばにいることで、いつ自分の罪が明らかになるのかわからずに怖かったのだわ。だからわたしに嘘を吹きこんで、アシュトン様から引き離そうとした！　わたしをここに連れてきたのも同じ理由よ！　……っ、まさか」

シャーリーははっと息を呑んだ。

「……ロンソン川の堤防が崩れたのは、公爵様があらかじめ細工をしていたから……？」

――嵐がくること自体は、すでに気象予報で知らされていた。

完成間近の堤防に被害が出れば、アシュトンみずから出向くことを見越して、あえて堤防が壊れるように魔法をかけておいたとか……？

恐ろしい想像にシャーリーは青くなって黙り込む。

だが顔色をなくしていたラフィオル公爵は、不意にくつくつ肩を上下させ、最後は喉を反らして大笑いを響かせた。

「な……、なにがおかしいのですか！」

「ふふふ……、小賢しい小娘だ。おとなしく陛下のもとを離れわたしのもとにくるなら、殺さずに生かしておこうと思ったのに。せがれの嫁に迎えることも考えていたのにな」

にやりと笑ったラフィオル公爵の残忍な笑顔にシャーリーは震え上がる。

公爵の背後でジョージも大きく息を吞み、思わずといった様子で一歩二歩と下がった。

どうやら彼は父親の暴挙を知らなかったらしい。シャーリーよりも青い顔でくちびるを震わせている。

「だが、気づいてしまったからには生かしておけない。――安心しろ。おまえの死体は堤防へ続く道に馬車ごとうち捨てるつもりだ。陛下のもとへ必死に向かっている最中、雷が落ちて馬車が大破したという筋書きにしてな」

公爵が口にした途端、大きな窓の向こうがピカッと光り、雷が落ちる轟音が響いた。

どうやら嵐は雷まで連れてきたらしい。これだけ激しい雨風の中だ。大急ぎで走る馬車が横転することも、雷が落ちて壊れることもあり得ないとは言えないだろう。

「わたしがそれに素直に応じるとでも？」

じりじりと後退しながら、シャーリーはいつ攻撃がきてもいいように両足を軽く開いて腰を少し落とす。

ラフィオル公爵は笑った。

「無理やりにでも応じてもらうまでだな」

言うやいなや、公爵は大きく腕を振るう。上から気配を感じて、シャーリーはあわてて飛びのいた。

つい先ほどまでいたところに、見えない石のようなものがずんっと降りかかる。まともに受け止めていたら押しつぶされていたことを察し、シャーリーは背筋を震わせた。

その後も公爵は、押しつぶす魔法や拘束の魔法を放ってくる。

シャーリーはそれらを必死にはねのけて、なんとか逃げようと窓のほうへにじり寄った。

「おまえも少しは手伝わぬか！」

シャーリーがなかなか捕まらないので、ラフィオル公爵は息子に向かって叫んだ。

おろおろするばかりだったジョージははっと息を呑み、加勢するため手を上げようとするが……実際に魔法を放つ前に大きく首を横に振る。

「ア、アシュトン陛下は馬鹿じゃない！　彼女が不審な死を遂げていたら、なにかあったと踏んで必ず捜査の手を伸ばしてくるはずだ！　陛下はそれだけこの娘に執心している。娘はどうにかできても、陛下の目はごまかせない……！」

首を振って叫ぶジョージに、ラフィオル公爵は「ちっ」と舌打ちを響かせる。

「腰抜けが。証拠を消す手段などいくらでもあるわ！」

「そうやって……わたしの両親も、馬車の事故に見せかけて殺したのね……！」

新たに放たれた重石《おもし》の魔法を両手を振り下ろすことではねのけて、シャーリーはぎりっと奥歯を嚙みしめた。

不意に両親を亡くしたときの悲しみや悔しさ、くるしさがよみがえって、胸が締めつけられたように痛くなる。

同時に腹の奥から怒りが湧いて、彼女は涙をにじませながら鋭いまなざしでラフィオル公爵を睨《ね》めつけた。

「どうしてわたしの両親を……！　ふたりがあなたになにをしたというの⁉」

「なにをしたかだと？　ああ、したとも。特におまえの父バートは、幼少時からわたしの邪魔ばかりしてきおった！」

公爵は大きく腕を払って、窓を覆っていたカーテンの留め具をすべてはじき飛ばす。

重たいカーテンが留め具ごと落ちてきて、シャーリーは悲鳴を上げながらうずくまった。

「わたしが細工を施したあの堤防、もとはわたしが建造の責任を負うはずだったのだ。それをバートの案のほうが現実的だと議会が決定し、先代の国王が承認したことでバートが任されることになった。あやつはいつもいつも、そうしてわたしの手柄を奪っていく！」

「ぐっ……！」

カーテンが身体にからまり身動きが取れなくなったところで、公爵が見えない石をずんっとシャーリーの頭上に落としてくる。シャーリーは必死に風を集めて石をどかそうとしたが、公爵の執念なのか石はびくとも動かない。

（このままでは潰れてしまう……っ）

「忌々しいバートめ。死んだときは清々したわ。それなのにまさか娘が生き残っているとは……！　トニーのやつ、欲に目がくらんだな。あのでくの坊め！」

不意に叔父の名前が出てきてシャーリーは耳を疑う。

だが問いただしている余裕はない。もう身体を起こしていることも難しくて、シャーリーは地面に無様に貼りつきそうになるが――。

「駄目だ、父上！　それ以上はいけない！」

ジョージが声を上げて、父親の身体をうしろから羽交締めにする。ラフィオル公爵の魔法の力がふっと消えて、シャーリーは思わずへたり込んだ。

「このっ！　放せ、どら息子が！」

「これ以上は言い逃れもできなくなります！　早まった真似は……！」

「放せと言っている‼」

ラフィオル公爵は、今度は息子に向けて衝撃の魔法を放つ。

見えない衝撃を全身で受けたジョージは、壁に打ちつけられてずるずると床に倒れ込んでしまった。どうやら気絶したらしい。

息子相手にも容赦ないラフィオル公爵のやりように、シャーリーは衝撃以上に怒りを覚える。

こんな冷酷な人間によって両親は葬られたのだと思うと、許せないという気持ちが炎のように燃え上がった。

「手間をかけおって、この小娘――！」

公爵が息子に放ったのと同じ衝撃波を打ってくる。シャーリーはそれを片手で振り払い、怒りそのままもう一方の手から炎を放った。

「うっ――」

ラフィオル公爵の顔にはじめて恐怖の色が浮かぶ。

空気の膜を張るようにして炎から身を守っているがその勢いには勝てないようで、じりじりと後退していった。

炎はあちこちに飛び散り、カーテンや家具に燃え広がってどんどん大きくなっていく。

シャーリーはかまわず、ごうごうと燃える火炎を公爵めがけて叩きつけた。

「くっ……この、小娘……！　やめんか、屋敷を燃やすつもりか！」

「燃えてしまえばいいわ。お父様とお母様の無念を思えば……それでも足りないくらい……！」

シャーリーは涙で瞳を潤ませながらも、苦戦する公爵を鋭くにらみつける。

部屋の壁を伝って、炎が舐めるように天井まで燃やし尽くす。このままではシャーリーも無事では済まないが、彼女の頭からそんなことは抜け落ちていた。

ただ、目の前のあの男を燃やしてしまいたい。善良な両親を私怨で殺したあの男を――！

ちりちりと炎が髪を燃やしてくるのに気づいてか、うめきながら身体を起こしたジョージがたちまち悲鳴を上げた。

鬼のような形相で炎を手から噴き上げるシャーリーとそれを必死に防ぐ父親を見て、ほとんど涙目になって叫ぶ。

「ふ、ふたりともやめてくれっ。これじゃこの家は終わりだ――！」

そのときだ。外から閃光が差し込み、ピシャ――！　と空気を裂くような轟音が響き渡る。

それと同時に大きく取られた窓のガラスが粉々に砕け、雨風が一気に室内になだれ込んできた。

「きゃっ……！」

シャーリーは思わず炎を止めて自分の頭をかばう。

うずくまった彼女を、どこからかやってきたたくましい腕がしっかり抱きしめた。

「シャーリー！　無事か⁉」

シャーリーは大きく息を呑み、弾かれたように顔を上げる。

「アシュトン様……！」

彼女をしっかり抱きしめていたのは、全身ずぶ濡れになったアシュトンだった。

衰弱状態と伝えられていたが、実際の彼はぴんぴんしている。そして雨風をわざと屋内に入れて、炎をすっかり鎮火してしまった。

アシュトンに抱きしめられているシャーリーはとにかく、突然の雨風に対処できなかったラフィオル公爵親子はずぶ濡れだ。公爵に至っては魔力を使いすぎたせいか、その場に膝をつきぜいぜいと荒い呼吸を繰り返している。

指先から炎をぽっぽっと出して蠟燭の火のように周囲に漂わせてから、アシュトンは腕の一振りで壊れてしまった窓を修繕する。室内は濡れたままだがこれで雨風は吹きこまなくなった。

「アシュトン様……！　ご無事だったのですね」

問題なく魔法を使えている彼に心からほっとして、シャーリーは彼の腰にひしとしがみつく。今さらながら全身がこまかく震えてきた。

怒りのまま炎を放っているときは、全部燃えてしまえと思ったけれど……冷たい雨風のおかげで我に返ることができたらしい。

憎しみに駆られとんでもないことをしてしまったと、じわじわと後悔が湧いてきた。

「ああ。堤防の応急処置に手間取ったのは事実だが、消耗するほどではなかった。現に堤防からまっすぐここまで駆けつけることができたからな」

シャーリーをしっかり抱きしめ返して、アシュトンが頼もしくほほ笑んだ。

「どうやら魔力の交歓のためと言われ呼び出されたらしいな。宰相がすぐに報せてくれた上あなたに尾行の魔法をかけていたから、わたしもまっすぐ駆けつけることができたよ」

尾行の魔法をつけられていたとは……気が急いていたせいか、ちっとも気づかなかった。

そこで扉が開いて「陛下、ご無事ですか⁉」と騎士がなだれ込んでくる。騎士たちは室内が火事の跡のようになっていることにぎょっとしていたが、すぐにラフィオル公爵親子に近づいて捕縛の魔法をかけていた。

「王城に連行しておけ。たっぷり締め上げなければならん。——シャーリーはすまないが、わたしについてきてくれ。堤防をもう少ししっかりふさぎたいのでな。あなたの力を貸してほしい」

腰が抜けたままのシャーリーをひょいっと抱き上げて、アシュトンはすぐに嵐が吹き荒れる屋外へ出た。

玄関ではなく、先ほどまでいた部屋のほど近くに黒毛の馬が止まっていた。

魔法をかけられているのか、この嵐にも動じず濡れることもなく、のんびりと前足で地面を掻いている。アシュトンが近寄ると耳をぴくっと動かし、すぐに歩いてきた。

「わたしの愛馬だ。馬と周囲に雨風を入れない魔法をかけてある。乗りなさい」

アシュトンの外套にすっぽり包まれる形でいたシャーリーは、そこから出てすぐに馬に飛びつく。乗馬は両親が生きていた頃以来だが、身体が乗り方を覚えていてなんとかよじ登ることができた。

馬に乗ると、アシュトンが言った通り雨も風も感じなくなる。

アシュトンは先ほど屋内でしたのと同じように、蠟燭のような小さな炎をぽっぽっと周囲に灯して、それを明かり代わりに馬を走らせた。

「駆けつけるのが遅れてすまなかった。怖い思いをさせたな」

「いいえ……。アシュトン様、堤防の一部が壊れたのは、ラフィオル公爵が嵐がくる前に細工をしていたせいです」

「そうらしいな。壊れた部分にほんの少しだがあいつの魔力の気配が残っていた。鉄砲水でも起こしてわたしを濁流に呑ませるつもりかと思ったが――やつの狙いはあなただったようだな」

シャーリーはぎゅっとアシュトンの身体にしがみついた。

「ラフィオル公爵は……両親を殺害した首謀者でした。叔父の名前も出していたから、もしかしたらふたりは共謀して、わたしの両親を……！」

涙ながらに奥歯を嚙みしめたシャーリーの背を、アシュトンは大きな手でなでた。

「実は、わたしもその線で捜査を進めていた。ラフィオル公爵とあなたの父上は幼少期から、わたしの父の遊び相手兼勉強仲間として過ごしていたのだ」

王子や王女の遊び相手は家格の高い家の子供から選ばれるというから、公爵家に生まれたふたりは当然のように選ばれたのだろう。

「同じ教師をつけられ同じように学んでいたが、我が父が臣下としても友人としても重用したのは、あなたの父バートだった。ラフィオル公爵は常に次点に位置づけられており、やがてバートとは距離を置くようになったらしい」

「そんなことが……」

「ロンソン川の堤防に関しても建造に際してさまざまな意見が出て、最終的にバートとラフィオル公爵の案が残ったのだ。……採用されたのはバートの案だった。それがきっかけとなって、ラフィオル公爵は長年にわたり募りに募った不満を一気に爆発させたのだろうな」

……なんともあと味の悪い話だ。バートはただただ自分の能力を国のために活かそうと働き、アシュトンの父である先代国王もそんな彼を友人あるいは臣下として頼りにしていただけだろうに。

ラフィオル公爵はきっと、自分がそこから弾かれてしまったような疎外感を覚えていたのだろう。

それが殺人に向かうほどの憎しみを生み出してしまうなんて……。

「どんな理由があろうと殺人は許されない。とにかく、ラフィオル公爵が父やバートと折り合いが悪かったのはわたしも知っていたから、その彼が『バートの娘を助けたい』などと言うのはおかしいと思ってな……。きらっていた男の娘が国王の寵愛を受けるのが許せないといって結婚に反対してくるならわかるのだが」

確かにそうだ。

そしてアシュトンはその違和感から、ラフィオル公爵がバートとマリアの事故になんらかの関わりがあるのではないかと疑った、というわけだ。

「証拠はきれいに隠蔽されている上、事故から時間が経っているからな。あと一歩という決め手に欠けていたが、あなたを誘拐した上で自供じみたせりふを投げつけていたなら、もう完全に黒だろう。それに王族の庭であなたが奴に会ったとき、奴はあなたの帽子を払いのけるフリをして、あなたに暗示の魔法をかけていた可能性もある」

「暗示……ですか?」

「そうだ。わたしをきらい、疑うようになる暗示をな」

シャーリーは思わず息を呑む。

確かにあのあと、自分は一時の快楽や身体しか求められていないのだとひどく落ち込んで、アシュトンにひどい言葉をぶつけてしまった。

アシュトンとの関係に悩んでいたからだと思っていたが、暗示の可能性があるなんて……。

「ラフィオル公爵自身がそれを認めることはおそらくないだろうがな。とはいえ先ほどの屋敷でのやりとりなら、一緒にいたジョージを脅せば証言は得られるはずだ」

「……ジョージ様は、脅さなくても証言してくださると思います。あの方はわたしが公爵様の魔法にやられそうになったときに、身体を張って止めに入ってくださいました」

「ふん……。女好きの遊び人だが父親と違って、殺人や誘拐に手を染める度胸はないからな。わたしがあなたに執心しているのはわかっていただろうし、抵抗するよりみずから縄についたほうが被害は少ないと思ったのだろうよ」

そうかもしれない。だが本人の考えがどうであれ、あそこで止めに入ってくれたからこそシャーリーも無事で済んだ。そのことに関しては感謝したい。

「さぁ、おしゃべりはこのくらいだ。もうすぐ森を抜けるから、さらに飛ばしていくぞ」

「はい！」

シャーリーがアシュトンの胴にしっかりしがみつくと同時に、森が開けて平地に出る。

アシュトンは言葉通り馬に鞭をくれて、まだ暗い大地を疾風のごとく駆け抜けた。

雨風は未だ激しいが、王城を出てきたときに比べれば少し弱くなってきている気がする。

アシュトンの魔法のおかげで濡れないし、風にあおられないせいだと思うのだが。

それでも、堤防で踏ん張っていた騎士たちは疲労困憊の様子だ。

アシュトンが「待たせたな！」と声をかけると、全員が目を輝かせ笑顔になった。

「陛下～！　どちらへいらっしゃっていたのですか」

「それはもちろん、我が最愛の恋人を迎えに行っていたのさ。わたしひとりより彼女の魔力を借りながら行ったほうが早いからな」

シャーリーを馬から下ろしながらアシュトンが快活に笑う。

雨風にさらされながらやってきたクリスが、ほっとした顔を見せた。

「よかった、無事にシャーリー様をお連れできたのですね」

「うむ。クリスも監督ご苦労だった」

騎士たちはシャーリーを目にすると「おおっ……！」とどよめいた。

「この方がファンドン公爵家のご令嬢……！　では陛下、彼女の魔力を借りて堤防の強化を行うのですね!?」

「堤防の強化？」

シャーリーは首をかしげる。

アシュトンは「うむ」とうなずき、シャーリーを堤防のそばへ引っ張ってきた。

「見てくれ、シャーリー。ここがラフィオル公爵に壊されたところだ。周囲の土を掻き集め応急処置的にふたをしているが、この通りすぐに漏れてきてしまう」

大きくそびえ立つ堤防は石を積み上げて作り上げたものだが、アシュトンが炎で照らし出した一点だけは、確かに石が崩れて泥水が勢いよく噴きだしていた。

さらに、この堤防の向こう側の川はかなり流れが速く水量もあって、まだ土台を積んでいない少し低くなっているところからあふれる危険があるという。

「わたしだけでは、応急処置をしたところをほんの少し強化することくらいしかできない。だが――あなたが力を貸してくれるなら、あの未完成の低い部分にも高さを増してやることができるだろう」

そのためにアシュトンみずから、シャーリーを迎えにきたのだという。

もちろん彼女をラフィオル公爵の手から救出する目的もあったが、本当の要件はこちらだったということだ。

「どうか力を貸してくれ、シャーリー」

「わかりました。でも、どうすれば……」

一も二もなくうなずくシャーリーだが、肝心の方法がわからない。

アシュトンはからりと笑ってみせた。

「なに、簡単なことだ。わたしと手を繋いで、わたしにあなたの魔力を流してくれ。魔力の相性がいい者同士なら、それだけで二倍にも三倍にも大きな魔法を使うことができるようになるのだ」

シャーリーはこくりとうなずき、アシュトンの左手をしっかり握った。

アシュトンは周囲の騎士や魔法具省の人間に、自分とシャーリーに雨風がかからないよう魔法を使ってくれと命じる。言われたとおり彼らが魔法を使うと、雨風の冷たさがふっと遠ざかった。

シャーリーは目を伏せ、身体中の魔力をアシュトンの手に送り込む。

アシュトンは右手をゆったり掲げ、周囲に転がる岩や石、土砂に念を送り、魔法を行使した。

「おおおっ……！」

見守っていた人々が歓声を上げる。

彼らの前を大岩や土砂がごろごろと音を立てて進み、堤防へと集まってきた。

魔法によって集められたそれらは水があふれる隙間に入っていき、魔法によって形をぐにゃりと変えていく。そうして隙間にぴたりとはまると、そのままの形でしっかり固まった。

その上を小石と土砂が順番に覆っていき、どんどん強固な壁ができあがっていく。

（ああ、すごいわ……）

途中から目を開けその様子を見つめていたシャーリーは感心すると同時に、繋いだ手のひらからどんどん魔力が吸い取られていくことにひどく驚いていた。

そう、もはやシャーリーの魔力は、アシュトンに一方的に吸い上げられている状態だ。

アシュトンの中で増幅されたふたりぶんの魔力は、その手のひらから魔法として放たれ、あっという間に重たい石を積み上げていく。

さらに岩たちは壊されたそこだけではなく、堤防の上部のほんの一部欠けているところ――おそらくこれから工事が行われるはずだったところだろう――にも集まって行き、どんどんどんどん積み上がって壁になっていった。

時間にすればほんの五分程度……だったが、シャーリーは足下がふらふらになるほど疲れてしまって、立っているだけで精一杯だ。

アシュトンも同じだったのだろう。修繕や強化どころか、工事が残っていた部分まですっかり堤防を完成させてしまった彼は、ふぅっと溜めていた息を吐くなり座り込んでしまった。

「陛下！」

クリスがあわてて駆け寄ってくる。

アシュトンは片手を上げて大丈夫だと示し、再び堤防を見上げた。

「――うむ。上流での雨はやんでいるだろうし、もう大丈夫だろう」

水漏れがなくなった堤防を見上げ、アシュトンがほほ笑む。

その笑顔がやけにまぶしく感じられて目を細めたシャーリーは、いつの間にか東の空が明るくなっていることに気づいた。

「あ、雨……やんできている……」

魔法のおかげで気づかなかったが、いつの間にか雨はずいぶん弱くなって、ほとんどやみそうになっている。

雨雲もどこかへ引いていき、東の大地から赤々と朝日が差し込んできた。

夏のまぶしい日差しにその場にいた全員が目をすがめて、ほぅっと安堵のため息をこぼす。

「美しい夜明けだ。王国の未来を明るく照らしているようではないか」

アシュトンが消耗しているとは思えない堂々とした声音でそう告げる。

すると朝日に見入っていた人々ははっとした顔になり……一拍遅れて、わぁっと大地を揺るがすような歓声を響かせた。

「さすが、さすがは国王陛下でございます！　修繕どころか、堤防をこれほど美しく完成させてしまうとは――！」

「なに、これも彼女の力あってこそだ。讃えるならば彼女のほうを。ファンドン公爵家のシャーリー嬢に拍手を送ってくれ」

立ち上がったアシュトンが、シャーリーの肩をぽんぽん叩く。

人々はシャーリーに向け万雷の拍手を送った。。

「万歳！　国王アシュトン陛下、並びにシャーリー様、万歳！」

「我が国の救世主だ。シャーリー様がいなければ、堤防も保たなかったかもしれません！」

「我らが国王に万歳！　姫君に万歳——……!!」

弾けるような歓声が響き、誰も彼もが手に手を取ってよかったよかったとお互いを讃え合う。

シャーリーもほっとして、アシュトンの肩口にそっともたれかかった。

「よかったです、お役に立てて」

「役に立ったどころではないよ。あなたのおかげでこの国は窮地を脱した。礼を言うぞ、我が最愛の恋人よ」

アシュトンがシャーリーの目元に軽く口づけてくる。

敬意と愛情が伝わる口づけに、シャーリーもにっこりほほ笑んだ。

恋人同士がかもし出す甘い雰囲気に、クリスだけはやれやれと肩をすくめていたが、ほどなく「しかたないなぁ」と言いたげな苦笑を浮かべた。

身体中ふらふらになるほど疲れていたし、一晩で本当にいろいろあったけれど……。

昇る朝日を見ているると力が湧いてくるようで、シャーリーはしばらく、そのまぶしい光を全身で感じるのだった。

第五章　未来のはじまり

無事に危機を脱し、アシュトン一行が王城に戻ったときには、すっかり雨も上がって、まぶしいほどの日の光が王都を照らしていた。

出迎えた宰相たちは心から安心した様子で、アシュトンだけでなくシャーリーが無事だったことも喜んでくれた。

「宰相様、ありがとうございました。わたしのことを陛下に報せてくださって」

「いえいえ。陛下もまたあなた様の魔力を必要としておられましたし、結果的にすべて丸く収まってようございました」

すでに王城の地下牢に収監されたラフィオル公爵と息子ジョージは、近々取り調べがはじまるという。

ラフィオル公爵にはシャーリーの誘拐と彼女の両親を殺害した罪のほか、横領などの罪もあったらしく、取り調べは厳しいものになるとのことだった。

「息子のジョージのほうは見るからにしおれているし、単なる遊び人で罪を犯したわけではないからな。ある程度しぼったあとは公爵家に戻し家督を継がせることになるだろう」

それでも一度地下牢に入れられたのだから、今後は派手に遊び回ることはできないだろう、とアシュトンは言っていた。

「疲れただろう、シャーリー。湯を浴びたらゆっくり休むといい」

「ありがとうございます」

実際、魔力の使いすぎと夜通し動いていた疲れで、シャーリーは王城へ帰り着くまでにもうつらうつらしていた。

百合の間で今にも泣きそうな顔をしていた侍女たちと無事を喜び合い、お風呂に浸かると体力の限界を迎えてしまい、寝台に倒れ込む羽目になったのだった。

なんともせわしない嵐の翌日。

議会は各地の被害状況を集め、復興のために兵を向かわせることを話し合うと同時に、ファンドン公爵家のシャーリーをアシュトンの妃——王妃に迎えることを満場一致で承認した。

もともと容認の声は大きかったが、アシュトンとともに魔力を惜しみなく使い、堤防を修繕するどころか完璧に完成させたことが決定打となったのだ。

「この国のためにみずからの力を惜しみなく使える者こそ、王族に加わるのにふさわしい人物と言わざるを得ないでしょう」

議会のあと、大臣たちは嬉しそうにそうシャーリーに報告した。

シャーリーは喜び以上に、今後は王国のためになることを考えていこうという決意を強く感じて、彼らにしっかりうなずいてみせる。

そうしてあれよあれよという間に結婚式の話になり、さっそくそのための準備が行われた。

シャーリーも王妃にふさわしい教養を身につけるため、ますます授業に励んだ。

そうして夏の盛りが少し過ぎ去り、朝夕は涼しさを感じられるようになってきた頃。

シャーリーのもとに匿名の手紙が届けられた。

「差出人の名前がない手紙なんて気味が悪いですわ。お読みにならず燃やしてしまってもかまいませんから」

銀の盆に載せた手紙を運んできたユリアが不信感いっぱいの顔でそう助言する。

読まずに燃やすのもそれはそれで内容が気になりそうなので、シャーリーはひとまず開封してみることにした。

まず便箋の一番下に記された差出人の名前を見てみる。そこには一言『トニー』と書かれていた。

書き綴られていたのは、今夜に王城の裏手にこっそりきてほしいという内容だ。できれば金目の物を持って……とさりげなく書かれている。

両脇から手紙をのぞいていたユリアとローラが、思わずといった様子で顔を見合わせていた。

「この『トニー』という人物に覚えはありますか、シャーリー様？」

「……ええ。わたしが知っている『トニー』と言えば、叔父のことよ。現ファンドン公爵でもあるけれど」

ユリアもローラも小鼻を膨らませ、すぐに身を乗り出してきた。

「ご両親を亡くされたシャーリー様をメイド扱いしていた男ではありませんか！　シャーリー様、絶対に行ってはだめですからね！」

「差出人の名前を表に書かずにこんなすみっこにちっちゃく書いているなんて、やましいことを抱えまくっているに違いないのですから！」

鼻息荒く迫ってくる侍女たちに、シャーリーは思わず笑ってしまった。

「ええ、そうね。……でも叔父様にはわたしも聞きたいことがあったの。ちょうどいいから行くことにするわ」

「えええええ――ッ⁉」

侍女たちがひっくり返った声を上げる。手紙をドレスのポケットにしまったシャーリーはすっくと立ち上がった。

「そろそろ厨房に行って陛下のためにお菓子を作らないと。では、行ってくるわね」

なにを作ろうかしらね、とつぶやきながら百合の間を出るシャーリーを、侍女たちは呆然と見送る。

シャーリーはいつも通り厨房で菓子を作り上げると、紅茶とともに国王の執務室へ運んでいった。

——そしてその日の夜。

雲ひとつない美しい月夜だ。王城の裏手には、王侯貴族であれば誰でも利用できる庭が広がっている。

シャーリーはバラに囲まれた東屋にひとり入り、石造りのベンチに腰かけじっと来客を待っていた。

そのうち、茂みの向こうからこそこそとやってくるふたりぶんの人影を見つける。

シャーリーは傍らに置いたランプの明かりを魔法で大きくした。

「叔父様、そして叔母様でいらっしゃいますか？」

急に明かりを向けられたふたりはびくっと肩を揺らしながらも——シャーリーの声を聞いてあわてて外套のフードを取り、顔を露わにした。

シャーリーはほんの少し息を呑む。

ランプに照らされたふたりの顔は、最後に見たときとは比べものにならないほどやつれて、目の下には隈が浮かんでいた。おまけに額には冷や汗を浮かべ、ほかに誰かいないか探るように周囲に目を走らせている。

シャーリーはランプを石造りのテーブルに置き、ふたりを向かいの席に手招いた。

「手紙で指示されたとおり、わたしはひとりでここへきました。立ち話もなんでしょう。どうぞお座りください」

「いや、我々は……その……おまえから金になるものを受け取ることができたら、すぐにここを立ち去るから」

トニーがへらへら笑いながら麻袋を取り出す。シャーリーは小さくため息をついて首を横に振った。

「残念ながら、お金になるようなものを持ち出すことはできませんでした」

「な、なんだと⁉」

「宝石やドレスには守りの魔法がかけられていて、許可なく城の外に持ち出すと、持っている者の手に焼きついて離れなくなる仕様になっているそうです。叔父様たちにそのような危険なものを渡すことはできません」

「ぐぬぬっ……」

当てが外れたとでも言いたげにトニーが歯ぎしりする。隣で叔母アンバーが「なんて役立たずな娘なの」と吐き捨てていた。

「そもそも叔父様も叔母様もどうしてお金が必要なのですか？　その格好、まるでどこかにお出かけになるみたい。どちらへおいでなのです？」

「そ、そんなことはおまえには関係ないだろう！　お、おまえこそ、王城で女官勤めをしていたはずなのに、どうして王妃になど……！」

――議会で承認されてすぐに、アシュトンはシャーリーを王妃になる人物として王国中に公示した。

その際ファンドン公爵家にも使者を送ったと言っていたが、叔父夫婦はなぜか不在だったという。

ふたりのやつれ具合を見るともう屋敷には何日も帰っていなくて、あちこちを放浪していたと言われても不思議ではない。

シャーリーは背筋を伸ばして叔父夫婦と対峙した。

「質問に答えてください。わたしからお金になるものを受け取って、どこへ行かれるおつもりだったのですか？」

「だ、だから、おまえには関係のないことだ！」

「あなた、もう行きましょう。金目の物をなにも持っていないならこの娘に用はないわ。長居するわけにもいかないし」

顔を真っ赤にして怒鳴るトニーをアンバーが引っ張っていこうとする。

だが彼らが東屋を出ようとした瞬間、周囲の茂みからまぶしい明かりが放たれた。真っ暗だった庭園が昼のように照らし出される。

同時に、木陰や茂みの奥に隠れていた衛兵がいっせいに飛び出し、トニーとアンバーに槍を突きつけた。

一気に三十人あまりの衛兵に囲まれ、トニーもアンバーも悲鳴を上げてあとずさる。

「——どこに行こうとしていたか当ててやろうか？　わたしの捜査の及ばぬところ、つまりは国外に逃れようとしたのだろう？　そのために金が必要だった。——が、残念だったな。我が最愛の婚約者を長年にわたりくるしめてきたおまえたちのことは、どこへ逃げようと必ず捕まえるつもりだったぞ、わたしはな」

トニーとアンバーが真っ青になって振り返る。

彼らが視線を向ける先には、ゆったりとした足取りで歩いてくる若き国王アシュトンの姿があった。

彼は東屋に入ると、硬い表情で立ち尽くすシャーリーの肩をしっかり抱きしめ、トニーたちに厳しいまなざしを向ける。

「こ、こここっ、国王陛下……！」

「おおかたラフィオル公爵が地下牢に入れられたことを聞いて、自分たちの身も危ないと悟ったのだろうな。——ラフィオル公爵にそそのかされてシャーリーの両親が乗った馬車に細工をしたのは、おまえたちだな？　トニー、そしてアンバー」

叔父夫婦は真っ青になって震え上がる。

ふたりのその様子からアシュトンの言葉が真実だと悟ったシャーリーは、悔しさと悲しみに襲われきつく目を閉じた。

「ラフィオル公爵がバートを目の敵にしていたのと同様に、トニー、おまえもまた優秀な兄をうとましく思っていた。殺せるものなら殺してやりたい、そして自分がファンドン公爵の椅子に座りたいと」

——ひとりではとても実行に移せなかっただろうが、ラフィオル公爵の協力を得たことでトニーも気持ちが大きくなったのだろう。

頭の中で思い描くだけだった暗い想像を、その手で実行に移したのだ。

「バートはファンドン公爵位を持つのにふさわしい魔力を持っていたが、ラフィオル公爵もまた、それなりに大きく上質な魔力の持ち主だ。ラフィオル公爵とトニー、ふたりの魔力を合わせてしまえば、さしものバートも対抗することはできなかったのだろうな」

うつむいたシャーリーを慰めるように、アシュトンの大きな手が彼女の背をゆっくりなでてくる。

トニーとアンバーはがたがたと震えながらも必死に首を横に振っていた。

「な、なにを証拠にそのような……っ。あ、兄夫婦が死んだのは悲しい事故によるものです。わたしは関わってなどいない！」

「それならなぜおまえは、当時の状況を検分するため遣わしたわたしの使者を即座に追い返したのだ？　兄夫婦の忘れ形見であるシャーリーをメイドに落とし、虐待していたのはどうしてなんだ？」

アシュトンがこらえきれない様子で語気を荒げる。彼もまた怒りを必死に押さえているのだとシャーリーにはひしひしと感じられた。

「か、過去の悲しい出来事を無遠慮にほじくり返そうとされれば、誰でも拒否感を抱くものでしょう……！　そ、それに姪を虐待していたなど、とんでもないことです！　我々は魔法が使えなくなった姪がなんとか生きていけるように、教育を施していただけ――」

なおも関与を否定するトニーの顔すれすれに、一筋の風がひゅっと通り過ぎる。

風によってねっとりとした前髪を一瞬で切られたトニーは、「ひっ、ひぃいいい！」と声を上げへたり込んでしまった。

「もういい。耳障りな言葉しかしゃべらぬようなら黙っていろ。あとは尋問官に任せる。――自分たちが本当に潔白だと信じているなら、尋問官にそう訴えろ。曲がりなりにもおまえたちは我が婚約者の叔父夫婦。丁重に扱ってやろう」

丁重にと言いながらも、アシュトンはおざなりに手を振って衛兵に指示を飛ばす。

衛兵たちはすぐに叔父夫婦に群がり、ぎゃあぎゃあわめくふたりを容赦なく引っ立てていった。

「は、放せぇえっ！　わたしを誰だと思っている、由緒正しきファンドン公爵家の……！」

「きゃあああ！　汚い手でさわらないでちょうだいッ！」

金切り声を上げながら引っ張られていく叔父夫婦を、シャーリーはやりきれない気持ちで見つめる。

すぐに、アシュトンの大きな手が彼女の視界をさえぎった。

「あなたが見るようなものではないよ。そして悲しがることでもない。彼らがああなったのはほかでもない、自業自得なのだから」

「……はい」

シャーリーはひとつうなずく。

アシュトンは彼女の肩を抱いたまま、王城へ向かって歩き出した。


無事に百合の間に到着すると、アシュトンははらはらしながら待っていた侍女たちに茶の用意を言いつける。

温かい紅茶が用意され侍女たちが下がったところで、シャーリーは深々と頭を下げた。

「……お手間を取らせてしまってすみません、アシュトン様」

「手間というほどのものはなにもないよ。むしろあなたが、手紙のことをすぐに知らせてくれてよかった」

シャーリーはまたこくりとうなずく。

――昼間、国王の執務室に紅茶と菓子を持って行ったとき、シャーリーはアシュトンに手紙を見せてどう対応すればいいか相談していた。

アシュトンはトニーたちに何度も使者を送っていること、しかし一度も会えていないこと、どうやらふたりは国中を転々としているようだということを包み隠さず教えてくれた。

「あなたのご両親の乗る馬車に細工を施すよう命じたのはラフィオル公爵だろうが、実行したのはトニーだろうとにらんでいた。——実際、トニーとアンバーが王宮舞踏会の前日に公爵家を訪れていたことを当時の執事が証言してくれた。そのとき馬車のまわりをしきりに歩いていたというのも、馬番や庭師から確認が取れている」

国王が五年前の事故を探っていることをトニーとアンバーも嗅ぎつけたのだろう。だからこそ捕まらないよう逃げ回っていたが、とうとう逃亡資金が切れたために一か八かシャーリーを頼ってきたのだとアシュトンは推測した。

シャーリーもきっとそうだろうと思ったが、どうにもため息を抑えられない。

叔父もまた兄バートに対し、いろいろと複雑な思いを抱いていただろうが……まさか殺人に手を貸してしまうなんて。

（そしてわたしも、両親を殺害したひとのもとで、なにも知らずに暮らしていたなんて……）

そのことが今となっては悔しいやら恐ろしいやら、歯がゆいやら……シャーリーはなんとも言えずくちびるを噛《か》みしめてしまった。

「——情が深く、いろいろなくるしみを背負い込んでしまうあなたのことだ。今回のことも、ともすればひとりで対処しようとしていただろう。だからこそ、事前に相談にきてくれたことは嬉しかったよ」

「……そうですね。ラフィオル公爵から叔父の名前を聞いていなければ、ひとりでどうにかしようと思っていたかもしれません」

――バートを手にかけたと自白したとき、ラフィオル公爵は叔父の名を出し『欲に目がくらんだな』と吐き捨てていた。

あの一言がなかったら、シャーリーは叔父夫婦を疑いもせず、ラフィオル公爵だけを憎んで過ごしていたかもしれない。

そして助けを求める叔父夫婦を不審に思いながらも、両親亡きあと置いてもらった恩もあるし……などと考えて、なんとか資金を用立てていたかもしれなかった。

「……父は悲しかったでしょうね。幼い頃からの友人と弟に殺されることになってしまって。一緒にいた母も、どれだけ無念だったことでしょう」

「うん、そうだな。だがわたしは、彼らは自分たちの運命よりひとり残されるあなたのことを案じていたと思う。……ラフィオル公爵はバートの命を奪うことだけで満足していたが、トニーのほうは、父親に可愛がられ爵位のみならず財産もすべて継いだ兄を、そうとう恨んでいたようだからな」

……それは父からも少し聞いたことがある。トニーは昔から勉強するより遊びほうけることが多く、そのせいでふたりの父である当時のファンドン公爵の怒りを買い、勘当同然で家から追い出されたのだと。

実際にバートとマリアが亡くなるまで、トニーたちは公爵家を訪れることもなく、たまに顔を見せてもすぐに帰ってしまうというよそよそしい関係性だった。

当時は『そういうものなんだろう』と思っていたが、その裏には深い深い家族間の確執があったということか……。

「それだけなら気の毒な話だが、兄夫婦を殺害しまんまと後釜に座った上、領地の税率を上げ、財産を食い荒らし、あなたのことも邪険《じゃけん》に扱ってきたのだから、同情の余地はかけらもない。——おまけにあいつらは、あなたに残された信託財産まで奪おうとしていたからな」

「信託財産?」

「そうだ。……あなたの両親は自分たちになにかあったときのためにと、あなた名義の財産をきちんと用意していたのだよ。もっともそれは、あなたが成人に達しないと引き出せないようになっていてね」

だから叔父夫婦はシャーリーを成人までは手元に置き、無事に財産を引き出したあとは適当なところに嫁がせるか、修道院に放り込む算段をつけていたということだった。

それを聞くと、確かに叔父夫婦に同情する要素はひとつもないなという気持ちになってくる。シャーリーは深くため息をつき、ぐったりと長椅子にもたれかかった。

「すまないな。あなたにそんな悲しい顔をさせてしまって」

「いいえ、いいえ……。確かにつらい話でしたが、両親の死の真相がわかってよかったと思う気持ちもあります。ふたりの魂もきっと浮かばれるでしょう」

ラフィオル公爵も叔父夫婦も捕えられたのだ。正しく罪が裁かれるとわかれば両親もきっとほっとするだろう。

「ありがとうございます、アシュトン様。わたしの両親の無念を晴らしてくださって」

「なに、たいしたことはしていない。……あなたもそう泣くな。もうあいつらのせいで、あなたがわずらわされることはないのだから」

言われてようやく、シャーリーは自分の目が涙で潤んでいることに気づいた。まばたきをすると涙がぽろりと頬を伝い落ちる。

一度悲しみを自覚すると涙は次から次へとあふれてきて、シャーリーは両手で顔を覆って嗚咽を漏らした。

アシュトンは小さく苦笑し、震える彼女の身体をしっかり抱きしめてくれる。温かくて大きな胸に頬を埋めて、シャーリーはしばらく子供のように泣きじゃくっていた。

両親の無念を思うと、このまま一晩中泣いても足りないのではないかと思ったが……ようやく涙が止まる頃には、心はずいぶん軽くなって気持ちも前向きになっていた。

どんなに嘆いても両親が戻ってくることはない。だが優しかったふたりのことだ、きっと天国からシャーリーのことを見守っていてくれるはず。

——両親が安心できるよう、これからはうんと幸せになろう。

そんな気持ちで顔を上げたシャーリーは、ずっと抱きしめてくれていたアシュトンににっこりほほ笑みかける。

アシュトンもまた嬉しそうにうなずいて、泣きすぎて真っ赤になったシャーリーの顔中にキスの雨を降らせてくれた。

＊　　＊

どぉん、どぉん、と祝砲の音が景気よく鳴り響く。

この国で一番古くもっとも権威ある大聖堂の鐘も、この日を祝福するようにがらんがらんと鳴り響いていた。

その大聖堂の内部には、国内外の要人が所狭しと並んでいる。彼らを左右に分けるように敷かれた緋の絨毯の上を、シャーリーはひとりしずしずと歩いていた。

無事に議会の承認を得て、国王アシュトンの婚約者となってから早一年。

葉が青々と茂る盛夏に、ふたりは結婚式を挙げることになった。

この日のためにあつらえたウエディングドレスは、極上の絹で作られた一着だ。袖のないハイウエストの古風なデザインだが、シャーリーのほっそりした身体をとても上品で美しく見せていた。

長くトレーンを引くスカート部分は、歩くたびにさらさらと軽やかな音を響かせる。

腰までを覆うヴェールは王国一の職人が半年もかけた手作りの品で、こまかいレース刺繍がこれでもかと連なっていた。

小さな耳と細い首を飾る宝石は、二種類の大きさの真珠を連ねた逸品だ。ドレスとヴェールは国費から用意されたが、この宝石はアシュトンからの贈り物だった。

　気おくれするほど豪華な宝飾品に腰を抜かしそうになったシャーリーだが……ヴェール越しに見える祭壇のかたわらで、こちらを見つめるアシュトンが至極満足そうにほほ笑んでいるのを見て、尻込みせずに身につけてきて正解だったわとほっとした。

　祭壇の脇に備えつけられたパイプオルガンの音の中、ゆっくり入場してきたシャーリーは、差し出されたアシュトンの手に長手袋に包まれた自分の手を載せる。

　手を繋いで祭壇の前に並んだふたりに優しい笑顔を浮かべていた大司教が、祈りの言葉を唱えはじめた。

　そして最後に、ふたりの目を見つめて問いかけてくる。

「フィアード王国国王、アシュトン・ステル・フィアードよ。なんじ、シャーリー・ファンドンを唯一の伴侶とし、健やかなるときも病めるときも、これを愛し、守り抜くことを誓いますか？」

「誓います」

　アシュトンは国王らしく堂々と胸を張る。迷いないまなざしを見ているだけで、シャーリーは胸が熱くなる思いだ。

「ファンドン公爵家の娘、シャーリーよ。なんじ、アシュトン・ステル・フィアードを唯一の伴侶とし、健やかなるときも病めるときも、これを愛し、支えていくことを誓いますか？」

大司教がシャーリーにも問いかけてくる。

シャーリーもしっかり顔を上げて「誓います」と答えた。

「神聖なる愛の誓いは、口づけを以て成立と見なす。それでは、誓いの口づけを――」

――アシュトン様とはもう何度もキスしているのに、いざほかの方にうながされると、どうにも気恥ずかしいものだわ。

そんなことを考えながら、シャーリーは身体の向きを変えてアシュトンと向き合う。

アシュトンは温かなほほ笑みを浮かべながら、指先で薄いヴェールを持ち上げた。

軽く顔を伏せていたシャーリーは、ヴェールがうしろに流されるのを感じゆっくり目を上げる。

黒髪をなでつけ、白の軍服に身を包んだアシュトンと真正面から目が合った。

結婚式の当日はこうして誓いを交わすまで、花婿と花嫁は別の部屋で支度することになっている。そのため、ふたりが顔を合わせるのは今日はこれがはじめてだ。

それだけにお互いの晴れ姿に、どちらともなく感嘆のため息をついてしまう。

「なんと美しい……。シャーリー、まるで女神のようだ。あなたを王妃に迎えられることを、とても喜ばしく思う」

アシュトンが熱に浮かされたようにそうつぶやく。

シャーリーも同じ気持ちだったが、感動のあまり言葉が詰まってうなずきを返すだけで精一杯だった。

大司教に再度うながされて、シャーリーは顔を上向けたまま目を伏せる。長身のアシュトンが身をかがめ、彼女のふっくらしたくちびるにうやうやしくくちびるを重ねてきた。

「これをもって、婚姻の誓いは果たされた。若きふたりに幸多からんことを――」

大司教が笑顔で宣言する。それまで沈黙していた客人たちはわっと歓声を上げて、割れんばかりの拍手をふたりに送った。

大勢の人々の祝福を浴びて、シャーリーは喜びのあまり涙ぐむ。

アシュトンと腕を組んで絨毯を歩いて行き外に出ると、そこにも大勢の客人や民衆が待っていた。ふたりを見るなり、皆が大歓声を上げて花吹雪を降らせてくる。

扉の脇に控えていた衛兵の何人かが、一抱えもある籠を次々と開け放った。白い鳩がそこから飛び出し夏の青空に吸い込まれるように羽ばたいていく。

歓声と笑顔と、花と鳩に彩られたこの空を、シャーリーは一生忘れないだろう。

もちろん、シャーリーの肩をしっかり抱きしめ、民衆に大きく手を振るアシュトンの雄姿も――。

（お父様、お母様、ご覧になってくださっていますか――？）

抜けるような青空を見つめながら、シャーリーは亡き両親に向け、花のような笑顔を浮かべるのだった。

大聖堂での結婚式、昼餐会、小休憩、大広間での舞踏会を経て、シャーリーが百合の間に戻ってきたときには、もう夜半近くになっていた。

百合の間に近づくにつれ、仔猫の鳴き声のような声が大きくなっていく。居間に繋がる扉を開けると、鳴き声――否、泣き声はもっと大きく耳に響いてきた。

「あらあら。ライナスはまだ眠っていなかったのね」

舞踏会用の華やかなドレスを着ていたシャーリーは、スカートを持ち上げて早足で泣き声のもとへ駆けつける。

そこには乳母と音の鳴るおもちゃを手にしたローラとユリアがいて、シャーリーの姿を見るなり全員がほっとしたように肩の力を抜いた。

「申し訳ございません、王妃様。いつもと違うあわただしい雰囲気を察してか、殿下がなかなか寝ついてくださらなくて」

「王妃様もお疲れですのに、申し訳ありません」

「いいえ、いいのよ。――さぁ、ライナス。お母様がきましたよ」

乳母の腕の中でえんえん泣いていた赤ん坊は、シャーリーの腕に抱き上げられるとほんの少し声量を落として、ひっく、ひっくとしゃっくりのような声を繰り返す。

ローラにドレスの背中を緩めてもらったシャーリーは、ユリアに授乳のためのクッションを膝においてもらうと、慣れた手つきで胸を露わにして赤ん坊に乳を含ませた。

「よかったです。授乳しようとしてもなかなか受けつけてくださらなくて……」

「苦労をかけたわね。授乳が終わったらローラたちにこの子を連れて行ってもらうから、あなたはもう休んでちょうだい」

疲れた様子の乳母は深々と頭を下げて、百合の間の隣——王子や王女たち専用の藤の間へと移っていった。

「今のうちに御髪を整えておきますね」

「ありがとう、ローラ。あ、ユリア、新しいガーゼを持ってきてくれる？」

「かしこまりました」

一年前から変わらず仕えてくれているふたりの侍女は、夢中で乳を飲む赤ん坊にとろけるような笑顔を送ってからそれぞれ動き出す。

シャーリーも背もたれにもたれながら、むくむくと口元を動かす息子ライナスをにっこりと見つめた。

（この子が生まれてもう三ヶ月になるのねぇ……）

そう考えるだけでしみじみと感動してしまう。

——身ごもっていることに気づいたのは、ラフィオル公爵や叔父夫婦が地下牢に捕らえられてから一ヶ月経ったかどうかというときだった。

当時のシャーリーは、とにかくふとしたことで気持ちが沈むことが多かった。

ラフィオル公爵たちに罰が与えられて憂いはなくなったはずなのに、どうにも両親を思い出したり懐かしく思ったりして、涙が止まらなくなってしまったのだ。

五年間のくるしみが解消された反動もあるのだろうと、シャーリーも周囲も最初こそ軽く考えていた。

しかし、うまく魔法が使えなくなるわ、アシュトンとの魔力の交歓にも不快感を覚えるようになるわ、少しのことでイライラしたり泣きたくなったりするわで――過剰なまでの情緒不安定状態に陥ってしまったのだ。

シャーリー自身も周囲もほとほと困ったところで、侍女たちがふとシャーリーの月のものがしばらくきていないことに思い当たったのだ。

すぐに医師が呼ばれ、診察となった。

心配したアシュトンも執務を抜けて駆けつけたところで、その場にいた人々にシャーリーの妊娠が告げられたのだ。

あとで知ったことだが、妊娠中に上手く魔法が使えなくなったり魔力が一時的になくなることは、貴族女性にはよくあることだそうだ。無意識のうちに胎児を守ろうとする本能が働くため、他者との魔力の交歓も受けつけなくなるという。

まさに自分の症状にぴたりと当てはまっていただけに、当時のシャーリーは驚きを通り越して感心したものだ。

御子はおそらく、思いが通じ合いはじめて身体を繋げたあのときに授かったのであろう。

シャーリーはもちろん、アシュトンでさえ最初の一回で授かることになろうとは露《つゆ》とも考えていなかった。

それだけにアシュトンの喜びようは大変なもので、次の日には閉ざされていた藤の間の改修を命じ、乳を含ませるための乳母や世話係を探しはじめたくらいである。

おかげで正式な発表前に、シャーリーの懐妊は城中の人々の知るところとなった。

結婚前の妊娠は、たとえ婚約した間柄であっても無論あまり褒められたものではない。

だがアシュトンがでれでれと締まりのない顔をして、手ずから赤ん坊のおもちゃを選んだり、部屋の改修にあれこれ口を出したりするので、周囲もお小言を言うのは野暮だと察したのであろう。

生温かい空気ながらも一応は歓迎されたので、シャーリーは大いにほっとしたものだった。

が、そんなアシュトンもいざ陣痛にくるしむシャーリーを目にしたときは、それまで浮かれていたのが嘘のように真っ青になって、今にも倒れそうな有様だった。

どんなときでも国王らしく泰然と構え、堂々と問題を解決していくあのアシュトンが、シャーリーがうめき声を上げるだけで悲痛に叫ぶのだ。

『大丈夫か!?　ああ、痛むんだな。がんばれ。いや、がんばらなくていいっ、耐えているだけでじゅうぶん立派だ！　ああっ、しかし、普通こんなに痛がるものなのか？　なにか異変が起きているのではないか……!?』

寝台の横でそうやって騒がれて、シャーリーもうめくにうめけず辟易したものだ。

結局、騒がしいだけのアシュトンを医師が邪魔だと判断し、すみやかに部屋から追い払ってくれたおかげで、その後は出産に集中することができた。

それでも気力体力ともに使い果たし、ほとほと疲れてしまったが……明け方に陣痛がはじまり日が沈む頃には無事に生まれたのだから、初産としては上出来すぎるほどだと医師からは笑われた。

ともすればシャーリーよりも死にそうな顔になっていたアシュトンだが、いざ赤ん坊を目にしたときは瞳を輝かせ、何度も何度もシャーリーへの礼を口にしていた。

『ありがとう。痛かっただろうに、くるしかっただろうに、こんなに可愛く元気な子を産んでくれて。これ以上ないほど幸せだ……。ありがとう』

それを聞いたときには、シャーリーも感動のあまり涙ぐんでしまったほどである。

産後の経過も良好で、出産から二週間後にはシャーリーは寝台を離れ、乳母に教わって授乳や沐浴も行った。

ライナスと名づけられた第一王子は、たまにむずかるものの、基本的によく乳を飲みよく眠る赤ん坊だった。この頃は首も据わってきて、寝返りを打つ気配もある。

日ごとに表情が豊かになるライナスに、シャーリーやアシュトンはもちろん城中の人間が骨抜きになっていた。

ただライナスはひとより聡い性格なのか、今日のように行事が行われる日はなんとなく落ち着かない気配を感じて、ひどくむずかってしまう。

乳母のぐったりした様子を見るとそうとう泣き続けたのだろうと察せられて、シャーリーは思わず苦笑してしまった。

だが泣くことで体力を使ったのだろう。乳を含ませてから十分もすると、ライナスはみずから口元を緩め寝ついてしまう。

シャーリーはローラにそうっとライナスを託し、息子が藤の間へ運ばれていくのを見送った。

「シャーリー様もお疲れ様でした。……あ、これからは王妃様ですね。呼び方に気をつけないと」

「ふふっ。ほかにひとがいないところなら、これまで通りシャーリーと呼んでもらいたいわ。ずっと王妃様と呼び続けられるのも少し窮屈だもの」

ユリアにそう軽口を叩きながら、シャーリーはようやく、寝台にいるときは名前で呼んでくれと言ったときのアシュトンは、こんな気持ちだったのかしらと思い当たることができた。

王妃となったことは名誉なことだし、これからも国のため、アシュトンのために力を尽くすことは変わりないが……やはりシャーリーというひとりの人間に戻る時間も大切なのだなとしみじみ思った。

「では今はシャーリー様と呼ばせていただきますわ。浴室の用意が調っておりますので、どうぞ」

その場でドレスは脱いでしまって、シャーリーは下着姿で浴室に入る。

浴槽にたっぷり張られた湯にはバラの花びらが浮かべられていた。ふんわり漂う香りに口元をほころばせて、シャーリーは湯に浸かる。

昼餐会以外は立ちっぱなし、歩きっぱなしだったので、太腿がぱんぱんに張っていた。

温かな湯に浸かっていると、痛みも疲れも溶けて消えていくようだ。思わずうとうとしてしまう。

そのあいだ、ユリアが手早く髪を洗って、湯に浸からないようにまとめてくれた。

「次はお身体を洗いますね。……あら？」

浴室の扉がカタンと開く気配があった。手を止めたユリアは「ローラが戻ってきたのかしら」と見に行こうとする。

だが外から声をかけてきたのはローラではなく、アシュトンだった。

「シャーリーはここにいるか？」

「国王陛下！　申し訳ございません。王妃様はまだ入浴中でして」

ユリアがあわてて返事をする。シャーリーも浴室の外に向けて声をかけた。

「ライナスにお乳をあげていたから入浴が遅くなってしまったの。先に寝室に入っていてくださいませ」

しかしアシュトンは扉を開けて、浴室に堂々と入ってきた。

「ユリア、おまえはもう下がっていい。あとの王妃の世話はわたしがしよう」

ユリアは驚いていたものの、すぐに頭を下げて浴室を出て行く。未だ浴槽にいたシャーリーは少し目元を赤くした。

「アシュトン様もお疲れでしょうに……」

「なに、たまにはあなたとゆっくり湯に浸かるのも悪くない」

アシュトンはにっこり笑って、羽織っていたガウンと夜着をさっさと脱いでしまう。相変わらず男らしい彼の裸を前に、シャーリーは思わず目を背けてしまった。

「別に恥ずかしがることはあるまい。ここ一ヶ月はまた褥をともにしているし」

「それでも……ここは明るいですもの」

シャーリーは慎ましく目を伏せながら反論する。

アシュトンは笑って浴槽に入ってきた。大きな浴槽だけにふたりで入っても窮屈さは感じないが、なみなみと張られていた湯は大きな音を立ててあふれ、タイル地の床を流れていった。

アシュトンはシャーリーの細い身体を背後から包むように抱きしめ、洗い立ての髪に鼻先を埋めてゆっくり深呼吸する。

「いい香りだ。百合の花の清らかな匂いがする」

「アシュトン様、くすぐったい……あんっ」

「許せ。あなたの肌の柔らかさを感じると、勝手に手が動くのだ」

そう言いながら、アシュトンは大きな手でシャーリーの乳房をゆっくりなでる。湯に浮

かせるようにふくらみを持ち上げたり、勃ち上がりかけた乳首を指先で押し込めたりしながら、彼女の首筋から肩のラインにくちびるを滑らせた。

「ああっ……」

官能的な刺激を浴びて、シャーリーもうっとりとため息をこぼす。

だが乳首をいじられ続けるとこそばゆさと同時に甘い疼きも湧いてきて、思わず腰をよじって悶えてしまった。

「あ、んっ……、や、あぁ……っ」

「あいかわらず感じやすい……いや、子を産んでより色っぽさが増したのではないか、シャーリー？」

「そん、な……」

シャーリーは緩く首を振る。

アシュトンはほほ笑んで、彼女の顎を優しく掴んで背後を向かせた。

シャーリーが背後を向くと、優しくくちびるを重ねてくる。

「んんっ……」

流れ込んでくる魔力の影響で、身体がかぁっと一気に熱くなる。

妊娠中はお腹の中に自分とは別の命を抱えていたせいか、あんなに相性がよかったはずのアシュトンと魔力の交歓がいっさいできなくなってしまった。お腹の子の魔力が意図せぬうちに入り込んで、ふたりの魔力を掻き乱してしまうせいらしい。

交歓しようとしても全身がぞわぞわするような気持ち悪さに見舞われてしまって、シャーリーはひそかに「赤ちゃんを産んでもこのままだったらどうしよう……」と不安に思っていたのだ。

結果は周囲が教えてくれたとおり、ライナスを産み落とした次の瞬間にはもう魔力の交歓ができるようになっていた。産後の回復が早かったのも、アシュトンがこまめにやってきては魔力を送り込んでくれたおかげだ。

頻繁に魔力の交歓をしていたら、かつてのように身体が高ぶってしまうのではないかと危ぶんだが……出産で体力を消耗したせいだろう、産後一ヶ月間はちっともそんな気持ちにならなかった（一方のアシュトンはいつも通りムラムラしていたらしく、しかたなくひとりで発散していたらしい）。

だが産後二ヶ月を過ぎ普段の暮らしに戻ってからは、徐々に身体が性的な反応を見せるようになっていた。

医者からも夜の営みを行ってもよいとお墨付きを得たが、ライナスの子守と結婚式の準備でなにかと忙しいシャーリーを気遣って、アシュトンはこうしてふれることはあっても身体を繋げようとはしなかったのだ。

しかし無事に結婚式も終わり、アシュトンも我慢の限界なのだろう。シャーリーの口内を舌で探る動きは情熱的で、今日は最後までするのだという強い意志が感じられた。

「ん……、んぅっ……！」

舌の根を強く吸われて、シャーリーの身体がびくんっと跳ねる。下腹部の奥が熱く疼き、お湯ではないなにかがとろりと秘所からあふれるのがはっきりわかった。

「このままだとのぼせそうだ」

汗で張りつく前髪を掻き上げて、アシュトンはシャーリーを抱えて立ち上がった。横抱きにされたシャーリーはあわててアシュトンの首筋にしがみつく。

彼は妃を抱えて、堂々と脱衣所へ戻った。

大判のタオルで自分とシャーリーの身体をざっと拭いて、再び彼女を抱えて寝室へ入る。

結婚式の趣向なのか、真っ白な敷布が掛けられた寝台には赤いバラの花びらが撒かれていた。

「いい香り」

横にされたシャーリーは小さく笑いながら息を吸い込む。

寝台に乗り上げたアシュトンは「あなたのほうが甘い香りがする」と、シャーリーのこめかみに口づけてほほ笑んだ。

軽くまとめてあった金髪をゆっくりほどきながら、アシュトンはシャーリーのデコルテにキスの雨を降らせる。

くちびるはもちろん肌をかすめる彼の前髪の感触もくすぐったくて、シャーリーはくすくすと笑い声を漏らした。

アシュトンはくちびるを下へと滑らせ、彼女の臍に舌先をちろっと這わせる。

「あんっ……」

「ここも弱かったな、そういえば」

「ん、あ、あっ……！」

小さな臍穴をえぐるように舌でいじられ、シャーリーはほほ笑みから一転眉をしぼって愉悦に耐える。腰が勝手に跳ねて身をよじりそうになるが、それをアシュトンの大きな手が押さえた。

「ほら、そう暴れないで、素直に身をゆだねてくれ」

「あ、暴れて、るわけじゃ……、──あぁぁあ！」

不意にアシュトンの舌が臍から離れて、秘所をれろっと舐めてくる。とっさに足を閉じようとしたが、彼の頭を腿で挟むだけで終わった。

「む、積極的だな？　もっと舐めようか？」

「や、やです……っ、あぁああん……！」

いやと言ってやめてくれる相手ではない。わかっているが、不意打ちを食らって多少なりとも動揺していただけに、シャーリーは子供のようにいやいやと首を打ち振ってしまった。

「あぁ、あんっ、あぁああ……！」

だがどんなにいやがっても、シャーリーの感じやすいところを熟知しているアシュトンが相手では敵うわけがない。

感じやすい花芯を舌先でぬるぬる転がされながら、蜜口の浅いところを指でこすられて、シャーリーの最奥からはとろとろと甘い蜜がこぼれてきていた。

「は、はぁ、あぁあん……っ」

「指を入れても……？」

アシュトンが官能に高ぶるかすれた声でささやいてくる。脳髄を蕩《とろ》かすような低く甘いささやきに、シャーリーはごくりと喉を上下させた。

「い、入れ、て……、はぁああう……っ」

願いはすぐに叶えられる。アシュトンは蜜を纏わせた中指をつぷりと蜜口に沈めて、中を確かめるようにゆったり動かした。

「あぁああぁ……」

「ああ……懐かしいあなたの中だ。子を産んで少し緩むかと思ったがとんでもない。わたしの指を食いちぎるつもりか、シャーリー？」

「あ、あ、そんな……しません……っ、あぁああう……！」

中のふくらんだところを巧みにこすられ、シャーリーは背をしならせてくちびるを震わせる。

実際、膣壁はアシュトンの指に吸いつくようにきつくうねり、中への刺激を歓迎していた。

アシュトンは産後間もないシャーリーを気遣って、これまで乳房や花芯への愛撫はしてきても、蜜口より先には進もうとしなかったのだ。

そんな気遣いを嬉しく思う一方……この頃は魔力の交歓のたびに身体の奥がひどく疼いていることも感じていたから、もっと深くまで愛してほしいと思わずにいられなかった。

そのようなことを口にするのは、さすがにはしたなすぎると思って我慢していたけれど……いざアシュトンの指を感じただけでこれだけ反応してしまうのだ。きっとシャーリーの飢えは彼に筒抜けになっていることだろう。

（恥ずかしい……でも）

まぎれもなく、気持ちいい――。

「あ、あぁ、ああぁああ――……」

彼の指先に膣壁をこすられながら、花芯を吸われ舐め上げられるのが気持ちよくてたまらない。

シャーリーの身体が引き攣るように震えはじめたのを見て、アシュトンは中に埋める指をもう一本増やして、本格的に花芯の裏をこすりはじめる。

「あっ、あうっ！　そんな、激し……あ、あぁ、ああぁあっ……！」

くちゅくちゅという水音が耳につく。身体の奥がかっと燃え上がるように熱くなり、シャーリーはたまらず絶頂へと押し上げられた。

「ひっ、あぁ、ああぁああ――……ッ‼」

自分の口から漏れる艶やかな悲鳴を遠く聞きながら、シャーリーは頭が真っ白になるような快感に全身をがくがくと震わせる。

膣壁がぎゅうっときつくうねって、アシュトンの指を締めつけた。

「――ああ、あなたが絶頂する姿はどうしてこんなに美しいのか」

はぁはぁとあえぎながら放心状態でぼうっとするシャーリーを見て、アシュトンが感に堪えない様子でそうこぼした。

そしてすっかりいきり立った自身を摑み、先端をシャーリーの蜜口にあてがう。

だがすぐには沈めようとせず、あふれる蜜を亀頭に塗りつけるように先端をゆっくり彼女の蜜口に滑らせた。

「ああぁう……っ」

もどかしさと気持ちよさに、シャーリーは腰をよじって感じ入る。

快感にあえぐ妃を満足げに見やって、アシュトンはゆっくり腰を進めた。

同時に身体を倒して、シャーリーのくちびるを激しく奪う。

魔力が流れ込んでくると同時に猛々しい雄芯もずぶりと沈んできて、シャーリーは声にならない悲鳴を上げて背をしならせた。

「――なんだ、入れただけでいってしまったのか？」

アシュトンが嬉しそうに、そして挑発的にささやいてくる。

はくはくとくちびるを開け閉めしながら、シャーリーは口の中いっぱいになっていた唾液をなんとか飲み込んだ。

「……だ、って……、交歓をしながら、つながるのは……反則です……」

そんなふうにされたら、感じすぎて達してしまうに決まっている。未経験のはじめてのときでさえそうだったのだから。

「すまない。健気なあなたがあまりに可愛くて、つい意地の悪いことを口にした。許せ」

許せと口で言いながら、こんなに偉そうなのはきっとアシュトン様だけね――と、シャーリーは思わず苦笑してしまった。

どちらともなくお互いの身体に腕を回して、その肌をなで、くちびるを重ねる。角度を変えて何度も口づけ舌をからませるうち、身体は勝手に熱くなった。

だがアシュトンは腰を動かそうとしない。結局シャーリーのほうが耐えきれなくなって、腰を揺さぶって快感を得ようとしてしまった。

「あ、あ、あんっ……」

「こら、こらえ性のない。そんなふうにされたら、わたしもすぐに達してしまう」

叱りながらも、アシュトンの口元には笑みが浮かんでいる。だがその眉はきつく寄っていて、額にも背中にも汗がびっしり浮かんでいた。

「んっ……だって……、あぁん！」

やがて大きく腰を引いたアシュトンが無言でずんっと奥を突き上げてきて、シャーリーは喉をそらして大きくあえいだ。

一度腰を動かすともう止まらないのか、アシュトンは「はぁっ」と大きく息を吐くと無心で腰を打ちつけてくる。

「あっ、あぁ、あうっ、ああ、あぁあッ……！」

激しい律動に全身が揺さぶられて、シャーリーは切れ切れに悲鳴を漏らした。彼の熱棒が奥を突き上げるたびに腰奥から頭まで熱い愉悦が走り抜けて、身体全部がびくびくっと引き攣ってしまう。

湧き上がる快感のあまり胸元を掻きむしりたいような衝動を覚えながら、シャーリーは必死に彼の首筋にしがみついて振り落とされるまいとした。

「ああ、シャーリー、そんなに締めるな……っ」

アシュトンも息を荒げながら、シャーリーの髪をなでこめかみに口づけてくる。そのあいだも腰は大きく前後していて、熱い蜜襞を存分に味わっている様子だった。

「そんな、こと……言われても……っ、あぁああ！」

アシュトンが身をかがめて、シャーリーの乳首を吸い上げてくる。

ぴんと勃ち上がったままのそこを吸われると愉悦がより身体を焦がして、シャーリーは背をしならせながらがくがくと激しく打ち震えた。

「はっ、あぁ、あぁあ……っ！　はぁ、あああ……」

「シャーリー……んぅっ……、もう、出すぞ……っ」

ずんずんと激しく突かれながら、シャーリーは必死にうなずきを返す。

腰に回ったアシュトンの腕にいっそう力が籠もる。彼は獣じみた息を漏らしながらシャーリーの蜜壺を何度も突き上げた。

「はぁ、はぁ、っんあぁあああ……！」

激しい抽送に身体がびくびくっと激しく震えて、シャーリーは再び絶頂を迎える。

アシュトンも大きくうめいて、シャーリーの細い身体をきつく抱きしめた。

少し遅れて、彼女の奥で肉棒がどくんっと跳ね上がる。

先端からはじけた熱がどくどくと注がれるのがわかって、シャーリーは震えながらアシュトンの頭を掻き抱いた。

「ああ……シャーリー……」

愛する妃に何度も口づけながら、アシュトンが感じ入った声を漏らす。

シャーリーもうっとりした心地でアシュトンの黒髪をそっとなで、その頬に口づけた。

ただ一回の交歓だが信じられないほど胸が満たされ、ふたりはつながったままごろりと寝台に身を投げ出す。

言葉を発するのももどかしいとばかりにお互いのくちびるを求め、手足をからませながら上がった息が整うまでずっと寄りそっていた。

「あなたとは何度も身体を重ねてきたし、思いも通じてもうこれ以上の幸せはないと思っていたが……やはり結婚という神に誓う儀式を経たあとだからか、より幸せを感じられるようになったな」

アシュトンがしみじみとそんなことを口にする。シャーリーもまったく同じ気持ちだった。

「幸せです、わたし、本当に……。なんだかもったいないくらい。夢じゃないですよね？」

不遇な時期が長かったせいか、そんな気持ちにとらわれるときがたまにやってくるシャーリーだ。

アシュトンに出会ってからの日々は、実は眠っているあいだに見ている夢で、目覚めたらまた陰気な屋根裏部屋にいて叔父夫婦に虐げられているのではないかと……。

そんなシャーリーのつぶやきに、アシュトンはにやりと意地悪くほほ笑む。

「夢ではないと証明して見せようか？　――こんなに気持ちいい交歓が夢であってたまるものか」

「んんっ……」

蜜壺に埋められたままのアシュトンの一部がぴくぴくとかすかに震えるのを感じ取り、シャーリーは小さく笑った。

「証明、してほしいです……」

「お、積極的だな。そういう姿勢は大好きだぞ」

アシュトンが我が意を得たりとばかりに再び彼女の上に覆いかぶさる。

夫がたまに見せる少年のような企みに、シャーリーはほほ笑みながらしみじみとした幸せを感じていた。

きっとアシュトンは今までもこれからも、シャーリーがなにか不安を抱くたびにこうして気持ちをなだめて、暗い感情をぬぐい取ってくれるのだろう。

それがわかるから、シャーリーも心からほほ笑むことができる。

「アシュトン様、大好きです……」

「わたしもだ。あなたを愛している。この世の誰よりもな」

国王らしい堂々としたほほ笑みでそう言って、アシュトンはシャーリーのくちびるにうやうやしくキスを落とす。

シャーリーは彼のたくましい背に腕を回して、そのくちびると、与えられる魔力にうっとりと酔いしれた。


慶事に湧く国民はまだまだ祝杯を重ねながら、雄々しい国王と美しい王妃の幸せを心から願う。

賢王アシュトンと王妃シャーリーの仲睦まじさは人々の口から国外にまで広がっていき、恋歌や歌劇のモデルになるほど大陸中で広く親しまれることになるのだが、それはまだ遠い未来の物語――。

了

あとがき

ムーンドロップス文庫様でははじめまして、佐倉紫と申します。

このたびは本作をお手にとっていただきありがとうございました。

ファンタジーいっぱいのムーンドロップ文庫様にはやっぱり魔法でしょ！　ということで「ヒーローのみならずヒロインもばりばり魔法を使って敵を吹き飛ばしちゃうお話を書きたいなぁ」と物騒なことを考えながら作った本作であります。

魔法はもちろんですが王道的なお話も大好きでして、本作には『シンデレラ・ストーリー』『薄幸の美少女』『溺愛』と作者の性癖がたっぷり詰め込まれております。

ヒロインのシャーリーは公爵家の一人娘でしたが、十三歳の夜に両親が馬車の事故に遭い、帰らぬひとに……。その後、公爵家は叔父夫婦が取り仕切ることになりました。

彼らに引き取られたヒロインは、貴族なら誰でも持つ魔法の力が上手く使えないことで叔父夫婦から冷遇されます。

彼らのもとで使用人のような生活を続けるなら、外に出て働きたい。その思いから王城の下働きを希望するのですが、そこでは国王アシュトンとの出会いが待っていました。

がんばり屋でひたむきな彼女には、おおらかで包み込むような男性がきっと似合うはず……！　ということで生まれた国王アシュトンですが、シャーリーを助ける一方で、実は目が回るような忙しい生活に身を置いていたりします。

そんな二人がどうやって愛を育んでいくのか、ぜひ見守っていただければと思います。

ついでに作者の性癖を詰め込んだ魔法バトルや、たっぷりで濃厚なRシーンにもぜひご注目ください（笑）

イラストを担当してくださった森原八鹿先生にも、この場を借りて御礼申し上げます。可愛らしい表紙のみならず挿絵も本当に美しく、さらに何枚かは大変色っぽく（ここ重要）見れば見るほど興奮が抑えきれませんでした。本当にありがとうございました！

また担当様をはじめとする編集部、出版関係の皆様にも大変お世話になりました。自分の作品が本になるときの感慨はひとしおですが、関わってくださった皆様のことを思うと感謝の思いでいっぱいです。今後も精進いたしますので何卒よろしくお願いいたします。

――さて、ちょっと自分語りになりますが。

本作は『第5回ムーンドロップス恋愛小説コンテスト』の竹書房賞受賞作品となっております。選考に携わってくださった編集部の皆様、本当にありがとうございました。この場を借りて御礼申し上げます。

わたしが各所で行われる小説賞――いわゆる公募と呼ばれるものにチャレンジしはじめたのは高校一年生のときでした。小説自体は中学一年生から書きはじめ、そのときにはもう『公募を受賞する。受賞作で小説家デビューする』という夢を掲げておりました。

高校生のうちは無理でも大学在学中にデビューする。無理だったら社会人として働くかたわらデビューする。縁があれば結婚や出産もしたいから、そのときまでにデビューできていなかったら子育てしながらデビューしよう。

そんな夢というか人生計画が中学生のときにはもう頭の中で決まっていたのです（笑）が、十年以上少女系とＴＬ系の公募にチャレンジしまくるも、まったく芽が出ず（笑）

ですが縁あってティーンズラブ作家としてデビューすることが決まりました。今から八年前のことです。

デビューできたし、ありがたいことにお仕事も途切れずにいただいているし、子育てが大変で公募にまで手が回らないし……という時期もありましたが、やはり『公募で受賞する』という夢は捨てられるものではありませんでした。

そこに現れたのが『ムーンドロップス恋愛小説コンテスト』様です。

「スケジュールを詰めれば一作書ける！　わたしはティーンズラブもファンタジーも大好きなんだ、絶対にいい作品が書ける！　絶対に受賞する！　絶対にだ‼」

そうして「うおおおおお！」と書き上げたのが、本作『国王陛下は運命の乙女を離さない（受賞時タイトル）』でした。


受賞の知らせを受けたのは、人生計画を定めてからちょうど二十年になる年でした。

『受賞作品でデビュー』という夢と順番は逆になりましたが、結果的にどちらも叶えることができました。これからは『作家であり続ける』という夢に向かって精進します。


コロナもまだ落ち着きませんが、引き続き『手洗い・消毒・マスク・三密回避』で乗り越えていきましょう。またお目にかかれる日まで、どうか元気にお過ごしください。

佐倉　紫

★著者・イラストレーターへのファンレターやプレゼントにつきまして★
著者・イラストレーターへのファンレターやプレゼントは、下記の住所にお送りください。いただいたお手紙やプレゼントは、できるだけ早く著作者にお送りしておりますが、状況によって時間が掛かる場合があります。生ものや賞味期限の短い食べ物をご送付いただきますとお届けできない場合がございますので、何卒ご理解ください。
送り先
〒160-0004　東京都新宿区四谷 3-14-1　UUR 四谷三丁目ビル２階
（株）パブリッシングリンク
ムーンドロップス 編集部
○○（著者・イラストレーターのお名前）様

国王陛下は運命の乙女をはなさない
不遇な公爵令嬢は陛下と相性抜群です

２０２２年８月１７日　初版第一刷発行

著……………………………………………………… 佐倉紫
画……………………………………………………… 森原八鹿
編集…………………………… 株式会社パブリッシングリンク
ブックデザイン………………………………… しおざわりな
（ムシカゴグラフィクス）
本文ＤＴＰ………………………………………………… ＩＤＲ

発行人……………………………………………… 後藤明信
発行…………………………………………… 株式会社竹書房
〒102-0075　東京都千代田区三番町８－１
三番町東急ビル６Ｆ
email：info@takeshobo.co.jp
http://www.takeshobo.co.jp
印刷・製本……………………………… 中央精版印刷株式会社